Dunstkreise
Elke Bergsma

Elke Bergsma

Dunstkreise

Impressum
Copyright: © 2017 Elke Bergsma, www.elke-bergsma.de
Am alten Handelshafen 1, 26789 Leer
Lektorat: Hagen Schied, www.lektorat-buchwaerts.de
Korrektorat: Lara Tunnat. www.ebokks.de
Satz: Corinna Rindlisbacher, www.ebokks.de
Cover: Susanne Elsen, www.mohnrot.com
unter Verwendung eines Fotos von © Bildagentur Zoonar GmbH /
Shutterstock.com
Verlag: BoD · Books on Demand GmbH, Überseering 33, 22297
Hamburg, bod@bod.de
Druck: Libri Plureos GmbH, Friedensallee 273,
22763 Hamburg

ISBN: 978-3-7693-5346-4

Prolog

Manchmal verspürte er eine unbändige Lust, ja geradezu einen Zwang zu schreiben. Dann setzte er sich an den kleinen, immer ein wenig wackeligen Schreibtisch in seinem Zimmer, nahm einen Zettel sowie einen Füllfederhalter zur Hand und ließ seinen Gedanken freien Lauf. Einfach so.

Nur sehr selten, wenn es ihn an diesen Tisch zog, wusste er bereits, was er zu Papier bringen würde. Doch darum ging es auch nicht. Er schrieb einzig und allein um des Schreibens willen. So wie andere ein Glas Wasser tranken, wenn sie Durst hatten.

Er nannte es sein *Grundbedürfnis*. Die anderen nannten es schlicht verrückt. Nun, damit konnte er leben. Sollten sie nur alle verständnislos den Kopf schütteln, wenn er mal wieder vom Kaffeetisch aufsprang oder eine gerade angefangene Beschäftigung einfach abbrach und in seinem Zimmer verschwand. Früher, als sein Schreibzwang nur ab und zu zum Vorschein kam, hatten sie ihm noch hinterhergerufen, er solle sich wie ein normaler Mensch benehmen. Eine Aufforderung, die er damals wie heute nicht verstand. Wie genau benahm sich ein normaler Mensch? Schrieb der etwa nicht? Er hatte ihnen diese Frage gestellt, jedoch nur verständnisloses Kopfschütteln geerntet. Heute machte er sich keine Gedanken mehr darüber, ob er ein normaler Mensch war oder nicht.

Überhaupt machte er sich nur noch sehr wenig Gedanken. Auch beim Schreiben. Wenn ihn sein Zwang übermannte, dann nicht deshalb, weil er etwas Bestimmtes zu sagen hatte. Nein, vielmehr war da immer wieder dieser unheimliche Druck in seinem Kopf, der nach Erleichterung verlangte. Wenn es soweit war, setzte er sich an seinen Tisch, und die Wörter flossen geradezu aus ihm hinaus. Als hätte sie jemand gerufen, kamen sie gerannt, um sich in ordentlichen Reihen oder kunterbunt auf dem Papier zu verteilen. In diesen Momenten, wenn sich seine Zettel mit Buchstaben füllten, hatte er keinerlei Einfluss mehr auf das, was er letztlich seine *Ausbeute* nannte. Häufig verstand er nicht einmal, was genau er mit seinen Sätzen und Wörtern hatte ausdrücken wollen, wenn er sie sich später noch einmal durchlas. Aber das war ohne Belang. Zumindest für ihn. Manch einer fragte ihn von Zeit zu Zeit mit einem seltsamen Lächeln, das er nicht deuten konnte, wann man denn mal etwas von ihm lesen könne, in der Zeitung oder gar in einem Buch. Er verstand diese Frage nicht, war er doch weder Journalist noch Autor.

Er schrieb, weil es ihn nach dem Schreiben verlangte. Nicht mehr. Und nicht weniger. Schließlich zeigte jemand, der ein Glas Wasser getrunken hatte, ja später auch niemandem, was daraus geworden war.

So war es eben mit den Grundbedürfnissen. Sie kamen. Und sie wurden gestillt. Mehr nicht.

1

Still vor sich hin fluchend zog Eilert Bloem eine der frisch gedruckten Ostfriesen-Zeitungen aus der an seinem Fahrradlenker befestigten Tasche. Ganz egal, wie sehr er sich auch bemühte, die Tageszeitungen vor Sturm und Regen zu schützen, es gelang ihm einfach nicht, sie wohlbehalten an ihren Bestimmungsort zu bringen. Es war zum Verrücktwerden. Seit Tagen schon strömte der Regen sintflutartig aus den tief hängenden, dunkelgrauen Wolken, und es würde ihn nicht wundern, wenn im nächsten Moment die Arche Noah um die Ecke böge.

Mit klammen Fingern versuchte Eilert, die Zeitung so schnell wie möglich in den Briefschlitz der Haustür zu befördern. Der Regen fiel unaufhörlich und entlockte allem, was er traf, ein lautes Platschen und – ein metallisches Knacken? Eilert schaute sich verwundert um. Im gleichen Moment kapitulierte die Dachrinne vor den aus allen Richtungen in sie einströmenden Wassermassen und entließ einen kalten und mit verrotteten Blättern durchsetzten Schwall direkt in seinen Nacken.

Später wusste Eilert nicht mehr zu sagen, ob es diese unerwartete Dusche war, die ihn zu einem reflexartigen Schrei veranlasste, oder der Anblick des unter der Haustür durchrinnenden Blutes, der sich ihm im selben Augenblick bot.

Vermutlich war es beides.

Starr vor Entsetzen gelang es Eilert nicht, den Blick von der in Richtung Straße fließenden Flüssigkeit zu lösen. Die zwischen den Häusern tobenden Sturmböen verwirbelten das rote Rinnsal am Boden zu bizarren Mustern, bevor es vom unablässig fallenden Regen in den gusseisernen Abfluss gespült wurde. Für einen Moment versuchte der Zeitungsausträger sich einzureden, dass es sich bei dem, was er da im trüben Licht der über der Haustür angebrachten Außenbeleuchtung sah, sicher nicht um Blut handelte. Vermutlich war es eine im Flur des Hauses umgekippte und zerbrochene Flasche Kirschsaft – oder vielleicht Ketchup? Doch da war so ein Gefühl. Ein scheußliches Gefühl.

Ein plötzliches Frösteln durchfuhr seinen in einen gelben Ostfriesennerz gehüllten Körper. Erst jetzt nahm er die Nässe, die seine Kleidung durchdrungen hatte, wahr. Er fror ganz erbärmlich, und ganz gewiss würde er sich eine dicke Erkältung zuziehen, wenn er die an seinem Rücken klebenden Klamotten nicht sehr bald durch trockene ersetzte.

Doch war das in diesem Moment wirklich wichtig? Er presste die Lippen zu einem schmalen Strich zusammen und schüttelte entschlossen den Kopf. Dann fasste er sich ein Herz und beugte sich erneut zum Briefschlitz hinab. Bevor er irgendetwas unternahm, musste er sichergehen, dass er sich nichts einbildete. Seine Finger zitterten, als er die schmale Klappe anhob und hindurchlinste. Im ersten Moment blendete ihn das Licht, das ihm aus dem Hausflur entgegenstrahlte. Ungewöhnlich, dass zu dieser frühen Uhrzeit jemand anderes außer ihm wach war. Das Zifferblatt seiner Armbanduhr zeigte gerade einmal vier Uhr dreißig. Noch ungewöhnlicher aber war der Anblick, der sich ihm jetzt bot und der ihn im nächsten Moment das Wurstbrot, das er sich vor dem Verlassen seines Hauses genehmigt hatte, erbrechen ließ.

2

Der heraufdämmernde Morgen war allenfalls zu erahnen, als Hauptkommissar David Büttner in seinem Auto Richtung Rysum fuhr. Lediglich ein blassgrauer Streifen war in östlicher Richtung am Horizont auszumachen, ansonsten aber lag die Weite der ostfriesischen Landschaft unter einer dunklen, beinahe nachtschwarzen Wolkendecke. Diese zog derart tief über ihn hinweg, dass er meinte, sie mit den Fingern berühren zu können. Es goss wie aus Kübeln und der steife Nordwestwind sorgte dafür, dass Büttner Mühe hatte, seinen Wagen im freien Feld auf der Straße zu halten. Immer wieder wurde er von Orkanböen zur Seite gedrückt. Büttner fluchte, als er über eine Brücke fuhr und plötzlich das kreischende Geräusch über Beton schleifender Felgen vernahm. Seiner Felgen. Schöner Mist! Anscheinend reichte es nicht, dass man ihn zu nachtschlafender Zeit angerufen hatte, um ihm mitzuteilen, dass man in Rysum ein mutmaßliches Mordopfer gefunden habe. Nein, zu allem Überfluss mussten auch noch seine Felgen an der Fahrbahnbegrenzung der Brücke Schaden nehmen. Er fragte sich, wie jemand so unachtsam sein konnte, sich ausgerechnet in einer solch unwirtlichen Nacht ermorden zu lassen. Ein wenig Rücksichtnahme, so befand er, war bei solch einer Wetterlage ja wohl angebracht.

Er drehte sein Autoradio lauter, als der Wetterbericht angekündigt wurde. Wie bereits an den Tagen zuvor ließ der Meteorologe auch heute kaum einen Zweifel daran, dass das ostfriesische Volk dem Untergang geweiht war. Er drohte mit zum Wetter passender Stimme weitere Orkantiefs nebst möglicher Sturmflut an. Es brauchte nicht viel Fantasie, um seinen unheilvoll vorgetragenen Prophezeiungen zu entnehmen, dass die Küstenbewohner – sollten die Deiche weiterhin derart aufweichen wie in den letzten Tagen – in absehbarer Zeit von der aufgepeitschten Nordsee überrollt und ersaufen würden.

Büttner schaltete das Radio aus und schnaubte ungehalten. Wenn sie schon alle absaufen würden, dann hätte man ihm doch wenigstens die Leiche ersparen können. Er fragte sich, warum jemand sich die Mühe machte, seinen Mitbürger umzubringen, wenn der Tod aller sowieso schon abgemachte Sache war. Hörte der Idiot denn kein Radio?

Endlich an der angegebenen Adresse in Rysum angekommen, stieg Büttner denkbar schlecht gelaunt aus dem Auto. Rasch drehte er sich aus der Windrichtung und zog sich die Kapuze seines Regenmantels über den Kopf. Kaum dass er jedoch hinter seinem Fahrzeug hervorgekommen war, wurde er von einer Windböe erfasst und geriet ins Straucheln. Lediglich eine Straßenlaterne, an die er ungebremst donnerte, hinderte ihn daran, zu Boden zu gehen. Vom plötzlichen Schmerz ganz benommen, rieb er sich die geprellte Schulter und sah sich nach jemandem um, der ihm sagen konnte, wo genau sich das Mordopfer befand. Er hoffte inständig, dass es irgendwo im Warmen und Trockenen war und es dort vielleicht sogar eine Tasse Tee gab.

Einige seiner uniformierten Kollegen waren bereits eingetroffen und sicherten mit eingezogenen Köpfen den Tatort. Die meisten hatten ihre Mützen gar nicht erst aufgesetzt, sondern boten ihre Köpfe ungeschützt Regen und Wind dar. Als einer von ihnen Büttner bemerkte, deutete er mit schnellem Fingerzeig auf ein hell erleuchtetes Haus im Friesenstil, sagte jedoch nichts. Vermutlich, weil der Orkan ohnehin jedes seiner Worte sofort in entgegengesetzter Richtung davongetragen hätte.

Büttner atmete erleichtert auf. Wenigstens war der Mörder so rücksichtsvoll gewesen, sein Opfer innerhalb eines Hauses umzubringen.

Gerade als er den schmalen, gepflasterten Weg betrat, der zum Haus führte, hörte er die quietschenden Bremsen eines Autos, dem bereits im nächsten Moment sein Assistent Sebastian Hasenkrug entstieg. Der fackelte nicht lange und spurtete in geduckter Haltung dem Haus entgegen. Offensichtlich hatte er sich bereits vorher schlaugemacht, wohin genau er sich zu wenden hatte.

„Moin." Noch ehe Büttner sich's versah, hechtete Hasenkrug an ihm vorbei. Seine Schuhe gaben schlotzende Geräusche von sich, als er statt des Weges den danebenliegenden, völlig aufgeweichten Rasen erwischte. „Kommen Sie nicht rein?", fragte Hasenkrug keuchend, als er schließlich unter dem Türrahmen stand und sich den Regen aus dem Gesicht wischte.

„Doch. Bin ja schon da", brummte Büttner, der so viel sportliche Aktivität am frühen Morgen nicht leiden konnte. Genau genommen konnte er gar keine sportliche Aktivität leiden. Schon gar nicht bei diesem Wetter.

„Wehgetan?", fragte Hasenkrug, als Büttner einen Schmerzenslaut von sich gab. Sie standen beide im Hausflur, bemüht, mit ihren rasch übergestreiften blauen Schutzhüllen über den Schuhen keine Spuren auf dem Boden zu verwischen.

„Arm gestoßen. Nicht schlimm", winkte Büttner ab. „Moin. Was sagt unsere Leiche?", wich er möglichen weiteren Fragen seines Assistenten aus und wandte sich an die Gerichtsmedizinerin Doktor Anja Wilkens, die an irgendetwas herumfummelte, das unter einer Plastikfolie verborgen lag. Er deutete auf die Folie. „Können Sie mir sagen, warum Sie das Opfer vor uns versteckt haben? Es handelt sich doch bei dem verhüllten Gegenstand vor Ihnen um das Opfer, oder?"

„Moin", nickte die Ärztin ihm zu. „Zu Ihrer ersten Frage: Die Leiche sagt nichts. Das wird sich wohl auch nicht mehr ändern. Zur zweiten und dritten Frage: Ich habe das Opfer, ein männliches übrigens, versteckt, weil ich ungern Ihren Mageninhalt heraufbeschwören möchte", antwortete Doktor Wilkens und hob die Folie ein Stück an. „Wollen Sie?"

„Nee. Jetzt nicht mehr", brummte Büttner und drehte seinen Kopf zur Seite. „Was genau ist denn so schlimm an dem Toten?"

„Bis auf die über den ganzen Brustkorb verteilten zwölf Messerstiche? Nichts eigentlich. Er sieht ein bisschen zerfetzt aus. Sonst scheint aber alles heil zu sein."

„Klingt nach einem Gemetzel." Hasenkrug verzog gequält das Gesicht und machte eine raumgreifende Bewegung. „Deshalb wohl auch das viele Blut hier überall."

„Exakt. In dem Mann jedenfalls dürfte nicht mehr viel davon drin sein. Fundort ist eindeutig gleich Tatort."

„Irgendeine Tatwaffe?"

„Bislang nicht."

„Worauf würden Sie tippen?", fragte Hasenkrug.

„Ich tippe auf ein großes Küchenmesser oder Ähnliches. Vielleicht auch ein Klappmesser. Auf jeden Fall war es extrem scharf. Genaueres nach der Obduktion. Doch so viel kann ich schon jetzt sagen: Eine Nagelschere schließe ich aus."

„Ihren Humor möchte ich haben", seufzte Büttner. „Wie lange ist er schon tot?"

„Ungefähr seit drei Uhr heute Morgen, würde ich sagen. Also noch nicht lange."

„Konnte er schon identifiziert werden?"

„Ja. Ihm gehört dieses Haus. Bodo Lübbers. Achtundvierzig Jahre alt", antwortete eine junge Polizistin, die zu ihnen getreten war, sich dabei jedoch demonstrativ mit dem Rücken zur Leiche stellte. Anscheinend befürchtete sie, dass jemand die Folie entfernen könnte.

„Wohnte er auch in diesem Haus?"

„Ja. Mit seiner Frau Ulrike, sagt die Nachbarin. Die ist aber verreist."

„Wohin?"

„Zu ihrer kranken Mutter nach Duisburg. Wir haben sie bereits verständigt. Sie will so bald wie möglich hier sein, konnte jedoch nicht sagen, wann genau das sein wird."

„Klingt nicht so, als hätte sie es besonders eilig." Büttner blickte die Polizistin mit einer hochgezogenen Augenbraue fragend an.

Sie zuckte daraufhin nur die Schultern. „Sie kümmert sich um ihre schwer kranke Mutter. Ihr Mann hingegen ist ja schon tot, dem kann sie sowieso nicht mehr helfen."

„Wenn Sie es so sehen, dann haben Sie natürlich recht", nickte Büttner. „Dennoch erscheint mir solch ein Verhalten eher … nun ja … ungewöhnlich."

„Es gibt nichts, was es nicht gibt."

„Wem sagen Sie das. Gibt es sonst noch nahe Angehörige?"

„Drei Kinder. Sie sind alle erwachsen und leben nicht mehr hier. Ihre Mutter wollte sie informieren."

„Gut. Und wer hat ihn gefunden?", fragte Büttner.

Die Polizistin deutete auf eine geschlossene Zimmertür. „Der Zeitungsjunge. Eilert Bloem. Er sitzt in der Küche und trinkt einen heißen Grog. Er ist total durchnässt und steht unter Schock."

„Und warum kommt er mitten in der Nacht in dieses Haus?"

„Er war nicht im Haus, sondern hat das Blut unter der Tür herauslaufen sehen, als er die Zeitung in den Briefschlitz stecken wollte. Anscheinend hat er dann durch den Schlitz geschaut und sich übergeben." Die Polizistin zeigte auf die geschlossene Haustür. „Inzwischen wurden seine Hinterlassenschaften vom Regen in den Gulli gespült. Verständlich, dass sein Magen das nicht mitgemacht hat. Sieht man ja nicht alle Tage, so was. Muss ein ordentlicher Schreck gewesen sein. Er hat den Notruf alarmiert."

„Gut, dann versuchen wir jetzt mal, irgendwas aus ihm herauszubekommen." Büttner nickte Hasenkrug zu, der daraufhin in Richtung Küche marschierte. „Wann können wir Ihren Obduktionsbericht erwarten?", wandte sich Büttner an Doktor Wilkens, die gerade den eintreffenden Mitarbeitern des Bestattungsunternehmens Anweisung gab, den Leichnam in die Gerichtsmedizin zu transportieren.

„Wird nicht lange dauern", erwiderte sie, während sie sich die Einweghandschuhe abstreifte und sie achtlos auf den Boden fallen ließ. „Scheint eine klare Sache zu sein. Spätestens gegen Mittag, würde ich sagen."

„Das freut mich zu hören. Und falls Sie zwischenzeitlich die Tatwaffe finden: Immer her damit."

„Ich würde mal behaupten, dass Sie in dieser Angelegenheit eher auf die Spusi und die KTU setzen sollten. In der Leiche wird sie sich wohl kaum verstecken." Doktor Wilkens nickte den Mitarbeitern in den weißen Schutzanzügen zu, die dabei waren, den Tatort nach Spuren abzusuchen. „Ich kann Ihnen beizeiten höchstens sagen, wonach genau Sie Ausschau halten sollten."

Büttner seufzte. „Das hatte ich befürchtet. Ich sehne den Tag herbei, an dem Sie mir gemeinsam mit der Leiche den Mörder auf einem goldenen Tablett servieren."

Doktor Wilkens lachte. „Dafür müsste wohl noch allerhand an meiner Stellenbeschreibung überarbeitet werden." Sie klopfte Büttner aufmunternd auf die Schulter. „Aber ich bin sicher, dass Sie den Mörder trotz meiner überschaubaren Mithilfe überführen werden. Bisher waren Sie in dieser Hinsicht ja auch nicht ganz erfolglos." Als sie sich gleich darauf verabschiedete und die Haustür öffnete, beförderte eine heftige Böe einen ganzen Schwung vergammelter Blätter herein. Zu Büttners Leidwesen flatterte auch die über der Leiche liegende Folie für einen längeren Augenblick nach oben und bescherte ihm einen wenig appetitlichen Anblick. Rasch wandte er sich ab, während seinem Assistenten ein „Oh, verdammt!" entfuhr.

Büttner beschloss, sich bei der Befragung des Zeitungsjungen Zeit zu lassen. In diesen Wahnsinn da draußen würde er noch früh genug zurückkehren müssen. Und wer konnte schon sagen, ob in der Küche nicht auch auf ihn ein heißer Grog wartete.

3

An diesem Morgen war man in Rysum früh auf den Beinen. Es kam schließlich nicht alle Tage vor, dass noch vor Sonnenaufgang jede Menge Polizei- nebst Rettungswagen vorfuhren und einen ganzen Straßenzug in ein vom Regenwasser vielfach reflektiertes, bläulich flackerndes Licht tauchten. Gegen den vordergründigen Drang zu erfahren, was einem ihrer Nachbarn wohl zugestoßen sein mochte, konnte selbst ein mit sintflutartigen Regenfällen gepaarter Orkan anscheinend nichts ausrichten. Und so versammelte sich vor dem Haus von Bodo Lübbers innerhalb von nur wenigen Minuten eine ganze Traube in Regenmäntel gekleideter Menschen, deren aufgeregtes Tuscheln allerdings im Pfeifen und Toben des Sturms sowie dem Klatschen des auf die Straße und Fassaden aufschlagenden Regens unterging. Es dauerte nicht lange, bis sich jemand aus der Gruppe löste und zielstrebig auf einen der Polizisten zumarschierte, der sich unweit des lebhaft im Wind flatternden, rot-weißen Absperrbandes aufhielt und sich gerade das Wasser aus dem Gesicht wischte.

„Moin. Nass heute", sprach der Mann den Polizisten an, der daraufhin jedoch nur fragend die Augenbrauen hob. „Tjardo Willms. Ortsvorsteher von Rysum", stellte sich der

Mann vor. Er deutete auf die Menschenansammlung. „Die Leute fragen sich, was hier wohl los ist."

Der Polizist schien zu überlegen, wie viel er verraten durfte, dann jedoch sagte er knapp: „Leichenfund."

Tjardo Willms schluckte schwer. „Ein Leichenfund? Bodo Lübbers etwa? Er wird doch nicht tot sein."

„Gemeinhin ist das so bei Leichen."

„Bodo ist tot? Aber warum das denn?" Tjardo Willms stand das blanke Entsetzen ins Gesicht geschrieben, als sich im selben Augenblick die Haustür öffnete und der Blick auf die Geschehnisse im Innern des Hauses frei wurde. „Da ist ja alles voller Blut", stellte er mit belegter Stimme fest. „Was ist denn da passiert?"

„Ich kann Ihnen nur sagen, dass der Besitzer des Hauses tot ist", antwortete der Polizist und nickte grüßend zu zwei schwarz gekleideten Männern hinüber, die dem gerade vorgefahrenen Leichenwagen entstiegen waren und nun in gebeugter Haltung und mit über den Köpfen verschränkten Armen in wenig pietätvollem Tempo dem Haus entgegenliefen.

„Warum denn dann das ganze Blut? Er ist doch nicht … ermordet worden?"

Der Polizist zuckte die Schultern, sagte jedoch nichts.

„Ich kenne zumindest keinen, der sich selber dutzende Male ein Messer in den Körper rammt", hörte Tjardo Willms eine Stimme sagen. Er drehte sich um und blickte in die Augen seines Nachbarn Theo Bleckmann. „Jo. Mir hat's auch kurz die Sprache verschlagen, als Eilert mir das erzählt hat", fügte er hinzu, als der Ortsvorsteher ihn nun mit offenem Mund anstarrte und unfähig war, auf diese grauenvolle Eröffnung etwas zu erwidern. „Is aber so. Jemand hat Bodo zerlecht wie ein Schwein aufer Schlachtbank. Sein Körper muss total zerfetzt sein. Da denkste immer, so was gibt's nur in Horrorfilmen und so. Is aber nich so. Nu gibt's das auch hier bei uns in Rysum. Man mach's kaum glauben. Sollt mich wunnern, wenn das nich morgen inner Bild-Zeitung steht."

„Was hat Eilert denn damit zu tun?", fragte Tjardo Willms heiser. Er hatte seinen Nachbarn am Arm gefasst und beiseite gezogen. „Er hat Bodo doch wohl nicht …"

„Nee, nee", winkte Theo Bleckmann mit einer schnellen Armbewegung ab. „Eilert sacht, er hat Bodo gefunnen, als er die Zeitung gebracht hat. Is wohl Blut unner der Tür durchgelaufen."

„Und wann hat Eilert dir das erzählt?" Tjardo Willms legte die Hände über die Augen, um sie vor dem Regen zu schützen, und schaute sich suchend in der Menge um. Eilert Bloem aber konnte er nirgends entdecken.

„Eilert is im Haus. Sitzt inner Küche und trinkt Grog. Is zwar eigentlich nich die Uhrzeit dafür, aber er kann's gebrauchen. Ich hab ihn da sitzen sehen, als ich am Fenster vorbei bin. Hab geklopft, und da hat er mir durchs Fenster gesacht, was passiert is. Stand völlig neben sich. Was ja kein Wunner is. Möchte den mal sehen, der so was einfach so wechsteckt. Würd mich ja mal interessieren, wer nu wirklich der Mörder war. Bodo hat doch keinem was getan."

„Nee, das hat er wirklich nicht." Tjardo Willms schüttelte verständnislos den Kopf. Er kannte kaum jemand sanftmütigeren als Bodo Lübbers. Er konnte sich nicht erinnern, aus dessen Mund jemals ein böses Wort gehört zu haben. Für alles und jeden fand er stets eine Entschuldigung, ganz egal was derjenige auch angestellt hatte. Wer, in drei Teufels Namen, brachte so jemanden um?

„Wat is denn nu?“, rief jemand aus der Menge zu ihnen herüber. „Ihr macht ja ein Gesicht wie drei Tage Regenwetter!“

Angesichts der schon Tage andauernden Wetterlage schien dieser Ausspruch so manchen zu erheitern, denn aus der Menge heraus war nun vereinzeltes Gelächter zu hören. Tjardo aber war alles andere als zum Lachen zumute. Was, wenn das erst der Anfang war? Was, wenn sich ausgerechnet in ihrem so idyllischen Dorf ein Psychopath herumtrieb? Denn schließlich konnte man ja kaum etwas anderes sein als ein Psychopath, wenn man wie toll immer wieder auf einen Menschen einstach, der niemandem etwas getan hatte, oder? Er blickte wie um Beistand heischend zum Himmel, doch war auch von dort in absehbarer Zeit wohl nichts Gutes zu erwarten. Obwohl die Sonne inzwischen aufgegangen war, war es alles andere als taghell. Vielmehr lagen die schweren, fast bedrohlich wirkenden Wolken so schwer über der Erde, als wollten sie alles Leben auf ihr nicht nur ertränken, sondern auch erdrücken. Tjardo meinte, ihre Last fast körperlich zu spüren. Nein, nach Lachen war ihm wirklich nicht zumute.

„Hej, was is denn nu?“, schallte es erneut zu ihnen herüber.

„Am besten sagen wir Dirk, dass er seine Kneipe aufschließen soll“, meinte Tjardo Willms, einer spontanen Eingebung folgend. „Dort können wir mit allen auf einmal reden. Vielleicht macht uns ja jemand einen Tee." Er schüttelte sich fröstelnd. „Ist ja nicht auszuhalten, dieses nasskalte Schietwetter."

„Oder einen Grog", nickte Theo Bleckmann. „Nur gut, dass heute Sonnabend is."

Tjardo Willms hatte keine Ahnung, was genau sein Nachbar mit dieser Bemerkung ausdrücken wollte, aber er ließ sie einfach mal so stehen. Es gab nun Wichtigeres, als sich über Wochentage Gedanken zu machen.

4

„Der Fernseher läuft Tag und Nacht. Ich habe ihn zwischendurch immer mal ausgestellt. Doch kaum dass ich ihr den Rücken zukehre, schaltet sie ihn wieder ein. Entweder nehmen wir ihn ihr weg oder ..."

Doktor Karsten Gruber schüttelte den Kopf. „Nein. Wegnehmen ist keine Lösung, dann macht sie ganz dicht. Sie braucht noch Zeit. Ich werde noch mal mit der psychologischen Betreuung über sie sprechen. Vielleicht müssen bei ihr einfach andere Ansätze her, um sie zum Weitermachen zu bewegen." Der Chirurg fuhr sich müde übers Gesicht. Es war schon die dritte Schicht, die er ohne Pause schob. Nichts erschien ihm jetzt erstrebenswerter, als einfach nur in seinem Bett zu liegen und zu schlafen. Wenn er Glück hatte und nicht wieder etwas dazwischenkam, würde der Kollege ihn in einer Stunde ablösen. Doch bei dem Krankenstand, der derzeit herrschte, war es nur eine Frage der Zeit, bis sich wieder jemand dienstuntauglich meldete und er eine weitere Schicht schieben musste. Die ganze Klinik schien in den letzten Tagen ein einziges Niesen, Schnäuzen und Husten zu sein. Viele Mitarbeiter schleppten sich noch mit letzter Kraft hierher, weil sie ihre Kollegen nicht über Gebühr belasten wollten. Doch war das natürlich auch keine Lösung, denn wer brauchte in einer Klinik schon krankes Personal, bei dem sich die ohnehin geschwächten Patienten gleich doppelt und dreifach ansteckten?

„Sie isst auch viel zu wenig", hörte er die Nachtschwester sagen, die ebenso wie er unablässig versuchte, ein Gähnen zu unterdrücken, und den Schichtwechsel herbeisehnte. „Genau genommen verweigert sie nahezu jede Nahrungsaufnahme. Wenn es so weitergeht, müssen wir sie an den Tropf hängen." Die Schwester zögerte kurz, bevor sie hinzufügte: „Könnten Sie nicht noch mal mit ihr reden? Sie sind der Einzige, der einen gewissen Zugang zu ihr zu haben scheint. Immerhin lächelt sie in Ihrer Gegenwart sogar ab und zu mal."

„Echt? Das muss ich übersehen haben", seufzte der Arzt, erhob sich jedoch von seinem Stuhl und sagte: „Okay, wenn ich Sie richtig verstanden habe, dann ist sie jetzt wach, oder?"

„Ja. Sie hat nur wenige Stunden geschlafen. Jetzt läuft der Fernseher wieder. Sport, Sport, Sport und immerzu Sport. Warum tut sie sich das nur an? Warum foltert sie sich geradezu mit diesen Bildern?"

„Es ist wohl ihre Art, es zu verarbeiten. Aber, wie gesagt, für solche Fragen gibt es Therapeuten. Da halte ich mich raus, und Sie sollten es auch tun. Womöglich machen wir ansonsten mehr kaputt bei dem Mädchen, als dass wir heilen. Und auch wenn es angesichts der Personalsituation in dieser Klinik ein wenig zynisch klingt: Das Einzige, was uns bleibt, ist, ihr ein wenig Zuwendung zu geben." Er zog eine Grimasse. „Oder wurde es zwischenzeitlich per Dienstanweisung verboten, mit den Patienten ein paar aufmunternde Sätze zu reden, weil dies den werten Shareholdern kein Geld einbringt?"

„Wundern würde es mich nicht", erwiderte die Schwester. „Ist sicherlich nur eine Frage der Zeit, bis solch eine Anweisung kommt oder unser Job gar von Robotern erledigt wird, weil die keine Zeichen von Erschöpfung zeigen und auch kein Gehalt verlangen." Auch sie verließ nun das Stationszimmer. „Ich gehe dann mal wieder an meine Arbeit, solange ich noch eine habe."

Vor dem Zimmer der Patientin angekommen, gähnte Doktor Gruber einmal herzhaft, bevor er an die Tür klopfte und unaufgefordert eintrat. Er wusste, dass die junge Frau auf sein Klopfen nicht reagieren würde. Einfach deshalb, weil sie derzeit auf gar nichts reagierte.

„Guten Morgen, liebe Jelka, wie geht es dir heute?", rief er betont munter in den Raum hinein. Er schloss die Tür hinter sich, zog sich einen Stuhl heran und setzte sich neben sie ans Bett. „Oh, Biathlon der Frauen. Wer gewinnt?"

Jelka antwortete nicht, sie sah ihn nicht einmal an. Stattdessen presste sie trotzig die Lippen aufeinander und tippte auf der Fernbedienung herum, woraufhin der Fernseher noch ein wenig lauter wurde.

„Ich hab gesehen, dass dein Freund heute hier war", ließ der Arzt sich nicht beirren. „Jonas heißt er, oder? Er kommt dich recht häufig besuchen. Scheint ein netter Kerl zu sein. Aber hoffentlich quatschst du den nicht genauso voll wie mich, du alte Plaudertasche. Wäre bestimmt ermüdend für ihn."

Doktor Gruber schielte aus den Augenwinkeln zu Jelka hinüber. Täuschte er sich, oder zeigte sich auf ihrem Gesicht tatsächlich der Anflug eines Lächelns? Wenn es so war, dann bemühte sie sich wie immer sehr, es nicht zu zeigen. Sie wollte nicht lächeln, nicht lachen, nicht fröhlich sein. Sie wollte sich quälen, sie wollte leiden, sie wollte trauern. Trauern um ihr Bein, das er ihr während einer mehrstündigen Operation hatte amputieren müssen. Das, was vom Bein noch übrig war, endete nun unmittelbar über dem Knie. Für die ehrgeizige und bis dato sehr erfolgreiche Sportlerin war es ein Desaster, doch hatten sie keine Wahl gehabt. Zu sehr waren die Gefäße beschädigt gewesen; eine Durchblutung des Beins hatte praktisch nicht mehr stattgefunden. Es hatte keine andere Lösung gegeben, als die gerade einmal achtzehnjährige Frau für den Rest ihres Lebens zu verstümmeln. Sie wäre ansonsten unweigerlich gestorben. Was ihr deutlich lieber gewesen wäre, wie sie während ihrer depressiven Anfälle immer wieder betonte, um dann so verzweifelt in ihre Kissen zu schluchzen, als wollte sie sich in ihren eigenen Tränen ertränken.

Es zerriss ihm regelmäßig das Herz, wenn er sie so sah. Dabei konnte er ihr noch nicht einmal sagen, ob diese Amputation tatsächlich das Ende ihres Leidensweges bedeutete, denn auch ihr anderes Bein war alles andere als gesund. Noch hatten er und seine Kollegen die Hoffnung, es retten zu können. Die Garantie aber gab ihnen keiner. Als Arzt hatte er sich selten so hilflos gefühlt wie in diesem Fall.

Er kannte Jelka bereits seit einigen Jahren, hatte ihren schleichend fortschreitenden Krankheitsverlauf von Anfang an verfolgt. Zunächst sah es so aus, als würden sie die Sache in den Griff bekommen, doch im letzten halben

Jahr war ihnen die Krankheit plötzlich davongaloppiert. Ein Gefäßverschluss folgte dem nächsten, bis klar gewesen war, dass sie nichts mehr tun konnten, außer sie von ihrem nahezu abgestorbenen Bein zu befreien. Der Tag, an dem er es ihr sagen musste, gehörte zu den schwärzesten seines Lebens.

Und ganz plötzlich, von einem Moment auf den anderen, hatte er ein völlig anderes Mädchen vor sich gehabt. Bis zu diesem Zeitpunkt kannte er Jelka als stets gut gelaunt und hoffnungsfroh. Wie eine Besessene hatte sie Sport getrieben – nicht nur, weil er ihr gesagt hatte, es würde der Krankheit entgegenwirken. Nein, immer schon war sie eine geradezu leidenschaftliche Leichtathletin gewesen, die Sieg um Sieg und Medaille um Medaille nach Hause brachte.

Kein Mensch hatte ahnen können, dass ausgerechnet ein derart durchtrainiertes, sich stets gesund ernährendes Mädchen an einem solch brutalen Leiden erkranken würde. Alles, was sie als Ärzte gelernt hatten, sprach dagegen. Statistisch gesehen war eine solche Erkrankung bei einem so jungen und gesunden Menschen nahezu ausgeschlossen. Doch was nützte einem die Statistik, wenn man selbst genau der medizinische Sonderfall war, der eine bis dahin als zementiert geltende Lehrmeinung ad absurdum führte?

Doktor Gruber war sich sicher, dass es mit Jelkas Depressionen nicht so schlimm geworden wäre, wenn ihr eine liebevolle, sie tröstende Mutter beiseite gestanden hätte. Aber auch in dieser Hinsicht war das Schicksal mit dem Mädchen alles andere als gnädig umgesprungen, denn ihre Mutter war vor drei Jahren an einem Herzinfarkt gestorben. Es stand zu befürchten, dass sie die schwache Konstitution der Gefäße an ihre Tochter vererbt hatte. Zumindest gingen die Ärzte davon aus. Doch auch dieses Wissen nützte nichts, denn es machte weder Jelkas Mutter wieder lebendig, noch brachte es Jelkas Bein zurück. Es taugte allenfalls als Erklärung für das Unbegreifliche, mehr nicht.

Somit blieben lediglich Jelkas Vater, der sich um sie kümmerte, so gut er es eben konnte, und ihr Freund Jonas, der auch in dieser schweren Zeit in bewunderns-werter Weise zu ihr hielt, obwohl Jelka es ihm weiß Gott nicht leicht machte. Ganz alleine war sie also nicht, aber dennoch zutiefst einsam, denn nach diesem Eingriff war nichts mehr wie zuvor. Ihr Leben, das sie gekannt und geliebt hatte, gab es nicht mehr und würde es nie wieder geben. Doch anstatt sich der neuen Situation zu stellen, trauerte sie ihrer Vergangenheit mit all ihren Sinnen nach.

„Morgen wird hier in der Klinik ein Theaterstück auf-geführt, das ganz lustig sein soll. Hättest du vielleicht Lust, dabei zu sein? Ich könnte veranlassen, dass man dich hin-bringt", versuchte Doktor Gruber sein Glück. Er wusste, dass man hier auf der Station schon vieles versucht hatte, um Jelka aus der depressiven Isolation zu führen. Doch bisher hatte sie auf alles, was ihr angeboten wurde, mit einem ablehnenden Schweigen reagiert.

„Mama hat immer gesagt, dass ich bestimmt mal zur Olympiade gehen werde."

Der Arzt schreckte aus seiner zusammengesunkenen Haltung hoch und war von einem Moment auf den anderen hellwach. Sie redete! Jelka hatte in einem ganzen Satz zu ihm gesprochen! Das hatte sie seit der Operation mit absolut niemandem! Dem Doktor war bewusst, dass das einem großen Vertrauensbeweis gleichkam. Ausgerechnet er kam in diesen Genuss. Er, der ihr das bisherige Leben genommen hatte, indem er ihr das Bein amputierte. Er hatte es kaum zu hoffen gewagt.

Seine Muskeln verspannten sich fast schmerzhaft, als ihm klar wurde, dass jetzt sein ganzes Geschick gefordert war. Er durfte es nicht verbocken. Ein falsches Wort, und sie würde sich wieder in ihr Schneckenhaus zurückziehen. Oder sollte er lieber gar nichts sagen, sondern sie einfach reden lassen? Womöglich wollte sie sich nun endlich mal ihre ganze Pein von der Seele reden, und dann wäre jedes Wort von ihm zu viel. Er wünschte, die behandelnde Psychotherapeutin wäre hier, denn die wüsste bestimmt, wie er sich jetzt zu verhalten hatte. Leider war keine Spur von ihr zu sehen, sodass er die schwierige Situation ohne professionellen Beistand würde meistern müssen.

„Mama meinte, ich bekäme bestimmt eine Medaille im 100-Meter-Lauf.“

Okay, sie wollte reden. Der Doktor ließ sich unmerklich in seinen Stuhl zurücksinken. Er würde einfach nur zuhören. Und dabei war es ihm völlig egal, wie lange es dauern würde. Für Jelkas Redebedarf würde er auch noch eine Schicht dranhängen, wenn es die Situation erforderte.

„Und sicherlich auch im Weitsprung und im 400-Meter-Lauf. In dieser Reihenfolge. Und nur in dieser Reihenfolge, sagte Mama immer und lachte dann.“

Ohne dass Jelka es bemerkte, zog der Doktor sein Smartphone aus der Tasche und schickte der diensthabenden Krankenschwester eine Nachricht: *Nicht zu Jelka ins*

Zimmer kommen, bis ich mein Okay gebe! Er hoffte, dass die Schwester diese Nachricht lesen und auch alle anderen Kollegen entsprechend instruieren würde.

„Mama lachte immer, wenn sie mit mir über die Olympischen Spiele sprach. Dabei meinte sie es völlig ernst. Der Gedanke, mich dort gewinnen zu sehen, machte ihr Spaß. Deshalb lachte sie." Dann schwieg Jelka für einen Moment. Doch gerade, als sich der Doktor ein paar aufmunternde Worte zurechtlegte, um den dünnen Faden zwischen ihnen nicht abreißen zu lassen, sagte sie: „Bestimmt wäre Mama jetzt enttäuscht, wenn sie mich hier so sehen könnte, meinen Sie nicht?" In Jelkas Augen schimmerten Tränen.

„Nein", antwortete er entschieden, ohne auch nur einen Moment zu zögern oder über seine Worte nachzudenken. „Nein, Jelka, ganz gewiss wäre sie nicht enttäuscht. Ganz im Gegenteil. Ich weiß, sie hätte dich ermuntert, mit dem Sport weiterzumachen. Sie hätte es getan, weil sie wusste, dass der Sport dein Leben ist und dass du ohne ihn nicht sein willst. Deshalb wirst du eines Tages auf dem Podest stehen, Jelka. Für dich. Und für deine Mama. Ganz bestimmt wirst du das. Und zwar ganz oben."

„Aber ich ..." Das Mädchen biss sich verzweifelt auf die Lippen, als sie die Hand auf ihren Beinstumpf legte.

Der Doktor drückte sanft ihren Arm. „Es gibt Möglichkeiten, Jelka", sagte er mit beschwörender Stimme. „Sehr gute Möglichkeiten sogar. Du wirst kaum einen Unterschied merken, das verspreche ich dir. Und lass dir von niemandem etwas anderes einreden. Denn wer auch immer das Gegenteil behauptet, der hat keine Ahnung."

Die Schicht von Doktor Gruber verlängerte sich an diesem Morgen um mehr als eine Stunde. Aber um nichts in der Welt hätte er tauschen wollen, als Jelka mit bebendem Körper in seinen Armen lag und sich bis zur Erschöpfung ihren ganzen aufgestauten Kummer von der Seele weinte. „Ich würde morgen gerne zu diesem Theaterstück gehen", sagte sie schluchzend, bevor sie schließlich in ihre Kissen zurücksank.

Er verließ ihr Zimmer erst, als sie in einen tiefen, ruhigen Schlaf gefallen war.

5

Als der Begriff „Zeitungsjunge" fiel, hatte sich David Büttner einen jungen, drahtigen Kerl vorgestellt, der sich mit diesem Job einen Nebenverdienst zum Taschengeld oder zu seiner überschaubaren Ausbildungsvergütung sicherte. Insofern war er ein wenig irritiert, als sich besagter Eilert Bloem als ein Mann von vielleicht Anfang sechzig herausstellte, dessen rotgeädertes Gesicht auf regelmäßigen Alkoholkonsum schließen ließ. Außerdem zog er in kurzen Abständen an einer Zigarette und hielt mit der anderen Hand sein gut gefülltes Grog-Glas so fest umklammert, als müsste er sich an ihm festhalten. Sein stumpfer, teilnahmsloser Blick ging ins Leere, was darauf hindeutete, dass er nach wie vor unter Schock stand. Sein Oberkörper war in eine Wolldecke gehüllt, und es sah so aus, als trüge er nichts darunter. Vor ihm auf dem Tisch standen ein Wasserkocher, eine Flasche Rum und eine kleine Schale mit Zuckerwürfeln. Irgendwer hatte es gut mit ihm gemeint. Allerdings stellte Büttner sich die Frage, ob der Herr bei dieser Versorgungslage noch zu einer verwertbaren Aussage fähig sein würde. Er war zurzeit weit und breit ihr einziger Zeuge. Ein vernünftiges Gespräch mit ihm wäre also durchaus wünschenswert.

„Moin", sagte Büttner und baute sich neben dem Mann

am Tisch auf. „Mein Name ist Büttner, dies hier ist mein Assistent Hasenkrug. Wir sind von der Kriminalpolizei und hätten ein paar Fragen an Sie. Ist das in Ordnung?"

Eilert Bloem nickte, ohne seinen Blick zu heben. Büttner entging nicht, dass sich seine Finger noch ein wenig fester um das Glas klammerten.

Sebastian Hasenkrug zog zwei Stühle unter dem Tisch hervor, und sie setzten sich dem Mann gegenüber. „Man sagte uns, dass Sie den Toten gefunden haben", begann Büttner mit der Befragung und schob den Aschenbecher, in dem eine nicht ganz ausgedrückte Zigarette vor sich hin qualmte, ein Stück von sich weg. „Wann genau war das?"

„Es war … schrecklich", erwiderte Bloem und stieß hörbar den Rauch aus.

„Ja. Gewiss", nickte Hasenkrug. „Ein furchtbarer Anblick, den man niemandem wünscht." Er räusperte sich. „Nur wüssten wir gerne, wie und wann Sie den Toten gefunden haben."

„Es war furchtbar, Bodo da so liegen zu sehen." Eilert Bloem starrte immer noch auf einen unbestimmten Punkt an der Wand. Er hob nun sein Glas und führte es an den Mund, wobei sein Kopf sich keinen Millimeter bewegte. Ein wenig kam er Büttner vor wie ein ferngesteuerter Roboter. Dann begann Eilert Bloem leicht den Kopf zu schütteln. „Wer tut denn so was? Ich meine, es war Bodo. Der hat doch keinem was getan. Keinem einzigen hat er was getan."

„Dennoch muss jemand eine rasende Wut auf ihn gehabt haben", gab Büttner zu bedenken.

„Kann ich mir nicht vorstellen, dass jemand wütend

auf Bodo war. Der hat doch keinem was getan", wiederholte Eilert Bloem. „Dass man mal jemanden umbringt, jo", sagte er ein wenig missverständlich. „Aber doch nicht Bodo. Der hat doch keinem was getan."

Büttner verdrehte unmerklich die Augen. Wie oft hatte er so etwas schon gehört. Kein Mensch war heilig. Irgendwen würde Bodo Lübbers schon verärgert haben. Und zwar so heftig verärgert, dass der Mörder zum Messer griff und ihn nahezu filetierte.

„Keiner richtet einen Menschen dermaßen zu, wenn er keine Wut auf ihn hat", sagte nun auch Hasenkrug, als hätte er die Gedanken seines Chefs gelesen.

Als Eilert Bloem auf diese Feststellung hin nur die Schultern zuckte und einen weiteren Schluck seines Grogs nahm, beschloss Büttner, zur Ausgangsfrage zurückzukehren. „Wenn Sie uns bitte schildern könnten, wann und wie Sie den Toten gefunden haben, wären wir Ihnen sehr verbunden."

Die Lippen des Zeitungsmannes verengten sich zu einem schmalen Strich, bevor er hörbar gequält hervorpresste: „Ich wollte die Zeitung durch den Schlitz schieben, wie jeden Morgen. Da kam plötzlich ein Schwall Wasser von oben. Ist mir den ganzen Rücken runtergelaufen. War scheißkalt, das kann ich Ihnen sagen." Sein Reden wurde mit jedem Satz fließender, fast sprach er nun ein wenig zu schnell. „Ich dachte noch, dass ich mir bestimmt eine Erkältung hole, so kalt wie das war. Ist ja bei diesem Wetter sowieso nicht leicht, keine Erkältung zu kriegen, so wie es den ganzen Tag stürmt und schifft. Hab ich selten erlebt, so was. Ist wirklich nicht schön, das Wetter. Hoffe, dass es bald besser wird. So was hält ja kein Mensch aus."

„Damit haben Sie sicherlich recht", seufzte Büttner. Er konnte sein Gegenüber verstehen. Auch er würde an seiner Stelle versuchen, dem Unvermeidlichen so lange es eben ging auszuweichen. Nur half ihnen das Geplänkel über das Wetter nicht weiter. Also hakte er nach: „Dennoch wäre es schön, wenn Sie aufs Wesentliche kämen. Noch mal: Wann und wie haben Sie Herrn Lübbers gefunden?"

Eilert Bloems Blick wurde unstet. Er drückte seine nicht zu Ende gerauchte Zigarette im Aschenbecher aus und rutschte nervös auf seinem Stuhl hin und her. Für eine ganze Weile sagte er nichts, sondern öffnete nur ab und zu mal den Mund und atmete schwer. Doch gerade als Büttner erneut zum Sprechen ansetzen wollte, sagte der Zeitungsmann mit dünner Stimme: „Ich war gegen halb fünf bei Bodo, wie eigentlich jeden Morgen. Gut, ein bisschen später war es in den letzten Tagen als sonst, wegen dem Sturm, wissen Sie. Da ist man mit dem Fahrrad nicht so flott unterwegs."

Büttner hielt die Luft an, und auch sein Assistent wirkte etwas verkrampft. Eilert Bloem würde doch wohl nicht schon wieder Zuflucht in einem Vortrag übers Wetter suchen?

„Als ich mich zum Briefschlitz runterbückte, hab ich das Blut gesehen, das unter der Tür weg kam. Ich dachte mir, dass das doch nicht normal ist. Ich hab dann in den Hausflur geguckt, also durch den Schlitz hab ich geguckt, und da lag er. Alles war voll Blut. Es war … schrecklich. Ich hab dann gekotzt und die Polizei gerufen. Also nacheinander."

„Okay. Danke schön." Erst jetzt erlaubte sich Büttner wieder zu atmen, und auch Hasenkrugs Gesichtszüge entspannten sich sichtlich. Eilert Bloem war mit jedem Wort leiser geworden, sodass zu befürchten stand, dass er auch diese Aussage nicht zu einem befriedigenden Ende bringen würde. Aber es hatte geklappt, auch wenn seine Angaben nicht zu neuen Erkenntnissen geführt hatten.

„Wie wir hörten, ist … war Herr Lübbers verheiratet. Wissen Sie, wo seine Frau sich gerade aufhält?", setzte Hasenkrug nach einem kurzen Durchatmen die Befragung fort.

„Ulrike ist bei ihrer Mutter. Die liegt doch im Sterben." Eilert Bloem riss verstört die Augen auf. Erstmals ließ er von seinem Glas ab und raufte sich das dichte Haar. „Oh mein Gott, die Arme, darüber hab ich ja noch gar nicht nachgedacht! Nun muss sie womöglich 'ne Doppelbeerdigung organisieren! Wie soll das denn wohl gehen!?", rief er aus und schaute die Polizisten so vorwurfsvoll an, als wären sie für den Schlamassel verantwortlich. Dann steckte er sich eine neue Zigarette an.

„Und die Kinder der Lübbers? Waren die in der letzten Zeit mal bei ihren Eltern zu Besuch?", ließ sich Hasenkrug nicht beirren.

„Hm." Eilert Bloem überlegte kurz, dann sagte er: „Muss wohl Weihnachten gewesen sein. Glaub nicht, dass die hinterher noch mal hier waren. Studieren ja alle außerhalb. Nur der Älteste ist schon fertig. Ist Ingenieur oder so was. Lebt in Hamburg. Sind patente Kinder, alle zusammen. Keine Ahnung, wie man denen nun beibringen soll, dass ihr Vater tot ist. Haben sehr an ihm gehangen, wissen Sie."

„Wie war das Verhältnis von Bodo Lübbers zu seinen Nachbarn hier im Dorf?", fragte Büttner, obwohl er die

Antwort schon zu kennen glaubte. Friede, Freude, Eierkuchen allenthalben. Bodo, der Menschenfreund. Es war zum Verzweifeln.

„Bodo war mit allen befreundet", sagte Eilert Bloem erwartungsgemäß. „Überall war er im Verein und so. Boßeln, Feuerwehr, Fußball, Kaninchen. Was man eben so macht. Und wenn es in der Nachbarschaft was zu tun gab, beim Hausbau helfen oder so, dann war Bodo immer als Erster da. Nee, gegen Bodo kannste nichts sagen. Der war bei allen beliebt."

„Blöd, dann müssen wir den Mörder wohl an anderer Stelle suchen", entfuhr es Büttner, was ihm einen tadelnden Blick seines Assistenten einbrachte. „Vielen Dank, Herr Bloem, Sie haben uns sehr geholfen. Am besten gehen Sie jetzt nach Hause und erholen sich."

Büttner erhob sich von seinem Stuhl, doch gerade, als er zur Tür gehen wollte, öffnete sich diese und ein uniformierter Kollege trat ein. „Entschuldigung, ich wollte nicht stören, aber ich dachte, es interessiert Sie vielleicht, dass sich fast alle Dorfbewohner in der Kneipe versammelt haben und über den Mordfall diskutieren. Wäre 'ne gute Gelegenheit, sie zu befragen."

„Na, das nenne ich mal Glück", freute sich Büttner. „Ich danke Ihnen. Gut beobachtet. Wenn Sie mir jetzt noch sagen könnten, wo genau wir diese Kneipe finden …"

„Ich bring Sie hin", verkündete Eilert Bloem. „Kann sowieso ein Bier gebrauchen." Er stand auf, ließ die Wolldecke auf den Stuhl sinken und griff nach Unterhemd und Pullover, die über einem Heizkörper hingen. „Ist alles wieder trocken, Gott sei Dank", stellte er fest und streifte sich die Kleidungsstücke über. Nachdem er auch noch umständlich seinen Regenmantel übergezogen und eine weitere Zigarette angesteckt hatte, machten sie sich auf den Weg.

6

Die vielleicht hundert Meter vom Haus des Opfers bis zur Dorfkneipe reichten aus, um die Schuhe von David Büttner und Sebastian Hasenkrug komplett zu durchnässen. Eilert Bloem hatte da mehr Glück, trug er in diesen Tagen doch sowieso nur Gummistiefel. Kurz hatte Büttner darüber nachgedacht, den kurzen Weg mit dem Auto zurückzulegen, doch wollte er sich nicht nachsagen lassen, seiner Bequemlichkeit Vorrang vor ökologischen Belangen zu geben. Das hatte er nun davon.

„Schöner Mist!", knurrte er und inspizierte missmutig seine womöglich für immer ruinierten Wildlederboots, während Eilert Bloem versuchte, in die Kneipe zu gehen – was sich als gar nicht so einfach herausstellte, da der Wind mit aller Macht gegen die ohnehin schon schwere Holztür drückte.

„Oje, was ist denn das?", meinte Hasenkrug, als sie schließlich im Gastraum standen. Es war nicht eindeutig auszumachen, ob er damit die völlig überfüllte Kneipe oder die mit Zigarettenrauch, Schweiß und Kaffeeduft durchsetzte und ungewöhnlich feuchte Luft meinte, die ihnen gleich hinter der Tür wie eine Wand entgegenschlug. Vermutlich beides. Die Stimmung unter den Dorfbewohnern wirkte aufgrund der Kakophonie aus unterschiedlichen

Stimmlagen zunächst ausgelassen. Wenn man jedoch genauer hinhörte, schien das Entsetzen über den Mord an Bodo Lübbers zu überwiegen.

Während Eilert Bloem sich sogleich unter die Leute mischte und viel mitleidiges Schulterklopfen erntete, bahnten sich die beiden Polizisten einen Weg zur Theke, wobei sie an dem ein oder anderen Pullover, den sie streiften, nasse Schlieren hinterließen.

„Gibt es hier eine Garderobe?", war die erste Frage, die Büttner dem Mann hinter der Theke stellte, der ihnen mit dem typisch unergründlichen Geht-mich-alles-nichts-an-was-Sie-im-Leben-so-treiben-Gesichtsausdruck eines Kneipenwirts entgegensah.

Der Mann deutete auf einen türlosen Durchgang neben der Theke. „Um die Ecke links. Aber glauben Sie mal nicht, dass Sie da noch einen Platz finden. Und wenn, dann gehen Sie nachher bestimmt nicht mit der richtigen Jacke wieder nach Hause. Sehen doch alle gleich aus, die Dinger."

Das war Büttner egal. Alles, was er wollte, war, dieses elendig nasse Ölzeug loszuwerden, von dem das Wasser nur so hinunterrann. Der ohnehin schon eingesaute Holzboden der Kneipe interessierte ihn dabei nicht so sehr wie das wenig heimelige Gefühl, einmal der Länge nach durch eine Pfütze gezogen worden zu sein. Also strebte er, dicht gefolgt von Hasenkrug, besagtem Durchgang zu. Beim Anblick der völlig überfüllten Garderobe verzog er kurz das Gesicht, wählte dann aber einen der hinteren Haken aus, an dem noch nicht die Oberbekleidung der halben Welt zu hängen schien.

Zurück im Gastraum bestellte er für sich und Hasenkrug

zwei Pott Kaffee. „Sind Sie hier der Wirt?", fragte er den Mann hinter der Theke, dessen Körper gerade von einem heftigen Hustenanfall geschüttelt wurde.

„Yepp", krächzte der, als er sich wieder einigermaßen beruhigt hatte. „Dirk Flessner. Und mit wem hab ich das Vergnügen? Sind Sie neu in Rysum?"

„Nee, wir sind von der Kriminalpolizei." Büttner stellte sich und seinen Assistenten vor. „Ich nehme an, dass Sie gerade außer der Reihe geöffnet haben?"

„So isses." Der Husten des Wirts hatte sich wieder gelegt und er machte sich an der Kaffeemaschine zu schaffen. „Ist hier selten so voll, das können Sie mir glauben." Er zwinkerte ihnen zu. „Vielleicht sollten hier öfter Leute umgebracht werden. Ist gut fürs Geschäft."

Büttner grinste. „Unterschätzen Sie nicht den Gewöhnungseffekt. Wenn das Morden hier Alltag wird, besteht ruckzuck kein Gesprächsbedarf mehr. Dann herrscht angesichts jeder neuen Leiche nur noch Schulterzucken."

„Zumindest bei denen, die dann noch zucken können", entgegnete der Wirt lachend, was ihm erneut einen Hustenanfall bescherte. Seine Gesichtsfarbe war alles andere als gesund, zudem standen ihm Schweißperlen auf der Stirn und seine Augen tränten. Es hatte ihn anscheinend ordentlich erwischt. Wie zahlreiche Leidensgenossen, denn in Ostfriesland grassierte eine ungewöhnlich hartnäckige Grippe. Menschenansammlungen wie diese waren wie Brutkästen für die Viren, und Büttner hoffte inständig, nicht als solcher missbraucht zu werden.

„Sie haben sich aber eine schlimme Erkältung zugezogen", stellte Hasenkrug, an den Wirt gewandt, fest.

„Und dann noch der ganze Zigarettenrauch hier … Also ich kann nicht behaupten, dass ich Sie gerade um Ihren Job beneide."

„Ich hab keinen anderen", knurrte Flessner ungehalten. „Und wie Sie sicherlich wissen, gibt es keine rücksichtsloseren und intoleranteren Menschen als Raucher."

„Ich kenne durchaus auch andere", meinte Hasenkrug. „Außerdem herrscht in den meisten Kneipen längst Rauchverbot."

Der Wirt schnaubte. „Dann könnte ich dichtmachen. Würde doch keiner mehr kommen, wenn er hier nicht rauchen darf."

„Arbeiten Sie ganz alleine hier?", fragte Büttner, der dieser Diskussion um das Für und Wider des Rauchens nichts abgewinnen konnte.

„Hab gerade meine Aushilfe angerufen", röchelte Flessner. „Sie kommt gleich. Mit der Sonderschicht hier konnte ja keiner rechnen." Er stellte zwei Becher mit dampfendem Kaffee vor ihnen auf den Tresen.

„Gibt es bei Ihnen auch was zu essen?", wollte Büttner wissen und rieb sich den knurrenden Bauch. Mitten in der Nacht aufstehen zu müssen und dann noch nicht mal ein Frühstück zu bekommen, zerrte an seinen Nerven.

Der Wirt hob den beschlagenen Glasdeckel einer Tortenplatte hoch. Doch lagen auf dieser wider Erwarten keine Gebäckstücke, sondern Frikadellen. „Die sind von gestern. Aber sie standen die ganze Nacht im Kühlschrank. Hab sie gerade erst rausgestellt. Sie können auch gerne warten. In rund einer Stunde bringt der Metzger frische."

„Nee, warten ist nicht so gut", sagte Büttner schnell und

hoffte, dass niemand das lauter werdende Knurren seines Magens hörte. Die Frikadellen sahen aber auch zu köstlich aus! „Ich hätte gerne zwei von denen hier. Mit Ketchup. Haben Sie vielleicht auch ein Brötchen dazu?"

„Jo. Und die sind sogar von heute."

„Für mich bitte dasselbe", meldete sich Hasenkrug nach kurzem Zögern und einem kritischen Seitenblick auf seinen Chef zu Wort. „Frikadellen am frühen Morgen sind zwar nicht so der Brüller, aber wer weiß schon, wann es das nächste Mal was gibt. Und mit vollem Magen arbeitet es sich besser."

Der Wirt nickte, zog zwei Teller unter der Theke hervor und legte alles Gewünschte darauf. „Bitte schön. Kann ich sonst noch was für Sie tun?"

„Danke schön. Ja. Sie könnten mir ein paar Fragen beantworten." Büttner machte eine ausladende Bewegung mit den Armen. „Außerdem kommen gleich noch ein paar Kollegen von uns, um die Gäste hier zu befragen. Zeugenaussagen, Sie verstehen. Könnten Sie irgendwie dafür sorgen, dass alle solange hierbleiben? Ich würde mich ja selber bemerkbar machen, aber mir scheint, es gibt kaum ein Durchkommen durch dieses Stimmengewirr."

Der Wirt fackelte nicht lange, sondern griff sogleich nach einer Schiffsglocke aus Messing, die direkt über seinem Kopf hing. Nur den Bruchteil einer Sekunde später schallte ein blechernes Läuten durch den Raum, woraufhin schlagartig alle Gespräche verstummten und sich die erwartungsvollen Blicke der Anwesenden auf den Wirt richteten. Der nickte dem Hauptkommissar zu.

„Moin!", rief Büttner daraufhin in den Raum. „Mein

Name ist Büttner. Mein Kollege Hasenkrug und ich sind von der Kriminalpolizei. Man sagte uns, dass sich ein Großteil der Dorfbewohner hier versammelt hat, was sich für uns als recht praktisch herausstellt. Gleich kommen noch einige Kollegen, und wir würden Sie gerne zu dem Mordfall Bodo Lübbers vernehmen. Daher bleiben Sie bitte alle hier, bis auch Sie befragt worden sind. Bitte haben Sie Verständnis dafür, dass wir keine Ausnahmen machen können."

Der letzte Satz ging bereits im allgemeinen Gemurmel unter, das bei dem Wort „Mordfall" wie auf Kommando angeschwollen war.

„Man sacht, der Mörder hat Bodo übel zugerichtet. Stimmt das?", fragte ein Mann mit schütterem Haar, der eine ziemliche Alkoholfahne vor sich her trug. Er hatte sich während Büttners kurzer Ansprache durch die Menge gedrängt und stand nun neben ihm, während der Wirt ihm auf seine Bestellung hin ein Bier zapfte. Es war wirklich erstaunlich, was Menschen um gerade einmal halb acht am Morgen so alles zu sich nahmen, fand Büttner.

„Und Sie sind?", stellte er die Gegenfrage und musterte den Mann kritisch.

„Mirko Hayenga. Ich wohne bei Bodo umme Ecke." Er blies Büttner den Rauch seiner Zigarette ins Gesicht und grinste ihn mit seinem lückenhaften Gebiss frech an.

„Lassen Sie das", knurrte Büttner ungehalten und wedelte mit der Hand vor seinem Gesicht herum. „Kein Kommentar zu Ermittlungsdetails", sagte er dann.

„Steht doch sowieso bald alles im Internet."

„Nun, dann können Sie es ja dort nachlesen. Haben

Sie Herrn Lübbers näher gekannt?", fragte Büttner und biss herzhaft in seine Frikadellen, die er samt Ketchup zwischen zwei Brötchenhälften geklemmt hatte. Die ganze Konstruktion stellte sich als ein wenig sperrig heraus, weshalb ihm nun der Ketchup vom Kinn tropfte und auf dem Tresen landete. Er griff nach einer Papierserviette und wischte ihn und sein Kinn ab.

„Hier kennt jeder jeden näher", erwiderte Mirko Hayenga lapidar. „Bodo und ich sind schon zusammen in den Kindergarten gegangen. Wir waren wirklich gute Kumpels, bis ..." Der Mann sprach nicht weiter, sondern griff nun nach dem Bier, das der Wirt ihm reichte, und trank es in einem Zug leer.

„Bis?", hakte Büttner nach.

„Bis was?"

„Sie sagten, Herr Lübbers und Sie seien wirklich gute Kumpels gewesen, bis ..."

Hayenga wischte sich den Schaum vom Mund und winkte ab. „Ach. Ist 'ne uralte Geschichte. Da ist schon so viel Gras drüber gewachsen, dass die Schafe drauf weiden können."

„Ging es um eine Frau?"

Hayenga lachte kurz und rau auf. „Mal ehrlich, Herr Kommissar, geht es nicht immer um eine Frau?" Mit diesen Worten nahm er ein weiteres Bier in die Hand, das der Wirt ihm zwischenzeitlich gezapft hatte, und war kurz darauf in der Menge verschwunden. Gleich darauf erklang ein empörtes Kreischen. „Hände weg von meinen Titten, du Wichser!", keifte eine offensichtlich nicht mehr ganz nüchterne Frau.

„Flossen weg von Luise, Mirko!", schrie daraufhin der Wirt wütend. „Wie oft hab ich dir schon gesagt, dass du sie in Ruhe lassen sollst! Wenn du sie noch einmal angrabschst, dann ist Hausverbot, ist das klar?!"

„Dirk spielt immer meinen Ritter", säuselte besagte Luise gleich darauf in Büttners Ohr, während sie dem Wirt zuzwinkerte. Die Frau lehnte sich zu Büttner herüber und raunte: „Ulrike hat Mirko damals verlassen, weil er zu viel gesoffen hat."

„Hm. Sieht nicht so aus, als hätte er daraus gelernt", erwiderte Büttner und zog eine Grimasse.

„Er ist zwar ein Dreckschwein, aber einer meiner verlässlichsten Kunden", meinte Flessner. „Ich behandele ihn gut, solange er Luise in Ruhe lässt. Schließlich braucht man als Geschäftsmann den ein oder anderen treuen Gefährten, der einem ein gewisses Grundeinkommen sichert."

Hasenkrug hatte seine Frikadellen vertilgt, spülte den letzten Bissen mit Kaffee hinunter und sagte dann zu der Frau, die sich gerade geräuschvoll die Nase schnäuzte: „Sagten Sie Ulrike? Heißt nicht die Frau von Bodo Lübbers so?"

„Jo. Genau", antwortete Luise näselnd. „Bodo und Ulli haben geheiratet, nachdem sie Mirko in die Wüste geschickt hatte. Ging recht fix damals. Fünf Monate später war auch schon das Bobbelchen da. Lukas. Ein wirklicher Wonneproppen."

Büttner horchte auf. „Sie meinen, der älteste Sohn von Bodo Lübbers ist gar nicht der Sohn von Bodo Lübbers?"

„Nicht der leibliche zumindest. Doch Lukas kann sich nicht beschweren. Hat mit Bodo als Vater das große Los gezogen. Glaub nicht, dass er mit Mirko so viel Glück gehabt hätte. Und Mirko selbst war sowieso alles egal, solange er nur an seinen Stoff kam." Die Frau grinste breit, während sie sich einen Zigarillo ansteckte und dann schwungvoll den Rauch ausstieß. „Die Frauen hier sind damals alle auf Bodo abgefahren, wissen Sie? Er sah toll aus und hatte so gar nichts von einem dieser Machos, die hier überall rumlaufen und ständig einen auf dicke Hose machen. Sie wissen schon, diese Uga-Ugas, die sich aufplustern wie die Gorillas und nicht merken, wie primitiv und abstoßend sie dabei auf uns Frauen wirken. Nee, also unseren Bodo, den hätte hier jede genommen. Da hat Ulli wirklich Glück gehabt damals." Sie seufzte theatralisch. „Aber nun isse ja Witwe. So schnell kann das Blatt sich wenden, ne? Aber wem sag ich das. Bei der Mordkommission haben Sie ja Erfahrung damit, wie schnell einen das Schicksal beim Wickel hat."

Büttner nickte, konnte sich des Eindrucks jedoch nicht erwehren, dass die Frau extra für sie eine Show abzog. Alles an ihr wirkte unecht. „Darf ich fragen, warum Sie über die Lübbers' so gut Bescheid wissen?"

„Ich bin mit Mirko – das ist der Suffkopp, der Sie gerade vollgequatscht hat – und mit Bodo zur Schule gegangen. Wir alle sind nie aus diesem Kaff rausgekommen. Dabei wollte ich doch so gerne in die Großstadt. Haben Sie schon mal in einer Großstadt gelebt, Herr Kommissar? Oder hat man auch Sie hier in der Provinz versauern lassen?" Sie klimperte ihn mit ihren unechten Wimpern an. Vermutlich sollte diese Geste verführerisch sein, aber Büttner fühlte sich allenfalls abgestoßen. Wie war das noch gleich mit den Uga-Uga-Gorillas, dachte er. Dieses aufgesetzte Tussi-Gehabe war wohl der weibliche Gegenentwurf dazu.

„Würden Sie uns verraten, welchem Beruf Sie nachgehen?", fragte Hasenkrug, um seinem Chef eine Antwort zu ersparen. Schließlich ging es die Dame nichts an, dass Büttner lange Zeit in Hamburg gelebt und Dienst geschoben hatte.

„Uiii, Sie sind aber auch ein Schnuckelchen", freute sich Luise und verformte ihre grellrot geschminkten Lippen zu einem Kussmund. Statt eine Antwort auf seine Frage zu geben, legte sie ihre Hand auf Hasenkrugs Brust und gurrte: „Wow, das fühlt sich aber gut an."

Hasenkrug schob ihre Hand in aller Seelenruhe beiseite und blickte zur Kneipentür, die gerade aufgedrückt wurde. Einem heftigen Windstoß, der einen Stapel Bierdeckel von einem der Tische auffliegen ließ, folgten vier uniformierte Polizisten. Während das Stimmengewirr schlagartig leiser wurde, seufzten Büttner und Hasenkrug erleichtert auf, und Ersterer rief den Kollegen zu: „Wenn Sie sich zu allererst mal um diese Dame hier kümmern würden. Ich glaube, sie hat Ihnen etwas Wichtiges zu erzählen."

„So", wandte sich Büttner noch einmal an den Wirt, als die aufdringliche Frau am Arm eines Kollegen von dannen gezogen war, „wenn Sie mir jetzt noch erzählen könnten, in welchem Verhältnis Sie zu Bodo Lübbers standen, dann würden Sie mich sehr glücklich machen. Sind Sie auch mit ihm in den Kindergarten oder in die Schule gegangen?"

„Weder noch ... Oh, da bist du ja endlich, Luna", unterbrach Flessner sich selbst und nickte grüßend mit dem Kopf, als nun eine junge Frau aus Richtung der Garderoben kam. „Bist du hinten reingekommen?", fragte er, bevor er erneut von einem Hustenanfall heimgesucht wurde.

„Ja. Hab vorne die Tür nicht aufgekriegt", bestätigte sie und drückte ihm zwei Küsschen auf die Wangen. „Ist ja wohl der helle Wahnsinn da draußen. Du hörst dich aber nicht gut an, sach mal. Und dein Gesicht ist schweißnass. Immer noch dieser Husten, oder was? Und dass Bodo tot ist, ist ja wohl auch der Hammer", traf sie übergangslos mehrere Feststellungen auf einmal, während sie sich sogleich daranmachte, die nächsten Biere zu zapfen, die jetzt vermehrt bestellt wurden.

„Dürfte ich trotzdem noch wissen, wie Sie zu Herrn Lübbers standen?", fragte Büttner leicht gereizt.

„Ach so, Bodo, ja, natürlich", röchelte der Wirt ungesund und schob sich einen Hustenbonbon in den Mund. „Also, nee, ich bin erst viel später ins Dorf gezogen. Vor fünfzehn Jahren ungefähr. Bodo war hier Stammgast. Wie eigentlich alle Männer von hier und auch ein paar Frauen. Die meisten kommen mehrmals die Woche. Bodo kommt immer freitags, wenn Ulli beim Frauenkreis ist. Also er kam, meine ich natürlich. Nun ja wohl nicht mehr."

„Damit ist kaum zu rechnen", nickte Büttner. „Freitags, sagen Sie. Dann war er also gestern auch hier?"

„Ja. Aber in den letzten Tagen war er sowieso öfter hier, weil ja Ulli bei ihrer Mutter war. Hält es alleine zu Hause nicht aus, sagte er immer. Kocht dann ja auch niemand für ihn, und hier hat er gutes Essen gekriegt."

„Wann ist Herr Lübbers denn gestern nach Hause gegangen?", wollte Hasenkrug wissen.

Der Wirt schob die Unterlippe vor und wiegte den Kopf

hin und her. „Gestern war's spät", sagte er dann. „Auf jeden Fall war er einer der Letzten, die gingen. Um ein Uhr ist Zapfenstreich. So um den Dreh rum muss das gewesen sein. Musste ja heute auch nicht arbeiten."

„Was hat er denn gearbeitet?"

„Versicherungen. Hat in Pewsum 'ne Niederlassung. Mit Tjardo Willms zusammen."

„Lebt dieser Tjardo Willms auch hier in Rysum?"

„Jo. Tjardo ist unser Ortsvorsteher." Der Wirt deutete mit dem Kopf in die Menschenmenge, während er schmutzige Gläser ein paarmal über die Spülbürsten schob und sie dann zum Abtropfen in einen Korb stellte, aus dem Luna sie jedoch sogleich wieder herausfischte. „Der da hinten, der gerade mit Ihrem Kollegen spricht und dabei mit den Armen rudert, das ist Tjardo. Hatten ein bisschen Stress miteinander in letzter Zeit, die beiden. Aber nun fragen Sie mich nicht, worum es ging. Irgendwas Geschäftliches. Aber da misch ich mich nicht ein. Hab mit meinem eigenen Kram genug zu tun."

„Und mit wem hat er gestern die Kneipe verlassen?", fragte Büttner.

Der Wirt überlegte einen Moment, bevor er sagte: „Er ging alleine, wenn ich mich recht entsinne."

„Okay." Büttner schob sich von seinem Barhocker. „Vielen Dank, Herr Flessner. Wenn wir noch Fragen haben, kommen wir wieder auf Sie zu."

„Immer gerne", nickte der Wirt.

„Was sind wir Ihnen schuldig?"

„Geht aufs Haus."

„Oh, das ist nett", grinste Büttner. „Leider dürfen wir das

nicht annehmen." Er kramte einen Zehneuroschein hervor und legte ihn auf die Theke. „Reicht das?"

„Mehr als genug."

„Der Rest ist Trinkgeld", sagte Büttner. Dann wandte er sich zum Gehen.

7

Die alte Frau zog die Stola aus wärmender Wolle enger um ihre Schultern. Eine Bewegung, die sie an diesem frühen Vormittag bereits dutzende Male ausgeführt hatte. Am liebsten wäre sie gar nicht erst unter ihrem warmen Federbett hervorgekrochen. Sicher, sie war trotz ihres betagten Alters von zweiundachtzig Jahren noch immer geistig und körperlich rege genug, um ihr Tagwerk alleine zu verrichten. Wenn sie in der Lage war aufzustehen, dann tat sie es auch, da gab es für sie kein Zaudern und Zetern. Liegen konnte sie schließlich immer noch lange genug, wenn sie tot war. Dennoch kostete sie das Aufstehen in der kalten Jahreszeit Überwindung, denn in ihrem alten Häuschen, das nicht über eine Zentralheizung verfügte, war es kalt und zugig. Der Wind arbeitete sich durch jede Ritze in den morschen, hölzernen Fensterrahmen, und auch unter den Türen pfiff es unangenehm hindurch, obwohl vor jeder von ihnen einer dieser langgezogenen Dackel aus umhäkeltem Schaumstoff lag. In den letzten Tagen hatte sie ihre morschen Knochen besonders schlimm gespürt. Der Sturm, der draußen tobte, gab einem das Gefühl, dass selbst das Mauerwerk aus mit Moosen und Flechten überzogenem Klinker durchlässig geworden wäre. Ganz egal, wo sie sich in diesem Haus aufhielt, überall herrschte eine feuchte Kälte, die ihr durch Mark und Bein ging. Einzig die knackenden Holzscheite im Kamin vermittelten ein Gefühl von Behaglichkeit. Doch konnten auch sie die sich bis tief in den Körper fressende Kälte nicht aufhalten.

Femke Onnen stellte ihre Teetasse mit zittrigen Fingern auf den kleinen Beistelltisch zurück, der direkt neben ihrem bequemen Ohrensessel stand, und schob sich den letzten Happen ihres mit Marmelade bestrichenen Frühstücksbrotes in den Mund. Sie warf dabei einen Blick auf die Wanduhr mit dem extra großen Zifferblatt. Wo nur der Junge blieb? Gleich nach dem Aufstehen hatte sie in seinem Zimmer nachgeschaut, doch zu ihrem Erstaunen war sein Bett unberührt, obwohl er sein Kommen angekündigt hatte. Es kam oft vor, dass ihr Großneffe Immo bei ihr übernachtete. In der Regel dann, wenn er nicht zu seiner ständig betrunkenen Mutter nach Hause wollte. Und gestern war Luises Zustand wieder besonders schlimm gewesen, wie sie von ihrer Nachbarin erfahren hatte. Hatte Immo es sich womöglich anders überlegt, weil er eine Frau …?

Die alte Frau wagte diesen Gedanken kaum zu Ende zu denken. Schon so lange wartete und hoffte sie darauf, dass Immo endlich eine nette Frau kennenlernen würde. Für einen jungen Mann von vierundzwanzig Jahren war es nicht einfach, alleine durchs Leben zu gehen. Sie wusste, dass er sich genauso nach Liebe und Zuneigung sehnte wie jeder andere Mensch. Leider hatte er sich in die falsche Frau verguckt und hielt sich seit Jahren an dem Gedanken fest, sie würde eines Tages ihm gehören. Was natürlich völliger Quatsch war. Denn zum einen war diese Frau verheiratet und zum anderen zwanzig Jahre älter als er. Wie also, bitte schön, sollte aus dieser fixen Idee jemals etwas werden?

Es gab so viele hübsche und patente junger Dinger hier in der Krummhörn. Nur würdigte Immo sie keines Blickes. Femke seufzte schwer bei dem Gedanken, dass es umgekehrt wohl leider genauso war. Immo war das, was man gemeinhin ein wenig seltsam nannte. Er schrieb. Immer, wenn ihn etwas emotional berührte oder belastete, zog er sich in sein Zimmer zurück und schrieb. Und soweit sie es beurteilen konnte, brachte er dabei nur wirres Zeug zu Papier, also ganz gewiss nichts, was dazu angetan war, junge Frauen für sich einzunehmen, auch wenn er ansonsten noch so verträglich war. Und das war Immo ganz gewiss. Er hatte ein sanftes Gemüt, war stets hilfsbereit und nur sehr selten mal ungehalten. Er war keiner von diesen Rowdies, die sich ständig mit irgendwelchem Getue wichtigtaten und sich – spätestens wenn sie Alkohol getrunken hatten – für den Mittelpunkt des Universums und vor allem für unsterblich hielten. So manchem jungen Mann war das Gefühl von Unsterblichkeit schon zum Verhängnis geworden, wenn er sich nach dem zehnten Bier auf der Landstraße den Kopf zu Brei fuhr.

Sicher, Immo trank auch Alkohol. Darin unterschied er sich in nichts von seinen Altersgenossen. Und das war auch gut so. Aber niemals würde er sich danach ins Auto setzen. Gott sei Dank hatte er trotz seiner Schreibmacke einen großen Freundeskreis, eben weil er ansonsten ein umgänglicher Typ war. Gut, es kam nicht selten vor, dass ihn seine Freunde wegen seiner Macke aufzogen, aber das steckte Immo, ohne mit der Wimper zu zucken, weg. Alles könnte also so schön sein, wenn da nur nicht Ulrike Lübbers wäre, die ihm, aus welchem Grund auch immer, so dermaßen den Kopf verdreht hatte, dass er in Sachen Liebe anscheinend zu keinem klaren Gedanken mehr fähig war.

„Moin, Tantchen, ich bin wieder da!", schallte es von der Haustür her in Femkes Gedanken hinein. Zeitgleich drang ein unangenehmer Windstoß mit einem noch unangenehmeren Pfeifen ins Zimmer, das sie erneut frösteln und ihre Stola enger um sich ziehen ließ. Wie sehr sie ein ruhiges und mildes Frühlingswetter herbeisehnte! Ganz gewiss war dieser Wunsch in ihr noch nie so ausgeprägt gewesen wie in diesem Jahr.

Immo betrat den Raum und brachte den salzigen Duft der Nordsee mit. „Entschuldige", sagte er und drückte seiner Großtante mit seinen rauen Lippen einen Kuss auf die Wange. „Bestimmt hast du dir Sorgen gemacht. Ich hätte dich ja angerufen, aber wenn du dich weigerst, nach einundzwanzig Uhr den Hörer abzunehmen ..." Er hob hilflos die Schultern. „Bin leider etwas versackt. Hab bei einem Freund übernachtet. Der hatte noch 'nen guten Whiskey zu Hause, den ich unbedingt probieren sollte. Bin dann drüber eingepennt."

„Alles gut, mien Jung", beschwichtigte Femke ihn. „Du bist jung, und da gehört es dazu, Spaß zu haben." Sie zog kritisch die Augenbrauen zusammen, als er nun nervös von einem Bein auf das andere trat und seine Hände ineinander verschlang, als wollte er sie auswringen. „Was zappelst du denn so rum? Is was nich in Ordnung?"

„Hast du schon gehört? Bodo Lübbers ist tot", verkündete er nach einem tiefen Atemzug.

„Was?" Femke stellte scheppernd ihre Tasse zurück und sah ihn aus großen Augen an. „Tot? Warum das denn? Er war doch noch so jung!"

„Er wurde ermordet."

„Ermordet?" Femke schlug sich die krummen Finger vor den Mund. Was erzählte der Junge da? Ein Mord? In Rysum? Das konnte doch nur ein makabrer Scherz sein! Doch sah Immo gar nicht so aus, als würde er scherzen. Vielmehr war sein Gesichtsausdruck ungewöhnlich ernst.

„Ja. Eilert hat ihn heute Morgen gefunden. Die Polizei ist auch schon da. Hat alles abgesperrt. Im Dorf reden sie von nichts anderem. Haben sich vorhin alle in der Kneipe versammelt, aber nun gehen sie nach und nach wieder nach Hause." Immo nahm eine Tasse aus der Vitrine und schenkte sich Tee ein. Seine Hände zitterten. Femke wusste, dass es nicht mehr lange dauern würde, bis er aufsprang, sich Zettel und Stift schnappte und wieder zu schreiben begann.

„Bodo muss ziemlich übel ausgesehen haben, als man ihn fand", erklärte Immo nach dem ersten Schluck.

Femke wurde schwindlig. Der ganze Raum drehte sich plötzlich um sie. „Oh mein Gott, ausgerechnet Bodo! Ich kann das gar nich glauben. Weiß man denn wenichstens, wer es getan hat?"

„Nein. Die Polizei hat jeden von uns ausgefragt. Aber anscheinend hat keiner was gesehen oder gehört."

„Wie furchtbar. Und was sacht die arme Ulrike dazu?"

Immos Blick versteinerte sich. Ohne ein weiteres Wort stellte er die Tasse ab, stand auf und verließ den Raum. Nur wenig später waren seine hastigen Schritte auf den knarrenden Stufen der Treppe zu hören. Sein Drang zu schreiben verlangte nach Erleichterung.

Erst jetzt spürte Femke, dass ihr Herz ungewöhnlich schnell gegen die Rippen schlug. So eine schreckliche Nachricht am Vormittag war einfach zu viel für eine alte Frau. Gerne hätte sie zur Beruhigung noch eine Tasse Tee getrunken, doch zitterten ihre Hände so sehr, dass sie die Kanne unmöglich würde ruhig halten können. Sie schloss die Augen, um ein wenig zur Ruhe zu kommen. Ihre Gedanken schweiften in die Vergangenheit ab.

Sie kannte Bodo seit seiner Jugend, genauso wie all die anderen Kinder aus dem Dorf, die nun schon seit Langem keine Kinder mehr waren. Femke hatte ihn immer gerne gemocht. Zeitlebens war er ein unaufdringlicher Mensch gewesen. Sie sah ihn noch auf einem viel zu großen Damenrad durchs Dorf flitzen. Er mochte vielleicht fünf oder sechs Jahre alt gewesen sein, als er bereits kräftig in die Pedale trat, obwohl sein Hintern nicht mal ansatzweise bis zum Sattel reichte. Auch beim Schwimmen war er einer der Ersten aus seiner Altersgruppe gewesen. Bar jedweder Schwimmkenntnisse und völlig frei von Angst stürzte er sich damals in den Kanal und tat dann das, was die Ostfriesen gemeinhin als *hundchen* bezeichnen: Um über Wasser zu bleiben, paddelte er mit den Armen wie ein Hund mit seinen Vorderbeinen und kam dabei erstaunlich gut voran. Als kleiner Junge hatte Bodo ihr auch manchmal selbst gepflückte Blumen gebracht. Einfach so. Er hatte geklingelt, sie durch seine Zahnlücken angestrahlt und ihr sein schmutziges Händchen mit einem Sträußchen Wildblumen entgegengehalten. Sie hatte ihn dann hereingebeten, ihm ein Glas Limonade in die Hand gedrückt und die Blumen in eine Vase gestellt.

Bodo war nie negativ aufgefallen. Er hatte seine Ausbildung absolviert und sich irgendwann als Versicherungsmakler selbstständig gemacht. Nach seiner Heirat mit Ulrike hatte er immer einen zufriedenen Eindruck gemacht und war seinen Kindern ein liebevoller Vater gewesen.

Und nun sollte er plötzlich tot sein? Noch dazu auf brutale Art und Weise ermordet? Es war kaum zu glauben. Wer machte denn so was? War es vielleicht ein Raubmord? Doch was gab es bei den Lübbers schon zu holen, für das sich ein Einbruch lohnte? Sie waren doch eine ganz normale und unauffällige Familie. Oder hatte es vielleicht etwas mit seinem Beruf zu tun? Womöglich hatte sich jemand schlecht beraten gefühlt. Aber deswegen brachte man doch niemanden um.

Die Bilder aus ihrer Erinnerung verschwammen vor Femkes Augen zu einer kunterbunten Spirale aus Alltäglichkeiten eines einfachen Lebens in Rysum. Sie erwischte sich bei dem Gedanken, dass sie die Zeit gerne zurückdrehen würde, um dem kleinen Bodo zum Abschied ein letztes Mal über sein stets verstrubbeltes Haar zu streichen.

Als Femke rund eine Stunde später ihre Augen wieder öffnete, hatte sich das Zittern ihrer Hände so weit gelegt, dass sie wieder in der Lage war, etwas mit ihnen zu greifen. Inzwischen aber war das Teelicht im Stövchen erloschen und der Tee vermutlich kalt.

Mit einem Ächzen und Stöhnen erhob sich die alte Frau von ihrem Platz, um in der Küche einen frischen Tee aufzubrühen. Auf dem Weg dorthin überlegte sie, ihrer Freundin, die nur zwei Häuser weiter wohnte, einen Besuch abzustatten. Gemeinhin war die über alles, was im Dorf geschah, bestens informiert und konnte ihr bestimmt sagen, wie sich die furchtbare Sache mit Bodo genau verhielt. Ein Blick aus dem Fenster aber sagte ihr, dass sie diese Idee lieber wieder fallen ließ. Nach wie vor tobte das Unwetter vor ihrer Tür, und sie verspürte keinerlei Lust, auf ihre alten Tage vom Sturm umgeweht zu werden, sich beim Sturz einen Oberschenkelhalsbruch oder ähnlich Gemeines zuzuziehen und dabei auch noch derart nass zu werden, dass sie wahrscheinlich wenig später in einem Krankenhausbett an einer Lungenentzündung zugrunde gehen würde.

Sie entschied sich, ihre Freundin lieber anzurufen, sobald sie wieder in ihrem Sessel saß. Gewisse Dinge konnte man schließlich auch telefonisch klären.

Als sie an der Treppe vorbeikam, horchte Femke nach oben, aber von Immo war kein Laut zu hören. Vermutlich saß er einfach nur an dem winzigen Schreibtisch, der in seinem Zimmer stand, und schrieb, was das Zeug hielt. Vielleicht war er auch eingeschlafen, was sie nach einer solchen Nacht nicht überraschen würde.

Femke runzelte die Stirn. Vielleicht konnte sich ihr Enkel vor lauter Hirngespinsten überhaupt nicht auf irgendetwas konzentrieren oder gar schlafen. Was, wenn er sich bei Ulrike jetzt endlich am Ziel sah und sich gerade sein zukünftiges Leben an ihrer Seite in den schönsten Farben ausmalte? Und was, wenn er in seinem Liebeswahn … ein Gedanke durchfuhr sie, der sie am ganzen Leib erzittern ließ: Was, wenn er in seinem Wahn selbst dafür gesorgt hatte, dass Ulrike nicht mehr gebunden war?

Sie verscheuchte diesen ungeheuerlichen Gedanken sofort wieder und schämte sich zutiefst für ihn. Und doch nistete er sich in ihr ein, um sie zu gegebener Zeit daran zu erinnern, dass es besser war, Immo im Auge zu behalten.

8

Kaum dass David Büttner und Sebastian Hasenkrug die Kneipe verlassen hatten und mit gesenkten Köpfen im nicht nachlassen wollenden Unwetter Richtung Auto gingen, öffnete sich die schwere Holztür hinter ihnen erneut und eine Stimme rief: „Warten Sie, bitte! Ich würde gerne mit Ihnen reden!"

Büttner, der einfach nur ins Trockene wollte, überlegte kurz, ob er den Rufenden ignorieren sollte, entschied sich dann aber dagegen. Immerhin bestand die Möglichkeit, dass dieser Mann ihnen außerhalb des Rummels in der Kneipe etwas Wichtiges mitteilen wollte – oder sogar ein entscheidender Augenzeuge war. Büttner drehte sich um und rief zurück: „Moin. Was gibt's?"

„Moin." Der Mann, der mit einer Hand seine Prinz-Heinrich-Mütze auf dem Kopf festhielt, hatte zu ihnen aufgeschlossen und nickte ihnen zu. „Moin. Mein Name ist Tjardo Willms. Ich bin der Ortsvorsteher von Rysum."

Büttner erinnerte sich, dass dieser Name bereits gefallen war. Er stellte sich und Hasenkrug vor.

„Als Ortsvorsteher fühle ich mich ein Stück weit für das verantwortlich, was hier im Dorf passiert", erklärte der Mann. Er lachte laut auf und hob abwehrend die Hände, woraufhin ihm beinahe die Mütze vom Kopf geflogen wäre, wenn er nicht gleich wieder zugepackt hätte. „Was natürlich nicht heißt, dass ich Bodo umgebracht habe. Nicht, dass wir uns jetzt falsch verstehen."

„Schade eigentlich", meinte Büttner. „Ein Geständnis wäre mir jetzt gerade recht gekommen." Er schaute auf seine immer noch klitschnassen Schuhe. Um sie herum floss das Wasser wie aus dem Eimer geschüttet weg und bahnte sich über das rote Pflaster seinen Weg die Warft hinab. Er deutete auf die Kneipe. „Sollen wir wieder reingehen, bevor wir hier ersaufen?"

„Ungern", antwortete Tjardo Willms. „Da drinnen wird mir zu viel spekuliert. Außerdem ist die stickige Luft kaum auszuhalten. Ich würde vorschlagen, wir gehen zu mir nach Hause. Da sind wir ungestört. Es sind nur ein paar Schritte."

Keine zwei Minuten später schloss Tjardo Willms die Tür eines Einfamilienhauses auf, das unmittelbar neben der Rysumer Kirche und damit ganz oben auf der Warft stand. Im Gegensatz zu vielen anderen dürfte er damit gute Chancen haben, dass sein Keller nicht von den herabfallenden Wassermassen überflutet werden würde. In der gesamten Region kamen die Feuerwehren seit Tagen kaum zur Ruhe. Sie konnten gar nicht an so vielen Orten gleichzeitig sein, wie es galt, vollgelaufene Keller auszupumpen. Vermutlich floss das Wasser dabei sowieso nur aus einem Keller raus, um sich gleich darauf in einem anderen auszubreiten. All dieser Aktionismus lief also wahrscheinlich ins Leere und sorgte allenfalls für ein wenig ausgleichende Gerechtigkeit. Andererseits musste man irgendetwas tun, um den gebeutelten Leuten zu suggerieren, dass alles gut werden würde.

„Tee?", fragte der Ortsvorsteher, nachdem sie ihre Mäntel in die gefliese Abstellkammer gehängt hatten, wo sie abtropfen konnten, ohne großen Schaden anzurichten.

„Gerne." Büttner nickte und rieb sich die kalten Hände, während er und sein Assistent dem Hausherrn in die modern eingerichtete Küche folgten und an einem Tisch in der Mitte des Raums Platz nahmen.

„Was genau wollten Sie uns denn sagen?", kam Sebastian Hasenkrug gleich zur Sache. „Ich nehme an, es hat etwas mit dem Mord an Bodo Lübbers zu tun? Haben Sie womöglich einen konkreten Verdacht und wollten ihn nicht in der Kneipe äußern?"

„Nein. Leider nicht. Für mich ist das Ganze ebenso unbegreiflich wie für alle anderen."

„Bis auf einen", konnte Büttner es sich nicht verkneifen zu sagen.

Tjardo Willms überging diese Bemerkung. „Ich dachte nur, ich könnte Sie mal darüber aufklären, wie es in diesem Dorf so läuft", sagte er und schüttete Teeblätter in eine zuvor heiß ausgespülte Porzellankanne.

„Wie was so läuft?", fragte Büttner lauernd.

„Das mit dem Miteinander", antwortete der Ortsvorsteher wenig konkret. „Ich jedenfalls lege meine Hand dafür ins Feuer, dass es niemand von den Rysumern ist, der Bodo auf dem Gewissen hat."

„Und wer soll es Ihrer Meinung nach dann gewesen sein?"

„Das fragen Sie am besten die Zugezogenen."

„Die Zugezogenen?" Büttner hob fragend die Augenbrauen. „Und wer genau soll das sein?"

„Jürgen und Evelyn Heidrich. Sie leben seit ein paar Monaten hier. Haben sich eine leer stehende Villa gekauft. Keine Ahnung, womit sie den Makler, der die Villa im Angebot hatte, bestochen haben. Jedenfalls haben sie den Zuschlag bekommen." Tjardo Willms entzündete die Kerze im Stövchen und stellte die Kanne mit dem Tee darauf, bevor er drei Tassen aus dem Schrank holte und sie ebenfalls zum Tisch brachte.

„Wo liegt das Problem?", wollte Hasenkrug wissen. „Eine Villa zu kaufen, ist meines Wissens kein Verbrechen."

„Juristisch gesehen nicht, nein", stimmte Willms ihm zu, während er Kluntjes in die Tassen tat. „Aber es gibt bei so was ja immer auch eine moralische Komponente."

„Als da wäre?", fragte Büttner. Er hatte gerade Schwierigkeiten, sich vorzustellen, was an einem Hauskauf in Rysum unmoralisch sein konnte. Vielleicht wollten die neuen Besitzer dort ein Bordell eröffnen? Oder ein Finanzinstitut?

„Bodo hatte auch Interesse daran, die Villa zu kaufen", erwiderte Tjardo Willms. „Er wollte sie für seinen Sohn haben, der schon immer ein Auge auf dieses Haus geworfen hatte. Und es steht ja wohl außer Frage, dass er das größere Anrecht darauf gehabt hätte."

„Verstehe ich jetzt nicht", nahm Hasenkrug seinem Chef die Worte aus dem Mund. „Worin begründete sich denn dessen Anrecht?"

„Er ist Rysumer."

„Und? Ist das alles?"

Tjardo Willms hielt in seiner Bewegung inne und schaute Hasenkrug mitleidig an. „Sie sind nicht von hier, oder?"

Büttner wollte sich auf solch eine Diskussion um das

Für und Wider, ein Ostfriese zu sein, ungern einlassen und kam seinem Assistenten zuvor, indem er sagte: „Und warum glauben Sie, dass diese Heidrichs Herrn Lübbers umgebracht haben? Mir erschließt sich Ihre Logik noch nicht so ganz."

„Das habe ich nicht gesagt", entgegnete Tjardo Willms schnell. Er nahm einen Beutel mit Tabak in die Hand und begann, eine Zigarette zu drehen, die er sich wenig später unangezündet zwischen die Lippen steckte.

„Sie haben es aber angedeutet, indem Sie uns aufforderten, die Zugezogenen zu befragen", meinte Büttner. „Außerdem verstehe ich nicht, welches Motiv die Heidrichs gehabt haben sollen, Bodo Lübbers umzubringen. Schließlich haben sie doch, was sie wollten, nämlich die Villa. Umgekehrt würde es eher einen Sinn ergeben."

Tjardo Willms lächelte spöttisch, während er die Zigarette wieder aus seinem Mund zog. „Bodo hat sich die Sache nicht gefallen lassen. Natürlich nicht. Keiner von uns hätte sich das von Dahergelaufenen gefallen lassen."

„Und wie sah die finstere Rache des edlen Ritters Bodo konkret aus?", fragte Büttner, der solche latent fremdenfeindlichen Töne nicht leiden konnte. Dabei war es ihm egal, ob der Beschimpfte aus dem Thüringer Wald oder den Slums von Nairobi kam. Wenn er sich nichts hatte zuschulden kommen lassen und es sich leisten konnte, ein Haus in Rysum zu kaufen, dann sollte er sich ein Haus in Rysum kaufen. Punkt. Inzucht hatte es in allen Provinzen Deutschlands über Jahrhunderte hinweg wahrlich genug gegeben. Da konnte ein wenig frisches Blut nicht schaden.

„Bodo war Vorsitzender des Boßelvereins und des

Schützenvereins. Also hat er den Heidrichs auf mein Anraten hin den Beitritt verweigert." Tjardo Willms machte einen so zufriedenen Gesichtsausdruck, als hätte Bodo mit diesen Maßnahmen die denkbar höchste aller Strafen verhängt.

„Und warum sollte es den Heidrichs besonders wehtun, diesen beiden Vereinen nicht beitreten zu dürfen?", fragte Hasenkrug. „Sicherlich, für einen Ostfriesen Ihres Schlags mag solch eine Zurückweisung ein Mordmotiv sein. Aber für Auswärtige? Da habe ich so meine Zweifel. Wo genau sollte denn deren Interesse an dieser Art Freizeitbeschäftigung liegen? Noch dazu ein Interesse, das so stark ist, dass man jemanden dafür umbringt?"

„Sie verstehen die Zusammenhänge nicht", stellte der Ortsvorsteher fest und setzte sich Büttner und Hasenkrug gegenüber.

„Dann lassen Sie uns nicht dumm sterben."

„Dieser Jürgen Heidrich glaubt, ihm gehöre die ganze Welt. Er tut so, als wären wir alle seine Untertanen. So was brauchen wir hier nicht."

„Vielleicht sollten Sie die Heidrichs einfach ignorieren, wenn Sie glauben, dass die beiden nicht ins Dorf passen. Es zwingt Sie doch keiner, sich mit ihnen abzugeben", schlug Hasenkrug vor.

„Sie verstehen nicht, worum es geht", seufzte Tjardo Willms. Er verdrehte die Augen und hob theatralisch die Hände über den Kopf. Eine Geste, die Büttner die Galle hochkommen ließ. Er donnerte mit der Faust auf den Tisch und fauchte ihn an: „Dann sagen Sie uns endlich, worum es geht, verdammt! Wir haben keine Lust, mit

Ihnen unsere Zeit zu verplempern! Also, bringen Sie es auf den Punkt oder lassen Sie uns in Ruhe unsere Arbeit machen!"

Tjardo Willms schaute ihn pikiert an, erwiderte dann jedoch: „Jürgen Heidrich ist Bodos Frau nachgestiegen. Billige Rache dafür, dass er nicht in die Vereine durfte."

Büttner holte tief Luft. Auf diesen Vorwurf hatte er nur gewartet. Wenn es darum ging, jemanden anzuschwärzen, war immer irgendwer irgendwem nachgestiegen. Wie erbärmlich.

„Sagt wer?", fragte Hasenkrug. Auch ihm waren die Zweifel deutlich anzuhören. „Gibt es dafür Beweise?"

„Das weiß hier jeder", behauptete der Ortsvorsteher mit einer lässigen Handbewegung, nachdem er seine Tasse geleert und allen am Tisch nachgeschenkt hatte. „Sie treffen sich regelmäßig. Gehört nicht viel Fantasie dazu, sich auszumalen, was die miteinander treiben. Bringt wirklich nur Unruhe ins Dorf, der Typ."

„Wenn es so ist, wie Sie behaupten, sehe ich das Mordmotiv allerdings immer noch nicht bei Jürgen Heidrich, sondern nach wie vor bei Bodo Lübbers. Gehörnter Ehemann und so. Tot ist aber nun mal nachweislich Lübbers", meinte Büttner.

„Ja. Und Heidrich hat nun endlich freie Bahn bei Ulrike."

„Ein sehr schwaches Motiv. Und sagten Sie nicht, Heidrich sei verheiratet?", hakte Büttner nach.

„Mit Evelyn, ja. Aber schauen Sie sich dieses Mäuschen doch an. Die kann sich doch überhaupt nicht gegen so einen wie Heidrich zur Wehr setzen. Die taugt allenfalls als hübsche Staffage, wenn Heidrich wieder mal einen seiner Empfänge gibt, zu denen dann nur so aufgeblasene Angeber geladen sind."

„Liegt da Ihr Problem mit den Heidrichs?"

„Wie meinen Sie das?"

„Dass Sie nicht zu diesen Empfängen geladen sind."

Willms lachte rau auf und tippte sich mit dem Zeigefinger auf die Brust. „Sie glauben, dass *ich* beleidigt bin, weil *die* mich nicht zum Champagner- und Austernschlürfen einladen? Nee, wirklich nicht. Auf so was kann ich gut verzichten. Da ist mir ein ordentlicher Grillabend im Feuerwehrhaus mit meinen Freunden tausendmal lieber. Ach, was sag ich, millionenmal!"

„Aha." Büttner glaubte ihm kein Wort. Tjardo Willms war seines Erachtens genau der Typ Mann, der überall die erste Geige spielen musste. Und vermutlich hatte er diese Rolle in Rysum auch über lange Zeit hinweg ausfüllen können. Bis die Heidrichs kamen und ihm seither täglich vor Augen führten, dass sie – zumindest was das Materielle anging – mehr erreicht hatten als er und ihr Einfluss in ganz andere Sphären reichte als bis zum Ortsschild von Rysum. Kein Wunder also, dass sie zu seinem Feindbild Nummer eins wurden.

„Und was werden Sie nun gegen die Heidrichs unternehmen?", wollte der Ortsvorsteher mit einer gewissen Ungeduld in der Stimme wissen, nachdem sich Büttner und Hasenkrug für eine ganze Weile schweigend ihrem Tee gewidmet hatten.

Büttner sah ihn lange an, dann sagte er: „Was hätten Sie denn gerne, das wir gegen sie unternehmen?"

Diese Frage irritierte Tjardo Willms offensichtlich, denn

er fing nun an, mit den Fingern auf den Tisch zu trommeln. Nach kurzem Zögern griff er nach einem Feuerzeug, steckte die selbstgedrehte Zigarette an und fing hektisch an zu paffen. Dann trommelte er weiter. „Ähm … wie meinen Sie das jetzt?"

„Na ja, es muss ja einen Grund geben, warum sie gerade diesen Mann so ausführlich vor uns angeschwärzt haben. Wollen Sie womöglich von sich selbst ablenken?"

„Wie meinen Sie das?"

„Wie man hört, waren Sie der Geschäftspartner von Bodo Lübbers. Es hat Streit zwischen Ihnen gegeben, heißt es."

„Was die Leute so reden", brummte Tjardo Willms. „Natürlich kommt es zwischen Geschäftspartnern mal zu Meinungsverschiedenheiten. Doch deswegen bringt man den anderen doch nicht gleich um."

„Nicht?", fragte Hasenkrug. „Glauben Sie mir, da haben wir schon anderes gesehen."

Willms verzog schmollend den Mund. „Als Ortsvorsteher habe ich es für meine Pflicht gehalten, Sie über die Hintergründe der schrecklichen Geschehnisse aufzuklären. Was Sie nun mit diesem Wissen anfangen, ist alleine Ihre Sache. Aber ich sehe schon, dass Sie mir sowieso nicht glauben. Also suchen Sie Ihren Mörder doch, wo Sie wollen."

„Nun, ob Sie es glauben oder nicht, genau das werden wir tun." Büttner erhob sich von seinem Stuhl und ging in Richtung Abstellkammer, um seinen Regenmantel zu holen. Gerne hätte er noch einen weiteren Tee getrunken, doch war ihm der Zigarettenqualm zuwider, der sich nun schnell in der Küche ausbreitete. „Wenn Ihnen noch etwas einfällt oder Sie etwas beobachten, dann geben Sie uns bitte Bescheid. Vielen Dank für den Tee."

Sebastian Hasenkrug folgte seinem Chef nach draußen und atmete vor der Tür erst mal tief durch. „Puh, was war denn das?", fragte er. „Darf ich fragen, warum Sie den Mann so hart angegangen sind?"

„Weil er mir auf den Keks gegangen ist. Und weil sich zwischen meinen Zehen bereits Schwimmhäute gebildet haben, so nass wie sie sind." Büttner schaute mit finsterem Blick zum Himmel hinauf. Der Regen hatte sich abgeschwächt, doch kündigte sich der nächste kräftige Guss bereits durch tiefschwarze Wolken am Horizont an.

„Und jetzt?", fragte Hasenkrug.

„Jetzt fahre ich erst mal nach Hause und wechsele meine Schuhe. Dann komme ich wieder her und wir gehen zur besagten Villa und sprechen mit den Heidrichs. Nicht, dass er tatsächlich der Mörder ist und uns durch die Lappen geht. Bei so Zugezogenen weiß man ja schließlich nie." Er zwinkerte seinem Assistenten zu. „Außerdem bin ich neugierig geworden und es interessiert mich, mit wem wir es zu tun haben."

„Meinen Sie, dieser Heidrich hat wirklich ein Verhältnis mit Lübbers' Frau?"

„Natürlich hat er das."

„Warum natürlich?"

„Weil in solchen Dörfern immer jeder mit jedem ein Verhältnis hat", behauptete Büttner. „Das ist praktisch ein Naturgesetz. Die Zugezogenen sind als Zielgruppe übrigens besonders beliebt."

„Sagt wer?"

„Ich."

„Na, dann muss es ja stimmen."

„Sie sagen es, Hasenkrug, Sie sagen es. Ich stelle mit Freuden fest, dass Sie bei mir schon viel gelernt haben."

9

„Bist du sicher, dass du das willst?" Jonas schaute seine Freundin Jelka skeptisch an, dann sah er durch die Scheibe seines Autos auf die tobende See hinaus. Sie waren zum Deich bei Pilsum gefahren und unmittelbar unter der Deichkrone auf einem befestigten Weg stehen geblieben.

Jonas war völlig perplex gewesen, als er an diesem Sonntagmorgen ins Krankenhaus gekommen war und Jelka ihn geradezu euphorisch begrüßt hatte. Seit ihr das Bein abgenommen worden war, hatte er sie nicht ansatzweise lächeln sehen, doch über Nacht schien ihre Depression plötzlich wie weggeblasen. Auf seine Frage, was passiert sei, hatte sie ihn strahlend angesehen und gesagt: „Ich werde auf dem Podest stehen, Jonas. Genauso wie Mama es sich immer für mich gewünscht hat."

In schnellen Worten hatte Jelka ihm erzählt, dass Doktor Gruber der Ansicht sei, sie müsse ihren großen Traum von einer Medaille bei Olympia trotz ihrer Behinderung keineswegs aufgeben. Also werde sie alles daransetzen, um dieses Ziel zu erreichen. Und gleich am heutigen Tag werde sie damit beginnen, sich physisch und mental wieder in einen akzeptablen Zustand zu versetzen. So erbärmlich, wie ihr Befinden in den letzten Wochen gewesen sei, könne es ja nun mal nicht weitergehen.

Jonas hätte angesichts dieser Worte jubeln und tanzen können vor Glück. Ja, genauso war sie, seine Jelka! Immer fröhlich, immer optimistisch, immer voller Pläne. Auch für ihn waren die letzten Wochen die reinste Hölle gewesen, doch hatte er es sich nie anmerken lassen. Zwar hatte er keine Ahnung, wie es Doktor Gruber gelungen war, Jelka aus der Reserve zu locken, doch war es letztlich ja auch egal. Im Gegensatz zu Jelkas Vater hatte Jonas immer daran geglaubt, dass sie bei diesem Mediziner in den besten Händen war.

Auf Jonas' Frage hin, wie Jelka gedenke, ihren neu gefassten Lebensmut und ihre Pläne zu feiern, hatte sie, ohne auch nur einen Moment zu überlegen, gesagt: „Ich will an den Deich."

„An den Deich? Bei diesem Wetter? Nicht dein Ernst!" Jonas musste sie ganz entsetzt angesehen haben, denn sogleich lachte Jelka laut auf. „Natürlich", hatte sie gesagt. „Nur dort, mit dem unverstellten Blick zum Horizont, gibt es die absolute Freiheit. Ich ersticke, wenn ich noch eine Stunde länger in diesem muffigen Krankenzimmer bleibe."

Also hatte sich Jonas auf den Weg nach Rysum begeben, wetterfeste Kleidung für Jelka besorgt und war dann ins Krankenhaus zurückgekehrt. Auch wenn alle auf der Station die Idee, bei Orkan und sintflutartigem Regen einen Ausflug an die frische Luft zu machen (das Stichwort Deich hatte Jonas wohlweislich gar nicht erst fallen lassen), für absolut unverantwortlich hielten, hatte sich keiner so recht getraut, es ihr zu verbieten. Zum einen weil sie einfach nur froh waren, dass ihre junge Patientin nach einer langen Phase der Depression endlich neuen Lebensmut zeigte. Zum anderen weil Doktor Gruber Anweisung gegeben hatte, Jelkas neu aufkeimenden Unternehmungsdrang auf gar keinen Fall durch irgendwelche Verbote zu unterbinden.

Also hatte Jonas Jelka in einen Rollstuhl und dann in sein Auto verfrachtet. Und nun standen sie hier und hörten den Regen unaufhörlich aufs Dach des Autos prasseln. Auf dieser, der See abgewandten Seite des Deiches war es erträglich windig, aber Jonas wusste, dass sie sich vermutlich kaum auf den Beinen beziehungsweise auf den Rädern würden halten können, wenn sie erst einmal oben auf der Deichkrone standen. Kein Ostfriese wäre jemals so bekloppt, bei diesem Wetter an den Deich zu gehen, wenn er dort nichts Unerlässliches zu tun hatte. Viel zu groß war die Gefahr, von einer Windböe oder gar von einer sich aufbäumenden Welle in die tosende Nordsee gerissen zu werden. Allenfalls leichtsinnige und unbelehrbare Touristen begaben sich ab und zu auf dieses Abenteuer, mit dem Ergebnis, dass schon so manch einer von seinem Ausflug nicht mehr zurückgekehrt war.

„Worauf warten wir?", fragte Jelka, und ihre Augen glänzten vor Erwartungsfreude. Sie warf den Kopf in den Nacken und die Arme in die Luft. „Ich will da raus, ich will endlich frische Luft atmen und das Leben spüren!", rief sie aufgedreht.

„Na gut." Jonas nickte, dann drückte er die Fahrertür auf, was ihm nur unter Mühen gelang, denn just in dem Moment stemmte sich eine Windböe gegen sie. Außerdem schlug ihm der Sturm mit solcher Macht entgegen, dass er ihm die Luft zum Atmen nahm. Japsend drehte Jonas den Kopf zur Seite. Was für eine verrückte Idee, hierherzukommen, und dann auch noch mit einem Rollstuhl! Was, wenn er gar nicht in der Lage war, diesen unter Kontrolle zu halten? Würde er nicht schon genug damit zu tun haben, nicht selbst davongeweht zu werden? Wie, um alles in der Welt, sollte es ihm da möglich sein, sich auch noch um seine geschwächte Freundin zu kümmern, die noch dazu gar nicht an den Umgang mit einem Rollstuhl gewöhnt war? Das, was sie hier vorhatten, war definitiv der pure Wahnsinn.

Auch Jonas war von jeher sportbegeistert. Er nutzte jede freie Minute, um zu laufen, mit seinem Rennrad unterwegs zu sein oder für die nächsten Leichtathletikmeisterschaften zu trainieren. In den einigermaßen warmen Monaten liebte er es, über die Wellen der Nordsee zu surfen oder zu kiten. Beides Sportarten, die ihn den Respekt vor dem Zusammenspiel von Wasser und Wind gelehrt hatten. Wenn es nach seinen Erfahrungen ginge, dürfte er mit Jelka gar nicht hier sein, denn das, was sie vorhatten, war in höchstem Maße leichtsinnig. Und doch passte dieses Abenteuer zu ihnen. Das Gefühl, an ihre Grenzen zu gehen, hatte sie beide noch nie aufgehalten, sondern allenfalls als willkommene Herausforderung gedient.

Jonas holte als Erstes den Rollstuhl aus dem Kofferraum seines Kombis, brachte ihn in die richtige Form und ging dann zur Beifahrerseite, um Jelka die Tür zu öffnen. Er half ihr beim Aussteigen, was nicht allzu schwer war, denn sie hatte in den letzten Wochen deutlich an Gewicht verloren. Noch ein Grund mehr, eigentlich gar nicht hier sein zu sollen.

Ein Strahlen ging über Jelkas Gesicht, als sie schließlich, in eine warme Decke gehüllt, im Rollstuhl saß und ihr Gesicht dem Sturm entgegenstreckte. Der Regen fiel nun nur noch als feiner Niesel. „Ist das herrlich", jubelte sie mit ausgestreckten Armen, „ach, wie ist das herrlich!" Es schien sie überhaupt nicht zu stören, dass der Wind unablässig an ihren langen Haaren riss und zerrte und diese wie in einem außer Kontrolle geratenen Spiel um ihren Kopf wirbeln ließ. Jonas hatte ihr eine Mütze aufziehen wollen, doch hatte sie das rundweg abgelehnt. „Ich will den Wind spüren, Jonas", hatte sie gerufen, „und das kann ich nur, wenn ich mich nicht vor ihm verstecke! Weißt du eigentlich, wie lange ich keinen Wind mehr gespürt habe?!"

Ja, das wusste er nur allzu gut. Also ließ er sie gewähren. Er selbst wollte jedoch nicht auf seine Wollmütze verzichten. Der Wind fegte ihm so unangenehm um die Ohren, dass er fürchtete, am nächsten Tag eine Mittelohrentzündung zu haben.

„Okay, dann kann's ja losgehen", sagte er und löste die Bremsen des Rollstuhls. Sofort spürte er, wie der ein Eigenleben entwickelte. Jelka brachte einfach nicht genug Gewicht mit, um dem Sturm eine würdige Gegnerin zu sein.

Wohl wissend, dass das hier erst der Anfang war, schob Jonas den Rollstuhl eine kurze, gepflasterte Steigung hinauf. Kurz vor der Deichkrone wappnete er sich mit ein paar kräftigen Atemzügen für das, was sie oben erwarten würde. Jelka klammerte sich an den Rollstuhl, die Augen ganz groß vor Erwartung.

Es war der absolute Hammer! Kaum dass Jonas auch nur seinen Kopf über die Deichkrone streckte, erfasste ihn der Sturm mit solch einer Macht, dass er glaubte, seine Lunge würde implodieren. Reflexartig schnappte er wie ein Ertrinkender nach Luft. Mit aller Kraft schob er den Rollstuhl über den Zenit. Beim Anblick der schäumenden grauen See, die das mehrere hundert Meter breite Deichvorland komplett überschwemmt hatte und seine sich wie gierige Mäuler gebärdenden Wellen krachend gegen den Deich donnern ließ, wurde ihm angst und bange. Der Orkan tobte derart geräuschvoll, dass Jelkas Entsetzensschrei, als ihr Rollstuhl plötzlich vom Boden abhob, von ihm fast vollständig verschluckt wurde. Ganz sicher wäre das Gefährt mit ihr Saltos schlagend den Deich hinab in die tosende See gepurzelt, wenn Jonas nicht einen so festen Griff gehabt und sich für genau diese Situation gewappnet hätte.

Den Schrecken noch in den Gliedern, flitzte Jonas, den Rollstuhl mit Rückenwind vor sich herschiebend, wieder Richtung Auto. Im Schutz des Deiches ließ die Stärke des Windes endlich nach und Jonas konnte durchatmen. Er dachte, dass Jelka durch diese fraglos lebensgefährliche Situation den Schock ihres Lebens bekommen hatte, doch da hatte er sich getäuscht. Denn kaum, dass sie wieder neben dem Auto standen, begann sie aus vollem Herzen zu lachen. „Boah, wie geil war das denn!", rief sie und lachte und lachte und lachte.

Nun konnte auch Jonas nicht mehr an sich halten. Befreit legte er seinen Kopf in den Nacken und stimmte in das Lachen seiner Freundin ein. Ganz egal, was auch passierte, sie waren einfach das perfekte Team. Ein wenig verrückt vielleicht, aber perfekt.

„Lass uns hier unter dem Deich noch ein wenig spazieren gehen", meinte Jelka, als sie sich Minuten später wieder beruhigt hatte und sich Lachtränen aus den Augen wischte. Oder waren es Regentropfen, die ihr den Blick verschleierten? Jonas vermochte es nicht zu sagen.

„Okay", sagte er und rannte los. „Ob wir es bis zum Leuchtturm schaffen?" Er deutete auf das in Rot und Gelb gestrichene Wahrzeichen der Krummhörn, das seit geraumer Zeit als Standesamt genutzt wurde. Der wie eine überdimensionierte Blechdose anmutende Turm war ein paar hundert Meter entfernt. Mit dem Wind im Rücken dürfte es kein Problem sein, ihn zu erreichen. Doch was war mit dem Rückweg? Wäre die ganze Prozedur für Jelka nicht zu anstrengend, auch wenn sie lediglich sitzen musste? Auf gar keinen Fall wollte er dafür verantwortlich sein, dass sie sich übernahm.

„Klar schaffen wir den Leuchtturm", nickte Jelka entschlossen. „Wenn ich schon mal Ausgang habe, dann will ich auch was erleben. Wer weiß, wann sie mich wieder rauslassen. Und außerdem wird das Training für die Olympischen Spiele auch kein Spaziergang. Da kann ich mich ja jetzt schon mal auf die Strapazen einstimmen."

Jonas grinste. So liebte er seine Jelka. Mit einem Tarzanschrei kündigte er dem Leuchtturm ihr Kommen an, dann rannte er, die Hände fest um die Griffe des Rollstuhls gepresst, los.

Bereits nach den ersten hundert Metern war er überzeugt, dass ihm eine Joggingtour noch niemals so viel Spaß gemacht hatte wie diese. Auch wenn ihm die scharfe Nordseeluft schon nach kurzer Strecke wie ein Messer in die

Lungen schnitt und der stärker werdende Regen ihm langsam, aber sicher durch die Kleidung drang, so tat es nach all den Wochen der Trübsal einfach gut, Jelkas Juchzen und Jauchzen zu hören, und er hätte alles dafür gegeben, dass es so bleiben würde.

Umso erschrockener war er, als sie plötzlich die Hände vors Gesicht schlug und einen spitzen Schrei ausstieß. Wie vom Donner gerührt, bremste Jonas abrupt ab. Jelka stieß ein undefinierbares Gurgeln hervor und wäre sicherlich mit Schwung auf den Asphalt katapultiert worden, wenn sie sich nicht reflexartig festgeklammert hätte.

Was folgte, war kein Lachen, wie Jonas gehofft hatte. Stattdessen blickte sie starr in einen an den Weg grenzenden Graben. „Da … da liegt jemand", stammelte sie.

„Was?", fragte Jonas verdattert. Seine Augen folgten Jelkas Blick, und jetzt nahm auch er die Gestalt war, die in unnatürlich verrenkter Haltung keine zwanzig Meter von ihnen entfernt lag – und ganz offensichtlich in ihrem eigenen Blut schwamm. Auch wenn dieses durch den Regen inzwischen stark verdünnt war, so war doch unschwer zu erkennen, worum es sich bei der rötlichen Flüssigkeit im Graben handelte.

Alles in Jonas drängte danach, umzudrehen und so schnell es eben ging von hier fortzukommen. Doch konnten sie den Menschen, der auf dem Bauch und mit dem Gesicht im Dreck lag, unmöglich seinem Schicksal überlassen.

Jonas tätschelte abwesend Jelkas Schulter und betätigte die Feststellbremsen ihres Rollstuhls. Dann näherte er sich der in Regenjacke, Regenhose und Gummistiefel gekleideten Person auf wenige Schritte.

„Lebt er noch?", krächzte Jelka, die anscheinend davon ausging, dass es sich bei der leblosen Person um einen Mann handelte.

„Schwer zu sagen", murmelte Jonas. „Wohl eher nicht, wenn ich mir das ganze Blut so ansehe. Außerdem liegt er mit dem Gesicht im Wasser. Sieht schlecht aus."

„Wir … Wir sollten die Polizei rufen."

Jonas nickte. Wie hypnotisiert starrte er auf den Körper und versuchte krampfhaft, irgendwelche Regungen wahrzunehmen. Doch da war nichts. Wie in Trance fingerte er in seiner Hosentasche nach seinem Smartphone und drehte sich mit dem Rücken gegen den Wind, damit es nicht allzu viel Feuchtigkeit abbekam. Ein Blick aufs Display sagte ihm, dass hier kaum Empfang war. Gerade einmal ein Balken war zu sehen, und auch der verschwand öfter, als dass er da war. Dennoch musste er es versuchen.

„Hallo?", rief er wenig später ins Telefon. „Hallo, können Sie mich verstehen? Hallo … Ja … Hier liegt eine Leiche … Ja, eine Leiche … Ein paar hundert Meter südlich vom Pilsumer Leuchtturm … Ja … Ja, direkt am Deich … Ja … Natürlich, ich bleibe hier."

10

Hauptkommissar David Büttner legte sein Handy beiseite und warf einen kritischen Blick zur Terrassentür. Dort versuchte seine Frau bereits seit geraumer Zeit, Hund Heinrich davon zu überzeugen, in den Garten hinauszugehen und dort sein Geschäft zu erledigen. Heinrich aber weigerte sich stoisch, auch nur einen Schritt nach draußen zu tun, was sein Herrchen ihm nicht verdenken konnte. Auch an diesem Sonntagmorgen peitschten Sturm und Regen die Baumkronen der schlanken Pappeln beinahe bis zum Boden. Es herrschte das sprichwörtliche Wetter, bei dem man nicht mal seinen Hund vor die Tür jagt. Infolgedessen stellte sich Heinrichs Blase in diesen Tagen als ungeahnt strapazierfähig heraus.

Wie immer hatte Büttner nach dem Aufstehen das Radio eingeschaltet, doch wünschte er sich, er hätte es heute gelassen. Der von Tag zu Tag immer mehr in Schwermut verfallende Nachrichtensprecher hatte erneut geklungen, als stünde die Welt vor dem Untergang und seine gepackten Koffer bereits neben ihm. Zweifelsohne würde er sich gleich nach dem Verkünden der Hiobsbotschaft mitsamt seinen Habseligkeiten aus dem Staub machen, um den angeblich unabwendbar bevorstehenden Überschwemmungen zu entfliehen.

Irgendwie war es absolut nicht das, was Büttner an einem Sonntagmorgen hören wollte. Frustriert schaute er seine Frau Susanne mit einem langen Blick an. Sie schloss gerade mit einem erleichterten Seufzer die Terrassentür, nachdem Heinrich dem Druck seiner Blase doch noch nachgegeben und eine schnelle Pfütze an die Hausmauer gesetzt hatte.

„Ist was?", fragte sie. „Warum starrst du mich so an? Irgendwas nicht okay, David? Wer war das gerade am Telefon?"

Büttner verzog das Gesicht. „Hasenkrug. Mit seiner Tochter Maria auf dem Arm."

„Sie heißt Mara", korrigierte ihn seine Frau.

„Ja. Die Kleine hat so laut geplärrt, dass ich ihn kaum verstehen konnte. Sie zahnt, sagt er, und hat ihn schon die ganze Nacht auf Trab gehalten. Eigentlich sollte man ja annehmen, die Winzlinge seien irgendwann erschöpft von ihrem eigenen Geschrei. Aber weit gefehlt. Sie habe das Zeug zur Opernsängerin, meinte er, klang dabei allerdings alles andere als glücklich. Hm. Dabei sollte er doch froh sein, dass sein Kind bereits in so jungem Alter Talente aufweist, an denen man arbeiten kann."

„Aha. Ein wirklich fachkundiges Gespräch unter Männern also." Susanne verschränkte die Arme vor ihrem Körper und sah ihn prüfend an. „Was redest du da, David? Hat er tatsächlich angerufen, um dir das zu sagen? Oder braucht er vielleicht wertvolle Tipps von einer notfallerprobten Mutter? Ich hätte mit ihm reden können."

Büttner seufzte. „Ich wünschte, es wäre so. Aber er sagt, die Mutter des Kindes habe alles im Griff."

„Das dachte ich mir schon. Tonja ist eine patente Frau.

Also, noch mal meine Frage: Was wollte er von dir und warum starrst du mich so an?"

Büttner biss von seinem Wurstbrot ab, dann antwortete er: „Ich hatte gerade überlegt, was du wohl dazu sagen würdest, wenn wir auswanderten. Irgendwohin, wo es weder Regen noch Sturm gibt. Und am besten auch keinen Deich, der brechen kann. Und schon gar nicht in dieser Kombination."

Susanne zuckte verständnislos die Schultern. „Verstehe ich jetzt nicht. Warum willst du auswandern? Und was hat Hasenkrugs Tochter damit zu tun?"

„Nichts. Aber die Leiche, die Hasenkrug nebenbei erwähnte und die irgendwer am Pilsumer Deich aufgestöbert hat, die hat was damit zu tun." Büttner warf erneut einen Blick aus der Terrassentür und stöhnte verstimmt auf. „Wenn das nicht Grund genug ist auszuwandern, dann weiß ich auch nicht. Wenigstens hätte der Finder so rücksichtsvoll sein können, die Leiche zu übersehen. Schließlich ist sie ja noch genauso tot, wenn sich das Wetter wieder beruhigt hat. Und außerdem: Wie wahnsinnig muss man eigentlich sein, um sich bei Orkan am Deich herumzutreiben? Ich kann diesen Menschen nicht leiden."

„Wen? Die Leiche?"

„Die auch nicht. Vor allem aber meinte ich den, der sie gefunden hat. Hätte er nicht einfach zu Hause bleiben und den Sonntag genießen können?"

„Ich nehme an, dass er inzwischen auch zu dieser Einsicht gekommen ist", erwiderte Susanne und nahm sich eine Scheibe Brot aus dem Korb. „Willst du noch zu Ende frühstücken oder musst du gleich los?"

Büttner schob seinen Teller beiseite, leerte seine Kaffeetasse mit einem großen Schluck und wischte sich mit einer Papierserviette über den Mund. „Danke, mir ist der Appetit vergangen", verkündete er. „Ich mache mich jetzt auf den Weg. Vielleicht ist uns ja wenigstens ein gemeinsames Abendessen vergönnt."

„Natürlich essen wir gemeinsam zu Abend. Meine Mutter kommt heute zu Besuch, das weißt du doch."

„Okay. Eine Currywust mit Pommes von der Bude um die Ecke tut's ja auch."

„David!"

„Schon gut. Ich versuche mein Möglichstes." Büttner drückte seiner Frau einen versöhnlichen Kuss auf die Stirn, zog sich Regenmantel und Gummistiefel über und machte sich, leise vor sich hin jammernd, auf den Weg.

Laut den Erzählungen der alteingesessenen Ostfriesen tobte ein Orkan unmittelbar an der Küste meist so stark, dass es einem die Luft zum Atmen nahm und man nur unter großem Kraftaufwand vorwärtskam. Mit dieser Vorstellung erreichte Büttner den Deich. Als er jedoch aus dem Auto stieg, wurde ihm schnell klar, dass diese Geschichten noch untertrieben waren.

Denn der Wind blies ihn bei jedem Schritt beständig zurück statt vorwärts, während seine Lungenflügel nicht weit davon entfernt waren, ihren Dienst zu quittieren, weil sie durch den permanenten Wechsel von Luftfülle und Vakuum gänzlich überfordert waren.

Nur wenige Meter von ihm entfernt stand sein Assistent Sebastian Hasenkrug neben diversen anderen Personen im

Windschatten eines Krankenwagens und winkte seinem Chef, zu ihm zu kommen. Nun, das war leichter gesagt als getan. Für jeden Schritt, den Büttner tat, wurde er gefühlt zwei Schritte zurückgeworfen. Der Regen, der ihm dabei ins Gesicht schlug, vereinfachte das mühselige Unterfangen auch nicht gerade. Er bemerkte, dass ihn außer Hasenkrug auch zwei junge, zweifelsohne durchtrainierte Kollegen in Uniform teils skeptisch, teils amüsiert beobachteten, und irgendwie verspürte er nicht wenig Lust, sie stante pede in der Nordsee zu ersäufen.

Ein weiterer Kollege gab den Sisyphos, indem er unablässig versuchte, den Tatort mit rot-weißem Flatterband abzusperren, während dieses beständig in alle Richtungen davonflog.

„Lassen Sie das!", rief Büttner ihm zu. „Oder sehen Sie außer uns noch mehr Idioten, die sich beim Weltuntergang ausgerechnet hier herumtreiben?" Der Kollege beachtete ihn gar nicht, sondern machte unverdrossen weiter. Nach einem Moment der Irritation ging Büttner auf, dass er ihn vermutlich gar nicht gehört hatte, da seine Aufforderung vom Wind genau in die entgegengesetzte Richtung getragen worden war. Nun gut, dachte er, sollte also hinter ihm zufällig ein weiterer Kollege das Gleiche versuchen, dann würde wenigstens der sein sinnloses Tun jetzt beenden.

Trotz aller Widerstände gelang es Büttner schließlich, sich zu der kleinen Gruppe zu gesellen, die sich neben dem Krankenwagen um einen leblosen Körper geschart hatte, unter ihnen die Gerichtsmedizinerin Doktor Anja Wilkens.

„Er wurde mit mehreren Stichen in den Oberkörper getötet", berichtete sie ihm, kaum dass er neben ihr stand. „Fundort ist auch in diesem Fall gleich Tatort, würde ich behaupten, auch wenn es hier verhältnismäßig wenig Blut gibt. Anzunehmen ist aber, dass der Regen einen Großteil davon bereits stark verdünnt und weggespült hat. Von der Tatwaffe fehlt jede Spur."

„Kommt mir bekannt vor, der Kerl", bemerkte Büttner und betrachtete das schlammverschmierte Gesicht des Opfers eingehend. „Warum ist er so dreckig?"

„Weil er gerade noch mit dem Gesicht nach unten im Matsch gelegen hat. Ich habe ihn umgedreht, um ihn untersuchen zu können." Doktor Wilkens zeigte auf eine Kollegin der Spurensicherung. „Zuerst hat sie jedoch noch Fotos gemacht."

„Was hat der Mann hier gewollt?", dachte Büttner laut nach.

„Hat er mir noch nicht verraten", antwortete Doktor Wilkens. „Es scheint ihm die Sprache verschlagen zu haben."

„Ein typisch maulfauler Ostfriese eben", nickte Büttner und grinste. „Trotzdem kenne ich ihn irgendwoher. Hasenkrug, fällt Ihnen etwas zu unserem Opfer ein?"

Sein Assistent trat einen Schritt näher. Erst jetzt bemerkte Büttner, wie übernächtigt er aussah. Das Zahnwachstum seiner Tochter schien ihm tatsächlich nicht gutzutun. „Es ist Tjardo Willms. Der Ortsvorsteher von Rysum", meinte Hasenkrug und unterdrückte ein Gähnen. „Wir hatten gestern das Vergnügen, bei ihm zu Hause eine Tasse Tee zu trinken."

„Ups. Da machte er aber noch einen fideleren Eindruck auf mich."

„Vielleicht hat sein neureicher Nachbar, dieser Heidrich, Wind davon bekommen, dass er ihn des Mordes an Bodo Lübbers beschuldigt hat, und auch ihn daraufhin lieber aus dem Weg geräumt. Wirklich schade, dass wir Heidrich gestern nicht zu Hause angetroffen haben. Womöglich hätten wir diesen Mord dann verhindern können."

„Kann sein, kann auch nicht sein", stellte Büttner fest. „Im Augenblick ist besagter Heidrich nicht mehr oder weniger verdächtig als jeder andere. Glauben Sie, dass Sie irgendwelche Spuren des Täters an der Leiche sicherstellen können?", wandte er sich wieder an Doktor Wilkens.

Die Ärztin warf einen skeptischen Blick zum Himmel. „Bei dem Regen? Eher nicht. Schließlich hat die Leiche einige Stunden hier gelegen. Da müssten wir schon ganz viel Glück haben, um noch irgendetwas sicherzustellen."

„Können Sie was zur Tatzeit sagen?"

„Irgendwann zwischen Mitternacht und zwei Uhr, würde ich sagen."

„Mitten in der Nacht? Was hat ein Mensch mitten in der Nacht hier am Deich zu tun, noch dazu bei diesem Wetter?", wunderte sich Büttner erneut.

„Tjardo war Deichläufer", meldete sich einer der Spusi-Mitarbeiter zu Wort. „Könnte mir vorstellen, dass er hier noch mal gucken wollte, ob alles in Ordnung ist. Sind ja vom Regen ganz aufgeweicht, die Deiche. Da sind die Jungs und Mädels im Auftrag der Deichacht praktisch Tag und Nacht unterwegs, um sie zu kontrollieren. Wäre ja fatal, wenn einer von ihnen plötzlich brechen würde."

Das wäre es allerdings. Büttner dachte wieder an die Radiomeldungen, in denen seit Tagen vor nichts anderem gewarnt wurde. Seine Idee, mit Susanne auszuwandern, schien ihm plötzlich gar nicht mehr so weit hergeholt. Von einer plötzlichen Welle der Dankbarkeit überrollt, nickte er der Leiche freundlich zu. Wie gut, dass es in diesem, zu weiten Teilen unter Normalnull liegenden Landstrich Menschen gab, die sich rund um die Uhr um so etwas wie die Stabilität der Deiche kümmerten. Umso unverständlicher war es allerdings, dass sie während der Ausübung dieser für alle so überlebenswichtigen Tätigkeit umgebracht wurden. Ruckzuck wurde so bei Deichbruch aus einem einfachen Mord ein Massenmord. Ob der Täter das bedacht hatte?

„Wer hat die Leiche gefunden?", riss sich Büttner aus seinen Gedanken.

„Ein junges Pärchen. Sie sitzen im Krankenwagen", sagte Hasenkrug. „Haben hier einen Spaziergang gemacht. Interessanterweise kommen sie auch aus Rysum."

„Dann haben sie das Opfer vermutlich gekannt", stellte Büttner fest.

„Ja. Der junge Mann ist sogar dessen Neffe", nickte Hasenkrug.

„Ach was."

„Schon irgendwie komisch, oder?", meinte Doktor Wilkens.

„Nee, näher betrachtet nicht", widersprach Büttner. „Ich wage zu behaupten, dass in Ostfriesland Verwandtschaftsverhältnisse zwischen Menschen aus demselben Dorf eher die Regel sind als die Ausnahme."

„Da haben Sie auch wieder recht." Doktor Wilkens stand auf und streifte sich die Einweghandschuhe von den Händen. „Ich wäre hier so weit fertig. Der Leichenwagen ist angefordert und müsste gleich hier sein. Ich teile Ihnen die Obduktionsergebnisse alsbald mit. Auch in diesem Fall ist kaum mit Überraschungen zu rechnen, was die Todesursache angeht. Tod durch mehrere Stiche in den Brustkorb. Genau wie bei unserem ersten Opfer."

„Haben wir eigentlich herausgefunden, ob Tjardo Willms außer dem Neffen noch andere Angehörige hatte?", fragte Büttner seinen Assistenten, als sich die Gerichtsmedizinerin zum Gehen wandte.

„Ich hab ihn gestern noch gecheckt", antwortete Hasenkrug. „Er ist geschieden. Seine Ex lebt in Groothusen und ist wieder verheiratet. Es gibt zwei Kinder, dreizehn und zehn Jahre alt, die beide bei der Ex wohnen. Außerdem lebt seine verwitwete Tante in Rysum. Sie heißt … Moment mal."

„Komischer Name", erwiderte Büttner trocken. „Selbst für eine Ostfriesin."

Hasenkrug ließ sich nicht beirren, sondern zog sein Smartphone aus der Tasche. „Könnten Sie bitte mal die Hände darüberhalten, damit es nicht im Regen ersäuft?", bat er seinen Chef.

Büttner tat, wie ihm geheißen, während sein Assistent auf dem Display herumtippte und -wischte. „Femke Onnen. Die betagte Dame heißt Femke Onnen."

„All diese Menschen sollten wir uns beizeiten näher ansehen", erwiderte Büttner. „Ich denke, dass zwei Morde innerhalb von zwei Tagen in ein und demselben Dorf kein

Zufall sind, sondern in einem Zusammenhang stehen", sagte er dann. „Also sollten Sie jetzt mal überprüfen, in welchem Verhältnis unsere beiden Opfer zueinander standen und vor allem, was sie verbindet." Büttner zögerte einen Moment und senkte überlegend den Kopf, bevor er hinzufügte: „Was mich allerdings am meisten interessiert, ist die Frage, was gleich zwei Personen mitten in der Nacht hier am Deich zu suchen hatten. Gut, der eine war Deichläufer. Aber sein Mörder? Waren sie zu zweit unterwegs, um nach dem Rechten zu sehen? Hat irgendwer vielleicht sogar mitbekommen, dass sie gemeinsam hierher wollten? Oder ist jemand Willms gefolgt, als er hierher fuhr? Am besten fragen Sie noch mal in der Kneipe nach, Hasenkrug. Womöglich war Tjardo Willms gestern Abend dort und ist dann mit irgendwem rausgegangen."

„Wird gemacht, Chef." Hasenkrug warf erneut einen Blick auf sein Smartphone und seufzte vernehmlich. „Muss das heute noch sein?", fragte er. „Ich hatte Tonja versprochen, dass ich mich heute Nachmittag um Mara kümmere."

„Kein Problem, Hasenkrug. Auf dem Revier ist heute nichts los. Da können Sie Ihre Tochter gerne mitnehmen und ungestört alles checken, was es zu checken gibt. Und die Kneipe öffnet sowieso erst heute Abend. Dann bringen Sie Ihr Kind einfach wieder nach Hause zur Mama und fahren nach Rysum. Die Frikadellen dort sollen sehr gut sein."

„Haha, ja, super, genauso hatte ich es mir vorgestellt." Hasenkrug sah seinen Chef so giftig an, als wünschte er ihm das sofortige Ableben an den Hals.

„Na, dann sind wir uns ja einig. Ich bin froh, dass auch Sie bemerkt haben, dass es bei diesen Mordfällen keine Zeit zu verlieren gibt. Sie folgen Schlag auf Schlag, um nicht zu sagen, Stich auf Stich. Es wäre mir ganz lieb, wenn wir das stoppen könnten. Bei diesem Wetter wäre eine ganze Serie an Morden wahrlich eine Zumutung. So, und jetzt kümmere ich mich mal um das junge Paar im Krankenwagen."

„Du mich auch", sagte Hasenkrug fast lautlos, auch wenn er wusste, dass sein Chef recht hatte.

11

Bevor Hauptkommissar David Büttner zum Zimmer seiner Zeugin Jelka ging, beschloss er, sich in der Cafeteria des Emder Krankenhauses einen Cappuccino mit einem Schinkenbrötchen und einem Stück Sahnetorte zu gönnen.

Erst als er am Deich wieder im Auto gewesen war, hatte er bemerkt, dass er am ganzen Leib zitterte und ihm jeder einzelne Muskel wehtat. Zwar hatten sein Regenmantel und seine kniehohen Gummistiefel ihn weitgehend davor bewahrt, nass zu werden, in Kombination mit dem scharfen Wind aber hatte der Regen dafür gesorgt, dass er sich fühlte, als sei seine Körpertemperatur schleichend bis unter den Gefrierpunkt gesunken. Den Gedanken, er könne sich eine Erkältung zugezogen haben, scheuchte er umgehend fort. Denn eine wie auch immer geartete Erkrankung war genau das, was er nun überhaupt nicht gebrauchen konnte.

Eigentlich hatte er Jelka und Jonas noch an Ort und Stelle zum Fund der Leiche befragen wollen, der Notarzt jedoch hatte darauf bestanden, zumindest das Mädchen sofort wieder ins Krankenhaus zu bringen. Angeblich war sie hier seit geraumer Zeit Patientin und hatte am Sonntagvormittag lediglich einen Ausflug machen wollen. Büttner fragte sich, warum es sie dafür ausgerechnet an eine der stürmischsten Ecken Ostfrieslands gezogen hatte, und war gespannt auf ihre Antwort. Zunächst aber war sein körperliches Wohl dran, denn nach dem mageren Frühstück war ihm ganz übel vor Hunger.

„Sind Sie Hauptkommissar Büttner?", fragte ihn eine Männerstimme, als er gerade dabei war, das Tablett mit seinen Errungenschaften zu einem der Tische zu balancieren.

Büttner warf einen Blick über die Schulter. Hinter ihm stand ein grauhaariger Mann mittleren Alters mit weißem Kittel. Vor seiner Brust baumelte ein Stethoskop. „Ja. Was kann ich für Sie tun?"

„Moin." Der Mann hob grüßend die Hand. „Man sagte mir, dass ich Sie vermutlich hier finde. Mein Name ist Karsten Gruber. Ich bin der behandelnde Arzt Ihrer Zeugin Jelka. Bevor Sie mit ihr reden, würde ich Sie gerne über das ein oder andere aufklären." Er deutete auf den Tisch, auf dem Büttner gerade sein Tablett abstellte. „Darf ich mich für einen Augenblick zu Ihnen setzen?"

„Sicher. Ich lade Sie zu einem Cappuccino ein, wenn Sie mögen."

„Gerne." Der Arzt lächelte freundlich. „Ich habe noch eine Doppelschicht vor mir, da kann ein wenig Koffein nicht schaden."

Büttner winkte der Servicekraft hinter dem Tresen, noch einen Cappuccino zu bringen, dann erwiderte er: „Eine Doppelschicht. Das klingt nach Anstrengung."

„Ist hier die normale Härte", erklärte der Arzt schulterzuckend und rieb sich die müden Augen. „Personalnotstand auf allen Ebenen. Keine Ahnung, wann man endlich begreifen wird, dass es so nicht weitergeht."

„Wohl erst, wenn alles zusammenbricht", seufzte Büttner. „Glauben Sie mir, das ist bei der Polizei kaum anders."

Karsten Gruber nickte. „Ich frage mich manchmal, ob wir nicht alle einfach mal für ein paar Wochen auf Dienst nach Vorschrift umschalten sollten. Die Ärzte genauso wie das Pflegepersonal und die Reinigungskräfte. Aber leider verfügen wir ja über deutlich mehr Verantwortungsgefühl als diejenigen, die über die Personalbestellung und das dafür bereitzustellende Geld entscheiden. Schließlich geht es hier auf den Stationen um das Wohl von Menschen und nicht nur, wie bei den Entscheidungsträgern, um irgendwelche Wirtschaftszahlen, die am Ende des Jahres zum Wohle der Shareholder stimmen müssen. Da sind wir moralisch gesehen in der eindeutig schlechteren Position."

„Wo keine Moral, da auch keine Positionierung zugunsten der Schwächeren", sagte Büttner, während er genüsslich in sein Schinkenbrötchen biss. „Ich glaube kaum, dass man sich in den Verwaltungsetagen Gedanken um Patienten macht. Das ganze Gesundheitswesen folgt doch lediglich wirtschaftlichen Kriterien. Soziales hat da keinen Platz. Bei den Sicherheitsbehörden ist es ähnlich. Eine Handvoll Profilierungssüchtiger ohne jedwede Praxiserfahrung meint, uns erzählen zu müssen, wie wir unseren Job zu machen haben, damit er sie möglichst wenig kostet. Es ist ein Trauerspiel. Aber ich bin zuversichtlich, dass sie irgendwann die Quittung dafür kassieren werden. Dann ist das Geschrei groß und keiner will an irgendetwas schuld sein und alle haben es doch immer nur gut gemeint, blabla."

Als Büttner bemerkte, wie sehr er sich gerade in Rage redete, atmete er ein paarmal tief durch und widmete sich wieder seinem Brötchen. Inzwischen hatte auch der Doktor seinen Cappuccino bekommen und sah ihn über den Rand seiner Tasse hinweg zustimmend an. „Ich sehe, wir verstehen uns", grinste er.

„Ja, lassen Sie uns eine Selbsthilfegruppe gründen", grinste Büttner zurück.

„Haben wir dafür nicht die Gewerkschaften?"

Noch so ein Reizthema! Büttner zog eine Grimasse. „Sie meinen die, die tagein, tagaus mit dem Sichern ihrer Funktionärspöstchen und -gehälter beschäftigt sind? Ich glaube kaum, dass wir sie mit unseren Angelegenheiten behelligen sollten. Schließlich sollen sie ihre Klientel nicht als lästig empfinden. Sie haben mit sich selbst schon genug zu tun."

„Also doch die Selbsthilfegruppe."

„So sieht's aus. Seien wir uns einfach selbst die Nächsten. Wenn jeder an sich selber denkt, ist doch an jeden gedacht." Büttner hatte sein Schinkenbrötchen vertilgt und griff nun nach seiner Kuchengabel, um sich an die Sahnetorte zu machen. „Doch um das herauszufinden, wollten Sie mich sicherlich nicht sprechen."

„Nein, richtig, ich bin wegen Jelka hier. Ihr Wohlbefinden liegt mir sehr am Herzen, sowohl das physische als auch das psychische."

„Wo liegt ihr Problem?", fragte Büttner zwischen zwei Schluck Cappuccino. „Außer, dass sie eine Leiche gefunden hat, meine ich. Ist für eine so junge Frau ja auch keine Kleinigkeit."

„Ich habe gerade mit ihr gesprochen", antwortete Doktor Gruber. „Sie steckt die Sache erstaunlich gut weg, obwohl sie den Toten gut gekannt hat und es sicherlich ein Schock war, ihn dort so zu sehen. Dennoch ist nicht ausgeschlossen, dass ihr das Erlebte im Nachhinein zu schaffen machen wird. Gut möglich, dass sie noch gar nicht ganz realisiert hat, was vorgefallen ist. Deswegen sollte man sie mit Samthandschuhen anfassen." Der Doktor klopfte mit seinem Kaffeelöffel ein paarmal gedankenverloren auf den Tisch, bevor er Büttner ansah und sagte: „Wissen Sie, Jelka ist gerade auf einem guten Weg, wieder Lebensmut zu finden, Pläne für die Zukunft zu schmieden. Wenn man sie jetzt nicht richtig zu nehmen weiß, könnte das ganze Drama wieder von vorne losgehen."

„Schön und gut, aber was genau ist denn nun ihr Problem?", fragte Büttner. „Klingt, als wäre sie depressiv."

„Ich finde, dass ihr Problem kaum zu übersehen ist", erwiderte der Arzt mit unüberhörbar spöttischem Unterton. „Oder empfinden Sie es nicht als schwierig, wenn einem das halbe Bein amputiert wurde?"

„Was?" Büttner ließ vor Schreck die Kuchengabel fallen, die nun scheppernd auf dem Boden landete. Sofort kam die Bedienung eilfertig angerannt und brachte ihm eine neue. „Ich wusste nicht, dass ihr ein Bein amputiert wurde", sagte er und sah den Arzt erschüttert an.

„Nicht?" Doktor Gruber musterte ihn aus schmalen Augen. „Ich dachte, Sie hätten sie am Deich bereits gesehen."

„Ja. Aber nur kurz. Sie …" Büttner legte die Stirn in Falten. „Ja, genau, man hatte ihr eine Decke über die Beine gelegt. Natürlich, sie saß im Rollstuhl. Aber das kann ja zunächst einmal alles bedeuten, bei jemandem, der für längere Zeit im Krankenhaus war." Er sah betrübt auf seine Torte, die ihm nun nicht mehr schmecken wollte. Was es für furchtbare Schicksale gab! Das Mädchen war doch noch so jung, hatte das ganze Leben noch vor sich. Und dann solch ein schweres Handicap. Kein Wunder, dass sie psychisch labil war.

„Hinzu kommt, dass sie ihre Mutter schrecklich vermisst. Sie starb vor rund drei Jahren an einem Herzinfarkt", klärte der Arzt ihn auf.

Auch das noch! Auf manche Menschen prügelte das Schicksal aber auch von allen Seiten ein. Und er? Es war klar, dass er eigentlich nichts würde richtig machen können, wenn er sie befragte. Womöglich war er hinterher schuld, wenn sie wieder in eine Depression verfiel.

„Ich beneide Sie nicht um Ihren Job", sagte Karsten Gruber, als hätte er Büttners Gedanken gelesen. „Dennoch möchte ich Sie bitten ..."

Büttner unterbrach ihn mit einer Handbewegung. „Ja, ja, ich habe verstanden. Und ich verspreche Ihnen, dass ich mein Möglichstes tun werde, um Jelka nicht unnötig zu belasten. Ich habe selbst eine Tochter in dem Alter, wissen Sie? Und alleine der Gedanke daran, sie könnte ... Nein." Büttner schlug mit der flachen Hand auf den Tisch. „Sie haben mein Wort. Ihrem Schützling wird nichts zugemutet werden, was sie wieder zurückwirft. Sobald ich merke, dass es ihr zu viel wird, breche ich die Befragung ab."

„Genau das wollte ich hören", nickte Doktor Gruber.

„Ich danke Ihnen." Der Arzt warf einen Blick auf seine Uhr. „So. Und nun muss ich wieder los. Die nächste OP wartet. Ich wünsche Ihnen viel Glück, Herr Kommissar."

Als Büttner an die Tür des Krankenzimmers klopfte, hatte er ein schlechtes Gewissen, auch wenn er nicht sagen konnte, warum eigentlich. Schließlich machte er hier nur seinen Job, und dazu gehörte es nun mal, Zeugen zu befragen. Kurz hatte er sogar überlegt, Jelka etwas Schönes mitzubringen, diesen Gedanken dann jedoch sogleich wieder verworfen. Es war nicht seine Aufgabe, dem Mädchen etwas Gutes zu tun, auch wenn ihr das Schicksal noch so übel mitspielte. Ganz im Gegenteil würde sie eine solche Geste vor dem Hintergrund, dass sie ihn gar nicht kannte, vermutlich eher irritieren. Also nahm er sich vor, einfach nur seinen Job zu machen und dabei nett zu ihr zu sein.

„Moin", sagte er, nachdem man ihn gebeten hatte, einzutreten. „Wir haben uns am Deich ja schon kurz gesehen und ich hatte mein Kommen angekündigt. Mein Name ist Büttner. Ich bin von der Kriminalpolizei und würde mich gerne mit Ihnen unterhalten." Nur mit Mühe gelang es ihm, seinen Blick nicht auf Jelkas Beinstumpf ruhen zu lassen, den sie reflexartig mit ihrer Bettdecke zu kaschieren versuchte.

„Moin", sagte auch Jelka, während ihr Freund Jonas ihm nur stumm zunickte.

„Fühlen Sie sich gut genug, mir ein paar Fragen zu beantworten, oder soll ich lieber ein anderes Mal wiederkommen?"

„Geht schon", nickte Jelka und schenkte ihm sogar ein Lächeln. Sie war eine bildhübsche junge Frau, fand Büttner, wenn auch ein bisschen dürr. Aber das war sicherlich den Umständen geschuldet. „Mögen Sie einen Kaffee?" Sie deutete auf eine Kaffeemaschine, die neben ihrem Bett stand. „Mein Vater hat mir extra eine Maschine mitgebracht, weil der Krankenhauskaffee einfach nur furchtbar schmeckt."

„Vielen Dank, ich habe gerade einen gehabt", lehnte Büttner ab und setzte sich auf einen Stuhl. „Man sagte mir, Sie hätten Tjardo Willms gekannt", kam er dann auf sein Anliegen zu sprechen.

„Er war mein Onkel", antwortete stattdessen Jonas. „Der Bruder meiner Mutter."

„In welchem Verhältnis standen Sie zu ihm?"

Jonas zuckte die Achseln. „Keine Ahnung. Es gab kein so richtiges Verhältnis. Eigentlich bin ich ihm eher aus dem Weg gegangen."

„Hatte das einen bestimmten Grund?" Büttner schielte möglichst unauffällig zu Jelka hinüber, die aber hörte nur regungslos zu.

„Tjardo war arrogant, wusste immer alles besser. Deswegen hat er im Dorf doch auch den Obermacker gegeben. Eigentlich konnte ihn keiner so furchtbar gut leiden, fürchte ich. Er hat es sich mit vielen versaut."

„Dennoch war er Ortsvorsteher?", wunderte sich Büttner.

„Nur, weil kein anderer den Job wollte."

Das war nicht unbedingt das, was Büttner hören wollte. Wo viele Motive, da viele Verdächtige. Was allerdings immer noch besser war, als gar keinen Ermittlungsansatz zu haben, wie zum Beispiel bei Bodo Lübbers, den ja zeitlebens angeblich alle nur liebten und achteten. In solchen Fällen musste man dann schon deutlich tiefer graben, um auf etwaige und vor allem ernst zu nehmende Motive zu stoßen.

„Und Sie? Wie standen Sie zu Tjardo Willms?", wandte sich Büttner erneut an Jelka. Ihm fiel auf, dass beide einen recht gelassenen Eindruck machten. In den meisten Fällen gaben sich Zeugen, die eine Leiche gefunden hatten, deutlich aufgewühlter.

Jelka warf ihrem Freund einen Blick zu, den Büttner nicht zu deuten vermochte. Jonas nickte ihr kaum merklich zu. Hatten die beiden sich womöglich auf ein bestimmtes Vorgehen geeinigt? „Geht mir genauso wie Jonas", antwortete Jelka, sah Büttner dabei jedoch nicht in die Augen, sondern senkte den Blick Richtung Bettdecke. „Besonders gut habe ich Tjardo nicht gekannt, nur so, wie man sich in einem Dorf eben kennt. Ich kann nicht viel zu ihm sagen."

Büttner entschied, das erst mal so stehen zu lassen, auch wenn er den Eindruck hatte, dass die beiden ihm etwas vorenthielten. „Und Bodo Lübbers? Haben Sie ihn gekannt?", kam er auf das erste Mordopfer zu sprechen.

Zu seiner Verwunderung erwiderte Jelka nun mit gerunzelter Stirn: „Bodo? Wieso … *gekannt*? Was … was ist mit Bodo?" Sichtlich irritiert sah sie zu ihrem Freund, der bei der Erwähnung des Namens zusammengezuckt war und die Lippen nun zu einem schmalen Strich zusammenpresste.

„Was ist mit Bodo?", wiederholte Jelka mit krächzender Stimme und sah hektisch und mit weit aufgerissenen Augen von einem zum anderen.

Jonas warf Büttner einen hilfesuchenden Blick zu. Der stutzte. Konnte es wirklich sein, dass Jelka noch nichts vom Ableben des Mannes wusste? Hatte man es ihr vielleicht bewusst verheimlicht? Doktor Gruber … nein. Vermutlich hatte er bei seinem Arbeitspensum noch gar nichts von dem ersten Mord mitbekommen.

„Sie wissen nicht, was mit Bodo Lübbers passiert ist?", fragte Büttner behutsam.

„N-nein. Was … was ist denn mit ihm? Nun … sagen Sie schon! Er ist doch nicht …" Jelka schien plötzlich in sich zusammenzufallen. Ihr Kopf sackte auf die Brust, ihre Hände strichen nervös über die Decke. Auch getraute sie sich anscheinend nicht, einen von ihnen anzusehen.

„Er wurde auch ermordet", antwortete Büttner leise. „Ein Nachbar fand ihn gestern Morgen tot auf."

„Das ist nicht wahr", hauchte Jelka mehr, als dass sie sprach, und ihre Hände krallten sich so fest in die Decke, dass die Knöchel ihrer Finger weiß hervortraten.

„Doch. Leider." Büttner schüttelte bedauernd den Kopf. Es war nicht zu übersehen, dass diese Nachricht die junge Frau über die Maßen in Erregung versetzte. Es kam ihm seltsam vor, dass es ihr keiner gesagt hatte. Und dafür wüsste er gerne den Grund.

„Jonas? Es ist … es ist doch nicht wahr, oder? Doch nicht Bodo", flüsterte sie und sah ihren Freund flehend an. Es war, als hätte sie Büttners Antwort gar nicht gehört oder als wollte sie sie auf gar keinen Fall als Wahrheit akzeptieren.

„Es ist … wir … wir dachten es sei besser … dir erst mal nichts zu sagen", erwiderte Jonas angespannt. Er war mit der Situation sichtlich überfordert. „Dir ging es doch gerade erst wieder besser und …" Er brachte den Satz nicht zu Ende, sondern griff nach der Hand seiner Freundin, die sie ihm jedoch mit einer schroffen Bewegung sofort wieder entzog. Büttner wartete auf eine weitere Reaktion von ihr, doch nichts geschah. Vielmehr saß das Mädchen nun wie vom Blitz getroffen da. Ihren plötzlich unnatürlich starren Blick hatte sie nach wie vor auf ihren Freund gerichtet, doch schien sie durch ihn hindurch zu sehen. Büttner wusste diesen Blick nicht genau einzuordnen. Ähnlich Gruseliges hatte er bisher nur in irgendwelchen Psychofilmen gesehen. Von einem Moment auf den anderen lief ein Frösteln durch seinen Körper, und ihm war, als hätte plötzlich jemand alle Wärme aus dem Raum gesaugt. Er überlegte, sie anzusprechen, dann jedoch sagte er einer inneren Stimme folgend: „Rufen Sie einen Arzt! Schnell!"

Während Jelka nach wie vor keinerlei Regung zeigte, sondern weiterhin nur mit fast leblosem Blick und mit in die Decke gekrallten Händen dasaß, sprang Jonas nach kurzem Zögern auf und hechtete auf den Gang hinaus. Aus seinem Gesicht war jegliche Farbe gewichen. „Hilfe!", schrie er mit Panik in der Stimme. „Hilfe, bitte, wir brauchen einen Arzt! Bitte!"

Es dauerte nur wenige Augenblicke, bis Doktor Gruber gefolgt von zwei Schwestern in den Raum stürzte. Beim Anblick seiner offensichtlich unter Schock stehenden Patientin eilte er zu ihr und zischte Büttner im Vorbeigehen mit wutverzerrter Miene zu: „Was haben Sie getan? Um Gottes willen, was haben Sie mit ihr gemacht?"

„Das wüsste ich auch gerne", murmelte Büttner, dann jedoch räusperte er sich und fügte mit fester, beinahe autoritärer Stimme hinzu: „Kümmern Sie sich um sie. Sehen Sie zu, dass sie in kompetente, psychotherapeutisch geschulte Hände kommt. Und dann würde ich Sie und Jonas gerne sprechen. Gemeinsam. Ich habe keine Ahnung, was hier los ist, aber es würde mich brennend interessieren, was Sie und der junge Mann zu diesem mehr als seltsamen Verhalten der Frau zu sagen haben." Ohne eine Reaktion des Arztes abzuwarten, verließ er das Krankenzimmer und bedeutete dem leise vor sich hin wimmernden Jonas, ihm zu folgen.

12

Eigentlich hatte Femke Onnen an diesem Morgen in die Kirche gehen wollen, wie sie es an jedem Sonntag tat. Ein Blick aus dem Fenster aber hatte sie diesen Plan aufgeben lassen. Sie konnte sich nicht daran erinnern, dass es jemals ein so lang andauerndes Unwetter gegeben hatte. Frühere Orkane waren meist nach einem Tag vorbei gewesen. Aber gleich mehrere Tage am Stück? Nein, das war ihres Wissens noch nie vorgekommen.

Nun gut, es nützte ja nichts. Dann musste sie sich eben etwas anderes für diesen Sonntagvormittag einfallen lassen. Sie war noch nie jemand gewesen, der sich lange Gedanken um etwas machte, das man sowieso nicht ändern konnte. Das Wetter gehörte dazu, und das war ja auch gut so. Denn wo, so fragte sie sich, würde die Welt heute stehen, wenn der Mensch in der Lage wäre, das Wetter nach seinen Wünschen zu beeinflussen? Mord und Totschlag würde es geben, vermutlich würden Kriege geführt. Und die gab es ja sowieso schon viel zu viele. Auch ohne Streit um das Wetter. Da war es wirklich gut, wenn es mal irgendetwas gab, auf das selbst der Mensch in seinem Allmachtswahn keinen Einfluss nehmen konnte.

Femke Onnen trippelte mit kleinen Schritten in die Küche, eine Hand hatte sie dabei auf den unteren Rücken gepresst, mit der anderen stützte sie sich auf ihren Stock. Nicht nur, dass ihr das Laufen immer schwerer fiel, nun hatte sie seit ein paar Wochen auch noch einen furchtbar stechenden Schmerz im Bereich der Lendenwirbel. Bestimmt, weil es im ganzen Haus zog wie Hechtsuppe. Das Alter hatte wahrlich nichts Schönes. Doch jung zu sterben, war ja auch keine Lösung. Manchmal war das Leben wirklich eine verzwickte Angelegenheit. Eine gute Tasse Tee würde sicherlich Abhilfe schaffen. Einfach deswegen, weil sie grundsätzlich gegen und für alles gut war. Dass sie überhaupt so alt geworden war, rechnete Femke auch dem regelmäßigen Genuss dieses ostfriesischen Nationalgetränks zu. Dazu ein schönes Stück Teekuchen[*] … Was konnte einem da noch fehlen?

„Moin, Tantchen", hörte sie ihren Großneffen Immo sagen, den sie gerade die knarzende Treppe hatte herunterkommen hören. „Wie ich sehe, gibt es wieder Teekuchen. Meinst du nicht, du übertreibst es ein bisschen mit dem zuckrig-fettigen Zeug? Wenn ich mich recht erinnere, hat der Arzt dir gesagt, dass du dich gesünder ernähren sollst. Denk an deine Blutfettwerte!"

Femke Onnen seufzte. „Ach, mien Jung, der Arzt kann viel reden, wenn der Tach lang is. Der soll mit seinem ganzen Gemüse und Obst und tierfreiem Zeuch …"

„Vegane Ernährung heißt das", klärte Immo sie auf, warf einen Blick in den Kühlschrank und griff nach einem Wiener Würstchen, das vom gestrigen Abendessen übrig geblieben war.

---

[*] Bienenstich

„Sach ich ja. Tierfreies Zeuch", ließ sich seine Groß-tante nicht beirren. „De Fent* soll mit seinem Vogelfutter erst mal so alt werden wie ich, dann sprechen wir uns wieder."

„Das möchte ich bezweifeln, dass ihr dann noch die Gelegenheit habt, miteinander zu sprechen", grinste Immo, tunkte das Würstchen ins Senfglas und biss herzhaft hinein. „Der Doc ist doch höchstens vierzig, oder?", sagte er schmatzend.

„Sach ich doch, dass der nich so alt wird, dass wir dann noch miteinanner reden können", nickte Femke Onnen. „Wie soll das denn wohl auch gehen, bei dem seinem Lebenswandel. Der rennt doch auch wie 'n Bekloppter immer kilometerweit."

„Er joggt. Das ist Sport."

„Jo. Und dann isst der noch nich mal was Vernünftiges danach. Is ja so dürr wie Schnittlauch, de Fent." Sie hob ihren arthritischen Zeigefinger und fuchtelte damit mahnend in der Luft herum. „Nee, nee, lass den mal sechzig werden, dann kann er von Glück sagen, dass er es überhaupt so weit geschafft hat."

„Vermutlich wirst du dich nicht mehr drüber wundern können, wenn er seinen einundsechzigsten Geburtstag feiert", stellte Immo fest. „Schade eigentlich. Dein Kommentar dazu würde mich interessieren."

„Das sehen wir ja dann", erwiderte Femke, war in Gedanken jedoch längst woanders. „Trinkst du 'ne Tasse Tee mit mir? Es gibt auch Teekuchen."

* Der junge Mann

„Weiß ich", grinste Immo, „der war ja Anlass unseres Gesprächs. Ja, ich esse gerne ein Stück. Und Tee nehme ich auch."

„Aber nich, dass du dann wieder zum Schreiben abhaust, wenn du deinen Rappel kriechst. Immer lässt du mich dann allein da sitzen mit meinem Tee."

Immo schnaubte entnervt und atmete einmal tief durch, erwiderte jedoch nichts.

Femke Onnen wusste, dass er diese Diskussion hasste. Ebenso wie sie wusste, dass diese Diskussion zu nichts führte. Dennoch gab sie die Hoffnung nicht auf, dass es eines Tages anders sein würde. Bestimmt, wenn er erst mal die Liebe seines Lebens kennenlernte. Die *richtige* Liebe seines Lebens, nicht diese Ulrike Lübbers. Hach, dieser Junge war aber auch so schwierig! Doch was sollte sie tun? Seine Nachkommen konnte man sich schließlich nicht aussuchen, und dann musste man eben das Beste daraus machen. Und es gab ja auch Schlimmeres, als irgendwelche Zettel vollzukritzeln. Nur so tierfreies Zeug zu essen, zum Beispiel. Oder die Kommunisten zu wählen. Also ließ sie ihn gewähren, auch wenn es nicht immer leicht war, diesen lästigen Fimmel zu ignorieren.

Femke Onnen stellte das Geschirr nebst Teekanne und Kuchen auf ein Tablett. Immo nahm es ihr ab und trug es ins Wohnzimmer, wo er die Sachen sogleich auf dem Beistelltisch neben ihrem Sessel verteilte. Doch kaum, dass er sich einen weiteren Sessel herangezogen hatte, um sich zu setzen, klingelte es an der Tür.

„Erwartest du Besuch?", fragte Immo erstaunt, als seine Großtante vor Schmerzen ächzend aus der Küche kam.

„Nee, sonst hätte ich ja ein Gedeck mehr hingestellt", presste sie hervor. „Ich guck mal, wer es is."

„Setz dich hin, ich geh schon." Immo machte eine unmissverständliche Handbewegung zu ihrem Sessel hin und verließ das Zimmer Richtung Haustür. „Kann ja keiner mit ansehen, wie du dich quälst, Tantchen. Du solltest wirklich mal zum Orthopäden gehen. Ist doch nicht normal, dass der Rücken immer so wehtut."

„Doch, das ist normal. Bin ja schließlich keine achtzig mehr", rief Femke hinter ihm her. „Und hör mir auf mit Orthopäden! Sind alles Stümper, das weiß doch jeder. Teure Rechnungen stellen, das können sie, mehr aber auch nich. Möcht mal wissen, ob die überhaupt mal jemanden geheilt haben. Wohl eher nich, sonst würden bei denen im Wartezimmer ja nich immer nur dieselben Leute sitzen. Nee, nee, bleib du mir wech mit diesen Knochenbrechern! Hu, sitzen tut gut", sagte sie zufrieden, als sie ihren Sessel endlich erreicht hatte.

„Sagtest du was?", fragte Immo, als er von Sebastian Hasenkrug begleitet ins Wohnzimmer zurückkam. Der Polizist sah sich interessiert in dem ärmlich möblierten Raum um und stellte bedauernd fest, dass es hier alles andere als warm war, sondern im Gegenteil sogar ziemlich zugig. Eigentlich hatte er gehofft, sich bei der alten Frau Onnen nach der durchdringenden Kälte am Deich ein wenig aufwärmen zu können, doch daraus wurde nun wohl nichts.

Nachdem sein Chef ihn für diesen Tag dienstverpflichtet hatte, war er lieber gleich nach Rysum gefahren, um die ersten Zeugen zu befragen. So würde er am Nachmittag pünktlich zum versprochenen Babysitting zurück sein und seine kleine Tochter mit aufs Revier nehmen können. Vielleicht hatte er ja Glück und sie würde ein wenig schlafen. Irgendwann musste sie nach all dem Geschrei doch vor Erschöpfung einschlafen.

„Wer ist denn das?", ging Immos Großtante nicht auf die Frage ihres Großneffen ein und betrachtete ihren Gast, der weder Jacke noch Schuhe trug, abschätzig. „Sind Sie einer von denen, die alten Leuten das Bargeld aus den Schubladen klauen?", fragte sie misstrauisch.

„Nee, ich bin einer von denen, die unsere älteren Mitbürger vor diesen Dieben zu schützen versuchen", lächelte Hasenkrug und zwinkerte ihr zu. Er zog einen Ausweis aus der Tasche seines Jacketts und hielt ihn ihr unter die Nase. „Moin, Frau Onnen, mein Name ist Hasenkrug. Ich bin von der Kriminalpolizei."

„Hasenpflug? Interessanter Name. Sacht mir aber nix."

„Krug. Mein Name ist Hasenkrug."

„Jo. Hoffentlich haben Sie wenichstens Ihr nasses Zeuch nich einfach irgendwo hingeschmissen, wo es mir jetzt alles nass macht, Herr Hasenpflug."

„Seinen Mantel und seine Stiefel habe ich in die Waschküche gebracht", versuchte Immo sie zu beruhigen. „Da sind sie doch gut aufgehoben, oder?"

Seine Großtante nickte. „Sie können einen Tee haben", lud sie Hasenkrug ein. „Teekuchen gibt's auch dazu."

„Das ist lieb, Tantchen, aber der Herr hat einen besonderen Grund, warum er hier ist", erwiderte Immo mit ernstem Gesicht.

„Natürlich hat er einen Grund, warum sollte er wohl

sonst hierherkommen?", watschte Femke Onnen ihren Großneffen ab. „Aber eine Tasse Tee kann doch trotzdem nicht schaden, oder? Er sieht ja ganz durchgefroren aus. Hol ihm mal Tasse und Teller, Immo. Und Sie ziehen sich einen Sessel ran und setzen sich", forderte sie Hasenkrug auf.

„Das ist nett, danke." Sebastian Hasenkrug freute sich, dass er nun doch noch in den Genuss von ein wenig Wärme kommen würde. Er tat, wie ihm geheißen, und rieb sich zunächst die kalten Hände, bevor er nach kurzem Zögern sagte: „Leider habe ich keine guten Nachrichten, Frau Onnen."

„Isses wegen Bodo?", fragte Femke, während sie nach einer auf der Sessellehne drapierten Wolldecke griff und sie sich über die Beine legte. „Ja, das is wirklich tragisch. War immer ein netter Junge. Keine Ahnung, warum den jemand umbringen musste. Hach, hier ist es aber auch kalt!" Sie schlug fröstelnd die Arme um ihren Körper. „Finden Sie es auch so zugich hier, Herr Kommissar? Könnt nu wirklich mal vorbei sein mit dem Sturm. Is nix für meine morschen Gräten, wissen Se?"

„Leider geht es nicht um Bodo", ließ sich Immo vernehmen, der mit einem Gedeck für Hasenkrug aus der Küche zurückkam und sogleich damit begann, Kluntjes in den Tassen zu verteilen. „Es geht um Tjardo."

„Wieso? Ist Tjardo auch tot?", fragte die alte Frau völlig ungerührt. „Nu tu mir man noch 'n Kluntje mehr rein, mien Jung, is doch bloß 'n heel lüttjen*."

---

*ganz kleiner

110

„Ja", sagte Hasenkrug und war bemüht, sich seine Verwunderung über die Emotionslosigkeit der alten Dame nicht anmerken zu lassen. „Leider muss ich Ihnen mitteilen, dass Ihr Neffe in der vergangenen Nacht erstochen wurde. Zwei Spaziergänger haben ihn heute Vormittag am Deich tot aufgefunden."

„Nu, das wunnert mich nich. Musste ja eines Tages so kommen", war alles, was die alte Frau dazu zu sagen hatte. „Sollen man bloß schnell einen neuen Deichläufer einsetzen, damit da nix bricht. Was is nu, Immo, willst du uns keinen Kuchen auftun?"

„Onkel Tjardo ist tot, Tantchen, hast du das verstanden?", sagte Immo mit Nachdruck in der Stimme. Er betrachtete seine Großtante mit skeptischem Blick, während er ihr ein Stück Kuchen auf den Teller tat. „Dein Neffe Tjardo. Man hat ihn umgebracht."

„Nun kuck mich nich so an, als wär ich tüdelich", knurrte sie ungehalten. „Ich sach doch, dass mich das nich wunnert. Dich doch auch nich. Musst jetzt nich so tun, als wärste schockiert."

„Und warum wundert es Sie nicht, dass man Ihren Neffen umgebracht hat?", fragte Hasenkrug interessiert. Er umschloss seine Tasse mit beiden Händen und spürte gleich darauf, wie diese eine angenehme Wärme durchströmte. „Ihrer Reaktion nach zu urteilen, war er Ihnen wohl eher gleichgültig."

„Wir waren *ihm* alle gleichgültig", widersprach die alte Frau. „Der hat sich doch nie um andere Leute geschert. Ein elender Egoist war er. Oder was glauben Sie, warum ihm seine Frau wechgelaufen is? Genau deswegen nämlich, weil er ein elender Egoist war und sich nie um sie und die Kinner gekümmert hat." Femke Onnen schob sich einen Bissen Kuchen in den Mund, kaute für eine Weile genüsslich darauf herum und fügte dann hinzu: „Karriere wollte er machen, hat er immer gesacht. Der war noch nich trocken hinter den Ohren, da hat er das schon gesacht. Und? Was ist aus ihm geworden? Nix. Auch wenn er immer so getan hat, als wäre Ortsvorsteher von Rysum zu sein mindestens so wichtig wie Präsident von Amerika zu sein. Nur gut, dass Irma, was seine Frau war, das alles nich mehr mitgemacht hat. Man muss sich ja nu wirklich nich alles gefallen lassen. Schon gar nich von so 'nem Versager. Ohne ihn kommt sie bestimmt besser zurecht."

„Meines Wissens ist sie wieder verheiratet", meinte Hasenkrug.

„Jo. Wie man hört, geht es ihr gut."

„Ihr Neffe war der Geschäftspartner von Bodo Lübbers. Sie wissen nicht zufällig, ob es zwischen den beiden womöglich Differenzen gab? Oder – was in diesem Fall noch interessanter wäre – ob es jemanden gab, mit dem beide Männer Ärger hatten?" Hasenkrug nippte mehrmals an seinem köstlich heißen Tee und stellte die Tasse dann auf den Tisch zurück, um sich seinem Kuchen zu widmen.

„Tjardo war nur auf dem Papier Bodos Geschäftspartner", behauptete Immo, der Hasenkrug plötzlich äußerst nervös vorkam. Ständig knetete der junge Mann seine Hände im Schoß oder kaute gar an seinen Fingernägeln. Anscheinend tat er das öfter, denn manche seiner Fingerkuppen waren rund um das Nagelbett schon ganz wund oder gar blutig. Sein Blick wanderte immer häufiger zur Treppe, die in den ersten Stock hinaufführte. Ob er dort irgendetwas verbarg, von dem er Angst hatte, Hasenkrug könne es entdecken? Fast hatte es den Anschein.

„Wie muss ich mir das mit dem Geschäftspartner, der nur auf dem Papier existiert, in der Praxis vorstellen?", hakte Hasenkrug nach. Eine Frage, die sein Gegenüber keineswegs zu beruhigen schien, denn er malträtierte seine Fingernägel nun noch ein bisschen brutaler.

„Bodo hat gearbeitet und Tjardo hat das Geld kassiert. So sah es aus", antwortete stattdessen die Großtante. „Bodo hat immer versucht, ihn loszuwerden, aber die Verträge waren wohl so, dass es nich geklappt hat. Aber davon versteh ich nix. Müssten Sie selbst mal gucken."

Nun, das würde er tun, dachte Hasenkrug. Sowieso lag für ihn noch vieles, was die beiden Opfer anging, im Unklaren. Es gab diesbezüglich noch jede Menge zu tun.

Hasenkrug, der nach mehr heißem Tee lechzte, wollte gerade fragen, ob er vielleicht nachschenken solle, als Immo plötzlich wie von der Tarantel gestochen aus seinem Sessel hochsprang, aus dem Zimmer rannte und wenig später die Treppe hinaufhechtete, als wäre der Leibhaftige hinter ihm her.

„Was hat er denn?", fragte Hasenkrug überrumpelt. „Ist ihm nicht gut?"

„Er schreibt", lautete die knappe Antwort.

„Er schreibt? So plötzlich? Ich meine …"

Femke Onnen machte eine wegwerfende Handbewegung. „Achten Sie gar nich drauf. Immer, wenn er nervös is, schreibt er wie 'n Bekloppter."

„Aha." Hasenkrug hatte ja schon von so mancher Macke

gehört, doch mit so einer hatte er noch nie zu tun gehabt. „Und was schreibt er dann? Gedichte? Oder gar Bücher?"

„Nee. Nur bekloppted Zeuch. Nehmen Sie sich noch Tee, Herr Kommissar."

„Ja, danke." Hasenkrug beschloss, es zunächst dabei bewenden zu lassen, auch wenn ihm das alles ein wenig seltsam vorkam. Er schenkte Tee nach und kam wieder auf die beiden Mordopfer zu sprechen: „Wissen Sie, ob sich Ihr Neffe oder Bodo Lübbers in der letzten Zeit bedroht fühlten? Hat einer von beiden Ihnen gegenüber mal so was geäußert?"

„Nee." Femke Onnen machte eine wegwerfende Handbewegung, während sie mit zusammengekniffenen Augen einem Stück Kuchen hinterherlinste, das von ihrer Gabel auf den abgenutzten Teppichboden gerutscht war. „Die haben doch mit mir nich über so was gesprochen. Warum sollten sie auch, ich hab doch keine Ahnung davon. Hab die beiden sowieso nur selten gesehen. Gehen ja heutzutage nich mal mehr in die Kirche, die jungen Leute. Kein Wunner, dass es mit ihnen berchab geht."

„Okay, Frau Onnen, dann möchte ich Sie auch nicht weiter stören." Hasenkrug leerte seine Tasse, schob sich die letzten Bissen Kuchen in den Mund und erhob sich dann von seinem Platz. „Wenn Ihnen noch was einfällt, dann rufen Sie mich bitte an." Er legte ihr seine Visitenkarte auf den Tisch. „Vielen Dank für Tee und Kuchen. Es war köstlich."

„Da nich für", erwiderte Femke Onnen. Noch ehe Hasenkrug das Zimmer verlassen hatte, griff sie nach der Fernbedienung und schaltete den Fernseher ein.

13

„Ist es gelungen, das Mädchen zu beruhigen?" David Büttner saß auf einem Stuhl und sah dem Arzt, der nur wenige Minuten nach ihm schwungvollen Schrittes und mit wehendem Kittel in den Aufenthaltsraum der Station gekommen war, mit betretenem Gesichtsausdruck entgegen.

Doktor Karsten Gruber baute sich vor ihm auf, stemmte die Hände in die Hüften und fauchte aufgebracht: „Wie stellen Sie sich denn vor, dass wir sie in Minutenschnelle beruhigen sollen, he? Einmal pusten, Pflaster drauf und gut ist? Nein, Herr Kommissar, so schnell geht das nicht. So schnell geht das ganz und gar nicht. Komisch, oder?" Er beugte sich zu ihm herab, hob den Zeigefinger und fuhr mit zischender Stimme fort: „Womöglich haben Sie alles, was wir in den letzten Wochen aufgebaut haben, durch Ihre desaströsen Verhörmethoden zunichtegemacht. Man merkt eben, dass Sie es gemeinhin nur mit Leichen zu tun haben. Ich werde Ihre Vorgesetzten über Ihr unmögliches Vorgehen informieren."

Büttner spürte, wie ihm die Galle hochstieg, und setzte gerade zu einer wenig freundlichen Erwiderung an, als jemand ihm zuvorkam und mit dünner Stimme sagte: „Er kann nichts dafür."

„Was?" Der Arzt drehte sich zur Tür und sah einen leichenblassen Jonas hereinschleichen. „Und wer, bitte schön, wenn nicht er, soll dann für Jelkas hoffentlich nur akut desolaten Gemütszustand verantwortlich sein?", ätzte Doktor Gruber. „Hast du mir was zu sagen, Jonas? Dann nur raus damit. Ich bin sehr gespannt."

„Wenn Sie sich einfach mal setzen könnten, Herr Doktor, und Sie auch, Jonas. Dann könnten wir in aller Ruhe besprechen, was da gerade passiert ist", meinte Büttner und war selbst erstaunt, wie ruhig seine Stimme klang. Denn gerade noch war er angesichts der völlig ungerechtfertigten Anschuldigungen des Arztes auf hundertachtzig gewesen. Aber irgendwie konnte er Doktor Gruber auch verstehen. Natürlich musste es so aussehen, als hätte er, Büttner, seinen Job nicht mit genügend Umsicht ausgeführt, obwohl er es kurz zuvor noch versprochen hatte. Also galt es jetzt, Ruhe zu bewahren und nach Möglichkeit eine vernünftige Klärung herbeizuführen.

Die Körperhaltung des Arztes entspannte sich ein wenig, dennoch schien er unschlüssig, ob er der Bitte des Polizisten Folge leisten sollte. Schließlich aber ließ er ein paarmal die Gelenke seiner Finger knacksen, zog sich einen der gepolsterten Stühle heran und setzte sich. Jonas tat es ihm gleich. Noch bevor einer der beiden etwas sagen konnte, wandte sich Büttner an Jonas: „Wenn Sie uns jetzt bitte mal erklären könnten, warum Jelka auf die Nachricht vom Tod Bodo Lübbers' so stark reagiert hat. Auch ich bin sehr gespannt, das können Sie mir glauben."

Jonas kaute nervös auf der Innenseite seiner Wange herum. Dann stützte er sich mit den Ellenbogen auf seinen Oberschenkeln ab und legte den Kopf in seine Hände, als wäre der ihm plötzlich zu schwer geworden. Nur Sekunden später richtete er sich wieder auf und begann zu sprechen: „Wir … ich … wir … also Jelkas Vater und ich haben gedacht, dass es … dass es nicht gut für sie ist, wenn sie davon erfährt", stammelte er. „Natürlich hätten wir es über kurz oder lang sagen müssen, aber zu diesem Zeitpunkt … Ich meine, sie hatte sich doch gerade erst wieder gefangen, und dann so eine Nachricht? Nee, wirklich nicht." Er schüttelte wie zur Unterstützung seiner Worte heftig den Kopf.

„Wovon redest du eigentlich?", fragte Doktor Gruber und sah Jonas verständnislos an. „Ich denke, auch Jelka war klar, dass der Mann, den ihr gefunden habt, tot ist. Daran gab es doch nie einen Zweifel, oder?"

„Es gibt zwei Mordopfer", redete Büttner nicht lange um den heißen Brei herum. „Der Tote, den Jelka und Jonas heute Vormittag gefunden haben, heißt Tjardo Willms, seines Zeichens Ortsvorsteher von Rysum. Gestern Morgen aber ist in Rysum bereits ein anderer Mann tot aufgefunden worden. Bodo Lübbers. Und dessen Tod ist es, der Ihre Patientin so sehr in Aufregung versetzt hat. Ich bin fälschlicherweise davon ausgegangen, sie wüsste über beide Morde Bescheid. Da habe ich mich offenbar getäuscht. Und nun wüsste ich gerne, warum man ihr diese Tatsache verschwiegen hat und in welchem Verhältnis sie zu Bodo Lübbers stand."

„Nun, Jonas?" Zwischen den Augenbrauen des Arztes hatte sich eine steile Falte gebildet. „Ich hätte wenigstens erwartet, dass du mit mir darüber sprichst, wenn der Tod dieses Mannes für Jelka eine so weitreichende Bedeutung hat.“

„So was konnte doch keiner ahnen! Ganz sicher hätten wir es ihr bald gesagt, aber …“

„Schluss mit den Ausreden!“, unterbrach Büttner ihn schroff. „Jetzt mal raus mit der Sprache! Schließlich muss auch der behandelnde Therapeut wissen, worum es geht. Oder willst du vielleicht, dass Jelka auf ewig in ihrer Schockstarre verharrt?“

„Nein. Nein, natürlich nicht, ich …“

„Nun sag’s endlich und rede nicht weiter um den heißen Brei herum! Kapierst du denn immer noch nicht, worum es hier geht, Junge!“ Der Doktor sprang mit geballter Faust von seinem Stuhl hoch und schien kurz vor der Explosion zu stehen.

Büttner seufzte vernehmlich auf. „Nun setzen Sie sich doch bitte wieder hin, Herr Doktor Gruber. Das bringt doch nichts. So bringen wir den Jungen nur noch mehr durcheinander.“

„Er soll endlich seinen verdammten Mund aufmachen!“, schrie der Arzt.

„Ja. Dafür müssten Sie Ihren zunächst mal schließen, meinen Sie nicht?“, brummte Büttner säuerlich.

„Bodo war für Jelka wie ein zweiter Vater“, erklärte Jonas, nachdem der Doktor sich mit einem unwilligen Schnauben auf seinen Stuhl hatte zurücksinken lassen. „Sie hat sehr an ihm gehangen.“

„Was genau hatten die beiden miteinander zu tun?“, hakte Büttner nach.

„Bodo hat sie trainiert“, erklärte Jonas mit bebender

Stimme. „Sie war noch im Kindergarten, als er ihr Talent erkannt hat. Er war früher ein herausragender Leichtathlet. Er hat Jelka praktisch all das beigebracht, was sie heute kann. Ähm … konnte. Also, was sie *mit* Bein konnte, meine ich. Ach, Scheiße!" Der junge Mann schlug sich mit der flachen Hand klatschend auf den Oberschenkel. „Was ist das nur alles für eine Scheiße! Ehrlich jetzt!" Aus seinen Funken sprühenden Augen sprachen Wut und Verzweiflung. „Es ist alles so ungerecht! So verdammt ungerecht!" Mit diesen Worten brachen sich die in den letzten Stunden, Tagen und Wochen angestauten Emotionen Bahn, und er begann bitterlich zu schluchzen. „Es ist einfach unfair, so verdammt unfair!", klagte er und sah Büttner aus tränennassen Augen vorwurfsvoll an. „Warum ausgerechnet Jelka? Sie hat doch niemandem etwas getan! Sie wollte … doch immer nur … glücklich sein!"

„Das können wir uns leider nicht immer aussuchen." Büttner beschloss, es für heute gut sein zu lassen. Er würde ins Kommissariat fahren und schauen, was Hasenkrug zwischenzeitlich hatte in Erfahrung bringen können. Hier konnte er jetzt sowieso nicht mehr viel ausrichten. Er stand auf und nickte dem Doktor und Jonas zu. „Ich komme dann wieder auf Sie zu. Vielen Dank, dass Sie sich die Zeit genommen haben."

„Bitte entschuldigen Sie, dass …"

„Kein Ding." Büttner unterbrach den Arzt mit einer Handbewegung. „Vermutlich hätte ich genauso reagiert, wenn ich in Ihrer Situation gewesen wäre. Wir sehen uns. Alles Gute für Ihre Patientin. Es tut mir sehr leid, dass alles so gekommen ist."

Als er sich kurz vor der Stationstür noch einmal umdrehte, sah er, dass die beiden Männer mit gesenkten
Köpfen in unterschiedliche Richtungen davongingen.

14

Obwohl in der Villa Licht brannte und sowohl ein SUV als auch ein Sportwagen in der Einfahrt standen, öffnete auf Hauptkommissar Büttners Klingeln hin niemand die Tür. Was umso ärgerlicher war, als der Regen nach einer nur kurzen Verschnaufpause wieder in voller Stärke eingesetzt hatte und es am Haus keinen Vorsprung und keine Überdachung gab, unter die man sich auf die Schnelle hätte flüchten können. Selbst die Haustür war ungeschützt der Feuchtigkeit ausgesetzt. Doch offensichtlich war bereits damit angefangen worden, dieses Manko zu beheben, denn aus dem Mauerwerk über der Tür ragten irgendwelche Streben hervor, die später wohl einem Wetterschutz als Aufhängung dienen sollten. Eine ebenso sinnvolle wie lobenswerte Maßnahme, die für Büttner jedoch definitiv zu spät kam. Vielleicht wäre der Verbleib im Kommissariat ja doch die klügere Entscheidung gewesen, überlegte er missmutig, als sich der Regen nun unter den Kragen seines Regenmantels vorarbeitete.

Büttner war direkt aus dem Büro hierhergekommen, nachdem er mit seinem Assistenten das weitere Vorgehen abgestimmt hatte. Als sich nämlich Hasenkrugs Tochter dazu entschloss, laut schreiend auf ihre schmerzhaft wachsenden Zähne oder welches Wehwehchen auch immer aufmerksam zu machen, hatte er schleunigst die Flucht ergriffen und verkündet, noch mal bei den Heidrichs in der Rysumer Villa vorbeischauen zu wollen. Eigentlich hatte er dies nach dem gescheiterten Versuch am Samstag erst wieder für den nächsten Tag vorgehabt, aber man musste manchmal eben Prioritäten setzen – zu denen das andauernde, schrille Geschrei von zahnenden Kindern nun mal nicht gehörte.

Nach einem weiteren unbeantworteten Klingeln lief Büttner zu seinem Fahrzeug zurück. Doch gerade als er einsteigen wollte, hörte er eine Stimme sagen: „Suchen Sie die Heidrichs?"

Er drehte sich um. Hinter ihm stand ein junger Mann von vielleicht zwanzig Jahren, dem der Regen wenig auszumachen schien, denn er trug alles andere als wetterfeste Kleidung – und die war inzwischen klatschnass. Trotz der Nässe stand er da wie eine Statue, der weder Sturm noch Regen etwas anhaben konnten. Büttner spürte, wie sich sein Körper bei diesem Anblick unwillkürlich mit Gänsehaut überzog, doch irgendetwas im Blick des jungen Mannes hielt ihn davon ab, ihn darauf anzusprechen.

„Wissen Sie denn, wo ich die Heidrichs finde?", stellte er daher lediglich die Gegenfrage. Er drehte sich aus dem Wind, der ihm den eiskalten Regen unangenehm ins Gesicht trieb.

„Warum wollen Sie das denn wissen?"

„Es geht um die Morde. Ich bin von der Kriminalpolizei. Und ich wäre Ihnen sehr verbunden, wenn Sie mich jetzt nicht nötigten, meinen Dienstausweis aus der Tasche meines Jacketts zu ziehen. Ruckzuck wären meine

Klamotten so durchtränkt wie Ihre und morgen hätte ich eine schlimme Erkältung, und darauf habe ich nun wirklich keine Lust."

Der Mann musterte ihn von oben bis unten und nickte dann anerkennend. „Cool. Ein Bulle in Gummistiefeln." Er machte eine schnelle, wegwerfende Geste mit der Hand. „Aber, nee, lassen Se man stecken. Ich glaub es Ihnen auch so. Sie sehen schon so beamtenmäßig aus."

„Danke, sehr entgegenkommend. Und wo finde ich nun die Heidrichs?"

„Sie sind alle bei den Bleckmanns", antwortete der junge Mann.

„Sie alle? Was genau heißt das? Und wer sind die Bleckmanns?"

„Theo Bleckmann. Fünfzigster Geburtstag. Alle Nachbarn sind da zum Bogenmachen." Er wischte sich abwesend das Wasser aus dem Gesicht, dann fügte er hinzu: „Total gaga, das Pack. Da werden im Dorf zwei Menschen ermordet, und die anderen gehen alle feiern. So sind sie hier. Es ist widerlich. Ich wünschte echt, ich hätte mit all dem nichts mehr zu tun."

Das allerdings konnte Büttner gut verstehen, denn auch er brachte für solch ein Verhalten wenig Verständnis auf. Für die Angehörigen der Opfer mussten Aktionen wie diese, bei denen es äußerst lustig zuging und traditionell Unmengen Alkohol getrunken wurden, ein Schlag ins Gesicht sein. „Können Sie mir sagen, wo die Bleckmanns wohnen?"

Der junge Mann zeigte in Richtung Landstraße. „Die Lohne runter, nächste Straße links und dann gleich am

Ortseingang. Sie können es nicht übersehen. Ist ja ein Bogen an der Haustür."

„Okay, ich danke Ihnen", nickte Büttner. „Dann will ich jetzt mal sehen, dass ich endlich ins Trockene komme. Und Sie sollten es auch tun, sonst holen Sie sich noch den Tod."

„Können Sie mir sagen, wie es Jelka geht?", überhörte der Mann Büttners Ansage. „Es heißt, sie und Jonas hätten die Leiche von Tjardo Willms gefunden."

„Sind Sie mit Jelka befreundet?", fragte Büttner anstelle einer Antwort.

„Wir haben oft zusammen trainiert. Sie war eine tolle Leichtathletin. Ist 'ne Scheißsache, das mit ihrem Bein. Echt, total kacke."

„Sie sollten sie vielleicht selbst fragen, wie es ihr geht", schlug Büttner vor. „Ich darf darüber leider keine Auskunft geben. Besuchen Sie sie doch mal im Krankenhaus. Ich glaube, sie könnte ein wenig Aufmunterung gebrauchen."

Der junge Mann schnaubte kurz, dann schüttelte er den Kopf. „Nee, glaub nicht. Na ja, vielleicht. Weiß nicht. Hab keine Ahnung, was ich ihr sagen soll. Ist doch alles kacke. Da kann ich bestimmt nur was Falsches sagen."

„Glaub ich nicht. Nichts ist schlimmer, als in einer solchen Situation das Gefühl zu haben, alleine zu sein. Glauben Sie mir, angesichts eines Schicksalsschlags verschiebt sich rasch die Wahrnehmung. Bisher Unwichtiges ist auf einmal wichtig, bisher Wichtiges ist plötzlich unwichtig. In Jelkas Situation dürften gute Freunde derzeit das Wichtigste sein."

Sein Gegenüber senkte den Kopf. „Okay. Mal sehen", murmelte er kaum hörbar.

„Dürfte ich fragen, wie Sie heißen?", fragte Büttner.

„Focko. Focko Willms."

„Willms?" Büttner sah ihn prüfend an. „Sind Sie mit Tjardo Willms verwandt?"

„Ja, er ist … er war mein … mein Vater." Die Stimme des Jungen klang nun belegt.

„Ihr Vater?" Büttner sah ihn erstaunt an. Hatte Hasenkrug nicht gesagt, Tjardo Willms' Kinder lebten in Groothusen und seien zehn und dreizehn Jahre alt oder so ähnlich?

„Es ist … nicht offiziell. Also, jeder hier weiß, dass er mein Vater ist, aber keiner redet darüber. Genau wie bei meinem Bruder."

„Ihrem Bruder? Sie haben einen Bruder, der ebenfalls …"

„… ein verdammter Bastard ist, ja", vollendete Focko mit bitterer Stimme den Satz und stieß dann scharf die Luft aus. „Immo und ich sind die, die es in einem Dorf wie diesem nicht geben darf."

„Klingt ein wenig altertümlich", stellte Büttner fest. „Ich meine, wir leben im einundzwanzigsten Jahrhundert."

„Ja. Aber wir leben auch in Rysum. Und hier ist man nicht ungestraft der Bastard von wem auch immer. Man schämt sich für uns." Focko schlug schützend die Arme vorm Körper zusammen und zitterte plötzlich am ganzen Leib. Büttner vermochte nicht zu sagen, ob es an der Orkanböe lag, die sie fast von den Füßen riss, oder an den plötzlich aufwallenden Emotionen.

„Darf ich fragen, wer Ihre Mutter ist?"

„Luise Willms."

Zwischen Büttners Augen bildete sich eine steile Falte.

„Was ich nicht verstehe: Wenn Sie uneheliche Kinder sind, wieso heißen Sie und Ihre Mutter dann Willms mit Nachnamen?"

„Weil Tjardo und meine Mutter Cousin und Cousine sind. Ihre Väter waren Brüder. Eine verbotene Liebe. Meine Mutter hat nie geheiratet, also heißt sie auch heute noch so. Was weiß Gott kein Spaß ist, wenn man die Umstände bedenkt."

Büttner versuchte, sich seine Verwirrung nicht anmerken zu lassen. Er wünschte, sein Assistent Hasenkrug wäre hier, um diese seltsamen Verwandtschaftsverhältnisse zu verschriftlichen. Kaum vorstellbar, dass er selbst sie sich länger als für ein paar Stunden würde merken können. „Ich würde gerne mal mit Ihrer Mutter reden", sagte er. „Wo finde ich sie?"

„Bei Bleckmanns. Wo sonst? Ich sagte doch, sie sind alle da. Außerdem bekommt sie da ihren geliebten Schnaps umsonst. Das lässt sie sich nicht entgehen", ätzte Focko betont unbeteiligt, doch es war nicht zu übersehen, dass er sich zutiefst grämte.

Büttner meinte sich zu erinnern, dass die etwas aufdringliche Dame, die sie gleich nach dem ersten Leichenfund in der Kneipe getroffen hatten, Luise hieß. „Ihre Mutter ist ..."

„Alkoholikerin. Ja, seit vielen Jahren schon. Ich kenne sie kaum anders als besoffen. Es ist ..." Focko verstummte und biss sich auf die Lippe.

„Und wer hat sich dann all die Jahre um Sie und Ihren Bruder gekümmert? Ihr Vater ja wohl kaum."

Focko warf bitter auflachend den Kopf in den Nacken.

„Mein Vater? Haha! Ein wirklich guter Witz, Herr Kommissar! Der hätte uns doch selbst mit der Kneifzange nicht angefasst!" Als er sich beruhigt hatte, fügte er ernst hinzu: „Nee, nee, wenn bei Mama nichts mehr ging, dann war unsere Großtante zur Stelle. Femke Onnen heißt sie. Immo schrieb mir heute Mittag per WhatsApp, dass Sie schon bei ihr gewesen sind."

„Mein Kollege war bei ihr", korrigierte Büttner. „Meines Wissens hat sie ihm nichts von dieser … ähm … Problematik gesagt. Sie ist wohl auch schon recht betagt?"

„Sie ist über achtzig und alles andere als gesund", bestätigte Focko. „Nun sind Immo und ich es, die ihr zur Hand gehen. Wir haben ihr viel zu verdanken."

„Sie schien nicht viel von Ihrem Vater zu halten, meint mein Kollege."

„Natürlich nicht. Sie hat ihn gehasst, für all das, was er Mama angetan hat. Und für alles andere auch. Jeder hier im Dorf hat ihn gehasst, aber das darf natürlich auch nicht laut gesagt werden." Focko stieß mit voller Wucht einen Stein weg, der vor ihm auf dem Pflaster lag und nun ein ganzes Stück die Warft hinabkullerte. „Wo kämen wir denn da hin, wenn hier mal jemand all die verdammten Wahrheiten laut aussprechen würde, die im Laufe der Jahrzehnte unter den Teppich gekehrt wurden! Hier lügt selbst der Pastor, dass sich die Balken biegen. Es ist wirklich zum Kotzen!"

„Okay, Herr Willms, dann mache ich mich jetzt mal auf den Weg zu den Bleckmanns. Werde ich dort auch auf Ihren Bruder treffen oder verweigert er seine Anwesenheit genauso wie Sie?"

„Immo wollte unsere Großtante hinbringen. Ob er geblieben ist, weiß ich nicht."

„Und Ihre Großtante? Was treibt sie da hin?"

Focko lachte einmal kurz auf. „Bei ihr ist es ganz profan. Sie hat lange überlegt, ob sie hingehen soll, weil sie Bodo Lübbers sehr mochte und es pietätlos findet, dass das Fest überhaupt stattfindet. Aber letztlich hat ihre Freude an solch traditionellem Kram gesiegt. Sie wollte einfach noch mal zum Bogenmachen bevor sie stirbt, hat sie gesagt."

Büttner nickte und öffnete die Tür seines Autos. „Vielen Dank, Herr Willms, Sie haben mir sehr geholfen. Mal sehen, ob da unten noch jemand nüchtern genug ist, um mir ein paar Fragen zu beantworten."

15

Dass in dem Haus der Bleckmanns eine ausgelassene Stimmung herrschte, hörte Büttner trotz des Sturms, der wehklagend um die Häuser pfiff, schon auf einige Entfernung. Irgendwer hatte auf der windabgewandten Seite die Fenster gekippt, durch die jetzt die dröhnenden Bässe einer Musikanlage sowie das Gegröle der Partygäste drangen. Offensichtlich ließ man sich wegen der zwei Morde den Spaß tatsächlich nicht verderben, was Büttner nach wie vor äußerst befremdlich fand.

Da der Regen zwischenzeitlich nachgelassen hatte, ließ Büttner seinen nassen Regenmantel im Auto und lief über einen schmalen Kiesweg auf den Eingang zu. Der von den Nachbarn angefertigte Bogen aus Tannenzweigen und roten und gelben Papierblumen umrankte die hölzerne Haustür. Am oberen Ende des Bogens hatte man ein Schild mit einer aufgemalten „50" angebracht. Normalerweise konnte Büttner dieser ostfriesischen Tradition eine ganze Menge abgewinnen. Schließlich führte sie dazu, dass der Kontakt unter den Nachbarn bei jeder sich bietenden Gelegenheit – beispielsweise runden Geburtstagen oder Hochzeiten und deren Jubiläen – neu belebt wurde. Auch Zugezogene fühlten sich gleich willkommen, wenn sich die Nachbarschaft zu ihrer Begrüßung die Mühe machte, einen Bogen anzufertigen. Doch in diesem Fall hatte man die Grenzen des guten Geschmacks deutlich überschritten, befand Büttner mit einem missbilligenden Kopfschütteln, als er das mit viel Sorgfalt hergestellte, durch Wind und Nässe aber bereits in Mitleidenschaft gezogene Kunstwerk betrachtete.

Da auf sein Klingeln und Klopfen niemand reagierte, drückte er die Klinke der Haustür herunter, die widerstandslos nachgab. Es gab heutzutage nicht mehr viele Eingangstüren, die sich einfach so von außen öffnen ließen. Was darauf hindeutete, dass sich die Bewohner dieser ärmlich aussehenden Kate nicht als potenzielles Opfer von Einbrechern betrachteten, obwohl diese Art von Verbrechen auch in Ostfriesland in den letzten Jahren spürbar zugenommen hatte.

„Moin", sagte Büttner, als ihm bereits auf dem engen Flur jemand entgegenkam. Es war ein Mann, der offensichtlich bereits Schlagseite hatte. Statt eine Antwort zu geben, sah er Büttner aus glasigen Augen an, deutete eine Verbeugung an und verschwand schnell hinter der nächstbesten Tür.

Auch von den anderen Gästen, denen er auf seinem Weg durch das Haus begegnete, schien sich keiner für ihn zu interessieren. Die meisten von ihnen hatten schon gut einen intus, und selbst diejenigen, die ihn eigentlich als Polizisten hätten erkennen müssen, grüßten nur mit knappen Gesten und gingen dann wieder ihrer Wege. Unter ihnen Gastwirt Dirk Flessner, der kurz stutzte, als er ihn bemerkte, dann jedoch mit einem kurzen „Moin" an ihm vorbeilief und sich in einen heftigen Hustenanfall flüchtete. Er sah miserabel aus, doch schien er sich noch nicht krank genug zu fühlen, um im Bett zu bleiben.

„Na, Luise", hörte Büttner eine männliche Stimme rufen, als er den mit Menschen überfüllten Wohnraum betrat, „bist ja schon wieder stockbesoffen. Gute Gelegenheit, sich mal richtig die Kante zu geben, wa? Wo dich doch der Alk heute nix kostet, meine ich." Auf diese wenig freundliche Ansprache hin brach eine ganze Gruppe offensichtlich auch nicht mehr ganz nüchterner Männer in grölendes Gelächter aus, unter ihnen der Zeitungsausträger Eilert Bloem und Mirko Hayenga, der Exmann von Ulrike Lübbers. Büttner sah sich mit schmalen Augen nach dem Opfer dieser Attacke um und entdeckte nur Momente später eine abgelebt aussehende, klapperdürre Frau um die fünfzig, die den Männern wenig damenhaft die Zunge herausstreckte, irgendetwas Unverständliches vor sich hin lallte und ein Glas mit dunkler Flüssigkeit in einem Zug leerte. Dann torkelte sie mit suchendem Blick in den Nebenraum davon, wobei sie den ein oder anderen Gast unsanft beiseite rempelte. Büttner erkannte in ihr die aufdringliche Frau aus der Kneipe.

„Gefällt Ihnen unsere Luise, dass Sie sie so anstarren, Herr Kommissar?" Mirko Hayenga, der sich aus seiner Gruppe gelöst hatte und ein paar Schritte auf ihn zu getreten war, zwinkerte ihm spöttisch zu und ließ seinen Blick über Büttners nicht eben schlanke Gestalt schweifen. „Komisch, Sie sehen gar nicht so aus, als würden Sie auf solche Klappergestelle stehen. Aber baggern Sie sie ruhig an, für eine Buddel Korn macht sie gerne die Beine breit."

Büttner verzog angewidert das Gesicht. „Wie man gemeinhin hört, sind auch Sie größeren Mengen Alkohol gegenüber nicht abgeneigt, Herr Hayenga. Darf ich fragen, was Sie für eine Flasche Schnaps zu tun bereit sind?"

Während Mirko Hayenga ihn wütend anstarrte, brachen die anderen Männer, die dem kleinen Schlagabtausch mit gespannten Gesichtern gelauscht hatten, erneut in grölendes Gelächter aus. Einer von ihnen hob sein Glas und sagte: „Eins zu null für Sie, Herr Kommissar."

Büttner schnaubte ungehalten und wandte sich ohne ein weiteres Wort ab. Erneut ließ er seinen Blick durch den Raum schweifen. Er vermochte nicht zu sagen, wie viele Personen sich hier genau aufhielten. Vielleicht waren es fünfzig, vielleicht auch hundert. Auch alle anderen Räume waren mit Leibern geradezu vollgestopft, wobei die geringe Größe der Zimmer, die allseits beklemmend niedrige Deckenhöhe und das durchweg dunkle Mobiliar ihren Teil dazu beitrugen, sich wie in einer Gruft zu fühlen. Der dichte Zigarettenrauch, gepaart mit Alkohol- und Schweißgeruch, verbesserte das Raumgefühl nicht gerade. Büttner fragte sich, ob es überhaupt einen Sinn hatte, hierzubleiben. Unter den gegebenen Umständen war kaum zu erwarten, dass jemand eine Aussage machte, die in irgendeiner Weise verwertbar war. Andererseits konnte es sicherlich nicht schaden, sich einfach unters Volk zu mischen und hier und da die eine oder andere Bemerkung aufzuschnappen. Manchmal erfuhr man auf diese Art mehr als in einem sterilen, mit grellem Neonlicht ausgeleuchteten Vernehmungsraum.

Nach einem kurzen inneren Kampf, bei dem Büttner die fast beängstigende Atmosphäre dieses Sarkophagverschnitts gegen die Chance auf interessante Informationen abwog, siegte schließlich seine professionell bedingte Neugier – und ein bisschen auch das reichlich mit gutbürgerlichen Leckereien bestückte Büffet, an das er sich zwischenzeitlich von der wogenden Menschenmenge hatte treiben lassen.

Verstohlen sah er sich um. Ob er sich etwas von den Speisen nehmen durfte? Sein Magen knurrte mangels Mittagessen bereits seit geraumer Zeit. Außerdem hatte er beschlossen, am Abend erst sehr spät nach Hause zu gehen. Für irgendetwas mussten die Mordfälle schließlich gut sein, und wenn es nur dafür war, seiner Schwiegermutter aus dem Weg gehen zu können.

Niemand schien ihn zu beachten; die meisten Anwesenden standen in kleinen Gruppen zusammen und waren in Gespräche vertieft. Ein paar Wortfetzen konnte er entnehmen, dass viele über die Morde sprachen, was angesichts der Aktualität der Fälle nicht verwunderte.

„Nu mach doch mal die Musik leiser!", dröhnte plötzlich eine kräftige Stimme über die Menge hinweg. Büttner nickte zustimmend, doch zunächst geschah nichts. „Wenn ihr jetzt nicht die Musik leiser macht, dann gibt's keinen Söpke* mehr! Entweder, oder!"

„Na, geht doch", murmelte Büttner, als es im Raum nun abrupt um einiges ruhiger wurde. Hier und da war erleichtertes Aufatmen zu hören, musste man sich nun doch nicht mehr gegenseitig so anschreien, wenn man sich etwas mitteilen wollte.

* Schnaps

133

„Das hätte Tjardo wohl nich gedacht, dass er mal so enden würde", sagte eine Frauenstimme neben Büttner. „Nun, mich wunnert das ja nich. Bestimmt hat er wieder jemanden so geärgert, dass der Rot gesehen und ihn umme Ecke gebracht hat. Sollt mich wirklich nich wunnern. Eigentlich war ja abzusehen, dass so was passiert."

„Mir tut's bloß um Bodo leid. Das hat er nich verdient", antwortete eine andere Frau. „Nehmen Sie denn nix vom Büffet?", fragte sie dann. „Hallo? Sie nehmen ja gar nix, dabei sehen Sie so hungrich aus."

Erst nach einem sanften Stoß in die Rippen bemerkte Büttner, dass die Dame mit ihm sprach. Dankbar lächelte er ihr zu. „Ich bin eigentlich gar nicht eingeladen, wissen Sie, daher …"

„Papperlapapp! Beim Bogenmachen gibt's keine Einladungen", behauptete die Frau, und ihre Freundin nickte dazu. „Das wär ja wohl noch schöner, wenn hier jemand guckt, wer was nimmt. Nu essen Sie schon was, besser wird das Zeuch vom Stehen auch nich!"

Das ließ sich Büttner nicht zweimal sagen. Rasch griff er nach einem Teller und füllte ihn mit Kartoffelsalat, Jägerschnitzel, zwei Knackwürsten und einer ordentlichen Portion Senf. Er nahm sich Besteck und eine Serviette, dann sah er sich nach einem Platz um, an dem er möglichst unfallfrei speisen konnte. Tatsächlich erspähte er einen freien altmodischen Sessel, vor dem sogar ein niedriger Tisch stand. Die meisten Gäste schienen lieber zu stehen, vermutlich, weil man so schneller an den Getränkenachschub kam.

Büttner fragte sich, ob er es riskieren konnte, seinen

Teller auf dem Tisch abzustellen, um sich noch mal durch die Menge zu quälen und ein gekühltes, möglichst alkoholfreies Bier zu holen. Nach kurzem Nachdenken verzichtete er darauf. Vermutlich gab es gar kein alkoholfreies Bier, und trinken konnte er immer noch nach dem Essen. Dann lief er wenigstens nicht Gefahr, seinen so wertvollen Platz wieder zu verlieren. Also steuerte er nun zielstrebig den Sessel an und ließ sich wenig später darauf nieder.

„Moin", nickte er einem Mann mittleren Alters zu, der im Sessel neben ihm saß und das Geschehen im Haus mit unverhohlenem Befremden verfolgte. „Sie sehen so aus, als wären Sie zum ersten Mal auf solch einer Veranstaltung. Und begeistert scheinen Sie nicht gerade zu sein."

„Wir wohnen noch nicht lange in Rysum. Und ich weiß, ehrlich gesagt, nicht, ob ich noch lange bleiben werde."

„In Rysum?"

„Nein. Auf der Party." Der Mann nahm einen großen Schluck Bier und sah aus, als könnte er das Ganze nur mit viel Alkohol ertragen. Mit dieser Einstellung passte er eigentlich besser hierher, als er vermutlich dachte.

„Wie lange sind Sie denn schon hier?"

„Eine halbe Stunde vielleicht. Ich denke, ich kann jetzt wieder gehen, ohne dass es unhöflich wirkt."

Büttner bezweifelte, dass es überhaupt jemandem auffallen würde, wenn der Herr jetzt ging. Da er aber gerade den Mund voller Kartoffelsalat hatte, verzichtete er auf eine entsprechende Erwiderung.

Im gleichen Moment brach unweit von ihnen ein kleiner Tumult aus. „Könntest du jetzt mal deine elenden Pranken von meiner Nichte nehmen, Mirko Hayenga!", krächzte eine Stimme, die Büttner gleich darauf einer alten Frau zuordnen konnte. „Oder soll ich vielleicht mal bei dir zu Hause Bescheid sagen, was du so treibst, während deine Frau sterbenskrank im Bett liecht? Wenn du Notstand hast, dann geh in den Puff, aber lass gefälligst das Kind in Ruhe!"

„Misch … misch dich bloß nicht ein, Ta-Tantchen!", lallte daraufhin Luise. Ihre Tonlage war ein einziges Auf und Ab, ihre Sätze unterbrochen durch diverse Hickser. Sie stand mit gebeugtem Rücken vor der alten Frau und starrte sie mit glasigem Blick von unten herauf an, während ihre Arme seltsam kraftlos neben ihrem Körper hin und her schlenkerten. Ihre Bluse war zur Hälfte aufgeknöpft, ihr BH seltsam verrutscht, was darauf schließen ließ, dass sich tatsächlich jemand an ihr zu schaffen gemacht hatte. „Misch … misch dich bloß nicht in mein Leben ein, Ta-Tantchen, das sag ich dir! Misch dich bloß nicht ein! Immer, wenn du dich einmischst, endet alles in der … Scheiße."

Noch bevor die alte Frau etwas erwidern konnte, kam ein junger Mann hinzu und griff Luise unter den Arm. „Komm, ich bring dich nach Hause, Mama, bevor du dich hier wieder zum Affen machst."

„Dafür dürfte es ein büschen spät sein", bemerkte Mirko Hayenga süffisant und starrte Luise unverhohlen in den Ausschnitt. „Keine Ahnung, warum du deine Mutter nicht einfach in Ruhe lässt, Immo. Sie bereitet uns Männern hier viel Freude." Seine Kumpel schienen ganz seiner Meinung zu sein, denn sie nickten nun breit grinsend, leckten sich anzüglich die Lippen oder machten unzweideutige Bemerkungen.

Eigentlich hatte Büttner damit gerechnet, dass Immo die Männer in die Schranken weisen würde, doch zu seiner Verwunderung fing der nun plötzlich am ganzen Leib an zu zittern, knetete nervös die Hände vor seinem Körper, brabbelte irgendetwas von „Schreiben" vor sich hin und stürzte dann zur Tür hinaus.

„Das hat mir gerade noch gefehlt", seufzte die alte Dame resigniert, während Mirko Hayenga rief: „Da siehste mal, nur Bekloppte in der Familie! Ehrlich jetzt, das sind doch alles … aua!" Verdutzt hielt Hayenga inne, als er plötzlich die klatschende Hand der alten Frau auf seiner Wange spürte.

„Du warst schon als Kind unausstehlich, du Widerling!", spuckte sie mit einer Energie aus, die Büttner ihr nicht zugetraut hätte. „Man hätte dich gleich nach deiner Geburt ersäufen sollen, jawoll! Jede Ratte ist doch mehr wert als du!"

Während Mirko Hayenga immer noch verdattert glotzend dastand, kam Gastwirt Dirk Flessner hinzu, versetzte ihm einen kräftigen Stoß in den Rücken und brummte: „Abmarsch! Für heute ist es genug, Mirko! Und lass dich später bloß nicht bei mir in der Kneipe sehen! Heute ist Hausverbot, verstanden?"

Mirko Hayenga war alles andere als begeistert, auf diese Weise von der doch so willigen Luise weggestoßen zu werden. Mit wütendem Blick schaute er über die Schulter und blies Dirk Flessner den Rauch seiner Zigarette mitten ins Gesicht. „Du kannst mich mal", lallte er mit schwerer Zunge. „Hast mir gar nichts zu sagen!" Er verzog spöttisch die Mundwinkel, bevor er den Gastwirt abschätzig musterte und glucksend sagte: „Aber weiß ja jeder hier, dass du ein verdammter Versager bist. Heißt ja nicht umsonst ‚Wer nichts wird, wird Wirt'." Als hätte er einen besonders guten Witz gemacht, sah er sich Beifall heischend um und brach dann in grölendes Gelächter aus.

Die anderen Gäste standen nun lauernd um die beiden herum, sichtlich gespannt, wie der für seine Durchsetzungskraft bekannte Dirk Flessner auf diese Provokation reagieren würde. Der aber hatte mit der unerwarteten Extraportion Zigarettenrauch zu kämpfen, denn er presste sich eine Hand auf die offensichtlich schmerzende Lunge und hustete sich für lange Augenblicke die Seele aus dem Leib.

Bereit, die momentane Schwäche seines Widersachers auszunutzen, schob Mirko Hayenga angriffslustig seinen Brustkorb hervor, doch noch bevor er zu einem weiteren verbalen Schlag ausholen konnte, versetzte ihm Zeitungsjunge Eilert Bloem einen so heftigen Stoß, dass er ins Straucheln geriet. „Du tust jetzt gefälligst, was Dirk gesacht hat!", stellte er sich schützend vor den keuchenden Gastwirt. Mit finsterem Blick Mirko Hayenga unsanft vor sich her schupsend, strebte er dann dem Ausgang zu. Bevor er das Haus verließ, hörte man Eilert noch drohend sagen: „Pass bloß auf, Bursche! Ich hab mit dir sowieso noch eine Rechnung offen, also reiz mich nicht!"

„Was für eine reizende Gesellschaft", stellte Büttner daraufhin mit gehobener Augenbraue fest, als nun wieder allgemeines Gemurmel einsetzte. Bei so viel offen zur Schau gestellter gegenseitiger Abneigung wunderte es ihn nicht, dass es in diesem Dorf zwei Tote gegeben hatte. Vielleicht sollte man über Ostfriesland die Prohibition verhängen, überlegte er, dann würden Veranstaltungen wie diese vermutlich deutlich friedvoller verlaufen. Womöglich waren auch die beiden Morde im Vollrausch verübt worden, denn nach dem hier Erlebten traute er den Rysumern alles zu, solange sie nur betrunken genug waren.

„Vielleicht sollte ich doch lieber dieses Dorf anstatt nur diese Party verlassen", murmelte der Mann neben Büttner.

„Eine nicht abwegige Idee", stimmte Büttner ihm zu. Dennoch war ihm daran gelegen, den Mann am Gehen zu hindern und ihn stattdessen in ein Gespräch zu verwickeln. Denn wenn ihn nicht alles täuschte, dann handelte es sich bei seinem Sitznachbarn um Jürgen Heidrich, den Zugezogenen, der angeblich eine Affäre mit Bodo Lübbers Frau hatte und zudem so frech gewesen war, dem Sohn von Bodo Lübbers die Villa vor der Nase wegzuschnappen. Blieb nur die Frage, ob er, Büttner, sich ihm als Polizist zu erkennen geben sollte oder nicht. Nach kurzem Überlegen entschied er sich dagegen, was die Unterhaltung mit Sicherheit ein wenig unverkrampfter gestalten würde. Blieb zu hoffen, dass ihn niemand, der ihn bereits kannte, ansprach. Doch danach sah es eher nicht aus. Mit im bewährten Tempo fortschreitendem Suff würden die hier Anwesenden vermutlich schon bald ihre eigene Mutter nicht mehr erkennen.

„Wie lange leben Sie denn schon in Rysum?", fragte Büttner, als der Mann nun tatsächlich Anstalten machte, sich zu erheben.

„Seit ein paar Monaten. Wir haben die Villa oben auf der Warft gekauft."

„Und wo haben Sie vorher gelebt?"

„In Stuttgart."

„Oh. Und was zieht Sie dann in den hohen Norden?"

„Der Job", antwortete Heidrich kurz angebunden, und wieder sah es so aus, als wollte er aufstehen. Also sagte Büttner schnell: „Mögen Sie vielleicht ein Bier? Ich könnte uns eins holen, wenn Sie so lange auf mein Essen aufpassen und mir vor allem den Platz freihalten."

„Nein, ich würde jetzt wirklich ... Ach ... hm ... ja, warum eigentlich nicht."

Büttner wunderte sich über den raschen Sinneswandel, sagte aber nichts. Vielmehr folgte er Heidrichs Blick, der auf einmal viel wacher schien als bisher. Auch streckte er nun seinen Oberkörper durch und bekundete durch diese Haltung ein plötzlich erwachtes Interesse. Doch an wem oder was?

Es dauerte nur wenige Augenblicke, bis Büttner es herausfand, denn von einem Moment auf den anderen verstummten die Gespräche im Raum. Einige Gäste musterten eine anscheinend frisch eingetroffene, äußerst attraktiv aussehende Frau mittleren Alters mit angespanntem Gesichtsausdruck, andere pressten die Lippen zusammen und schauten verlegen zu Boden. Was das wohl zu bedeuten hatte?

„Ich wollte es nicht glauben, als Focko mir gerade sagte, dass ihr alle hier seid und Theos Geburtstag feiert", sagte die Frau im nächsten Moment mit bebender Stimme. Erst jetzt fiel Büttner auf, wie blass sie war. Auch schien sie geweint zu haben, denn ihre Augen waren gerötet.

„Ich wollte nicht glauben, dass ihr einfach so tut, als wäre nichts gewesen, als wären Bodo und Tjardo nicht brutal ermordet worden. Aber da hab ich mich wohl getäuscht." Sie schluchzte auf und schlug die Hände vors Gesicht. „Da hab ich mich wohl all die Jahre in euch getäuscht." Ohne ein weiteres Wort wandte sie sich zum Gehen. Wie durch Geisterhand bildete sich in dem dichten Pulk von Menschen nun eine Gasse, durch die sie aus dem Haus schritt wie Moses durch das Rote Meer. Und dort, wo es in alkoholseliger Stimmung gerade noch hoch hergegangen war, herrschte plötzlich eine so angespannte Stille, dass sie mit den Händen greifbar schien.

„Wer war das?", wisperte Büttner seinem Nachbarn Heidrich zu.

„Ulli", sagte der heiser und nicht besonders laut. Und doch durchschlug dieses eine Wort die Stille wie ein Vorschlaghammer eine Mauer. Dann, als wäre es ein Weckruf gewesen, setzte plötzlich von allen Seiten wieder Gerede ein, unterdrückt zwar, aber doch auch wütend.

„Und ich sach noch, wir sollten den ganzen Scheiß hier absagen", brüllte Zeitungsausträger Eilert Bloem aus Leibeskräften, „aber wie immer wollte ja niemand auf mich hören!"

„Hättest ja nicht kommen müssen!", brüllte ein anderer dagegen. „Doch wenn's was zu Saufen gibt, biste ja immer der Erste, der da ist!"

„Nun haltet mal den Rand!", plärrte nun eine Frauenstimme. „Seht lieber zu, wie ihr Ulli das erklären wollt! Wer war der Idiot, der gesagt hat, sie käme erst morgen zurück und würde von all dem hier nichts mitkriegen?"

„Theo selbst hat das gesacht! Wer denn wohl sonst?!"

Eilert Bloem ging nun mit erhobener Faust auf einen Mann zu, bei dem es sich offensichtlich um den Gastgeber handelte, denn nun bellte er wütend: „Wolltest wohl nur deinen Scheißgeburtstag feiern und ordentlich was wegsaufen, oder was!? Dir werd ich's zeigen, uns so anzulügen!"

„Ach, nun soll ich auf einmal schuld sein, oder was?!", dröhnte der Gastgeber zurück und stieß seinem Gegenüber mit beiden Händen vor die Brust. „Du hast doch dauernd gejammert, dass ihr den Bogen schon fertig habt und es nich angeht, dass nun alles ins Wasser fällt. Das hast du doch gesacht! Willst jetzt bloß von dir ablenken, so sieht's nämlich aus!"

„Wer ist diese Ulli?", fragte Büttner, während um ihn herum nun die ersten Fäuste flogen und einige Frauen kreischend Richtung Ausgang flüchteten. Schnell schob er sich noch ein paar Bissen seines Essens in den Mund. Wer wusste angesichts dieser chaotischen Zustände schon zu sagen, ob er später noch dazu käme?

„Ulli", krächzte Heidrich, dem angesichts der sich wie Neandertaler prügelnden Männer sämtliche Farbe aus dem Gesicht gewichen war.

„Ja, soweit habe ich es verstanden", seufzte Büttner. „Ulrike also, nehme ich an. Und wie weiter?"

„Ulrike, ja. Ach so … Lübbers. Ulrike Lübbers. Ihr Mann ist … B-Bodo … also … B-Bodo Lübbers. Er wurde gestern ermordet aufgefunden."

Nachdem er auch noch den Rest seines Schnitzels vertilgt hatte, legte Büttner seinem Sitznachbarn Heidrich eine Hand auf den Arm. „Nun bleiben Sie mal ganz entspannt, wir sitzen hier ziemlich gut in unserer Ecke. So schnell wird uns nichts passieren." Er kramte in seiner Hosentasche nach dem Handy und wählte die Nummer seines Assistenten. „Hasenkrug, ich werde gerade Zeuge einer Massenschlägerei volltrunkener Zeitgenossen. Wenn Sie so freundlich wären, möglichst schnell Verstärkung nach Rysum in das Haus eines gewissen Theo Bleckmann zu schicken, wäre ich Ihnen sehr verbunden."

16

Manchmal kam es Immo vor, als habe der Sturm für ihn ein Orchester zusammengestellt, das auf einer Vielzahl von Blasinstrumenten mal hohe, mal tiefe Töne um die alte, windschiefe Kate kreisen ließ und auf diese Weise eine eigens für ihn komponierte Melodie spielte. An einem Tag wie diesem empfand er es als heilsam für Körper und Seele, von diesen Tönen wie in einem Strudel davongetragen zu werden. Er konnte sich einfach fallen lassen, tiefer und tiefer und tiefer, bis er meinte, von all dem Wahnsinn dieser so grausamen Welt befreit zu sein. Wenn es nach ihm ginge, dann würde alles, was der Mensch gemeinhin als real bezeichnete, einfach mittels eines solchen Strudels im Orkus der Erdgeschichte versenkt und niemals wieder hervorgeholt. Denn die Realität war unzweifelhaft der Feind allen Lebens.

Fast liebevoll betrachtete Immo den Stapel Papier, den er in der letzten Stunde, also unmittelbar nach seiner Flucht aus dem Hause Bleckmann, mit hunderten, ja vielleicht sogar tausenden Wörtern beschrieben hatte. Auch diese Wörter spiegelten die Realität wider, denn sie entsprangen seiner verletzten Seele. Einer Seele, der die Realität unzählige Narben zugefügt hat.

Seit der Junge schreiben kann, ist er seltsam geworden, behaupteten die ihn umgebenden Menschen, allen voran jene, die ihm am nächsten standen oder den Naturgesetzen nach nahestehen sollten. Sie alle irrten. Was nicht verwunderte, hatten sie doch ihn und seine so empfindsame Seele nie wirklich verstanden.

Er brachte etwas zu Papier, seit er einen Stift in der Hand halten konnte. Auch wenn es ihm keiner glauben wollte, so konnte er sich gut an die Zeit erinnern, da er als noch nicht einmal den Windeln entwachsenes Kleinkind wie im Rausch Linien auf alles gekritzelt hatte, was sich zum Bekritzeln eignete. Papier, Wände, Möbel. Ja selbst den Hund hatte er bemalt, wenn der sich nicht rechtzeitig in Sicherheit brachte. Nur bezeichneten die Erwachsenen dieses Verhalten damals mit einem verzückten Lächeln auf dem Gesicht als niedlich, herzallerliebst, willensstark oder gar frühentwickelt. Als er aber begann, statt Strichen und wirren Mustern Buchstaben zu Papier zu bringen, bezeichneten sie ihn als seltsam, eigenartig – oder gar verrückt. Ihm war es egal. Sollten sie sein Verhalten doch nennen, wie sie es wollten, für ihn war das Schreiben vor allem eins: sein ganz eigener Weg zum inneren Frieden. Und was, so fragte er sich, sollte an innerem Frieden seltsam oder gar verrückt sein?

Verrückt war für ihn allenfalls das, was sich in seinem Dorf abspielte. Wie ein einziges Irrenhaus kam es ihm vor. Seit er das, was hier tagein, tagaus geschah, bewusst wahrnahm, zweifelte er zutiefst am Sinn des menschlichen Lebens. Danach gefragt, würde er es all denen da draußen auch genauso sagen. Doch hatte man ihn noch nie danach gefragt. Also hatten sie auch keine Antwort bekommen.

Genau genommen war es doch so, dass … Immo schreckte hoch, als hinter ihm plötzlich die Zimmertür krachend gegen die Wand flog und sich gleich darauf sein ganz in schwarz gekleideter Bruder drohend wie der Leibhaftige vor ihm aufbaute.

„Wie konntest du nur!" Focko, der aussah, als hätte er sich vor nicht allzu langer Zeit in voller Montur in die Nordsee gestürzt, war außer sich vor Wut. Mit geballten Fäusten, den Kopf glutrot, stand er vor Immo und starrte ihn aus Funken sprühenden Augen an. „Wie konntest du nur zulassen, dass Mama sich schon wieder zum Gespött der ganzen verdammten Nachbarschaft macht?!"

Immo, der sich beim Hereinstürmen seines Bruders furchtbar erschreckte, schnappte nach Luft und zuckte, nachdem sich sein Atem wieder beruhigt hatte, mit den Schultern. Als ihn der Strudel seiner Gedanken, in dem er sich in Sicherheit gewähnt hatte, wieder freigab, erwiderte er mit betont ruhiger Stimme: „Dazu braucht mich unsere Mutter nicht. Sich zum Gespött der Leute zu machen, hat sie im Laufe der Jahre geradezu perfektioniert. Das müsstest du eigentlich wissen." Er stieß sich mit dem Fuß vom Boden ab, woraufhin er sich mitsamt der Sitzfläche seines Schreibtischstuhls ein paarmal um sich selbst drehte. Für einen Augenblick hatte er das Gefühl, wieder in die ihn behütenden Ellipsen des Strudels zurückgekehrt zu sein.

Als der Stuhl wieder zur Ruhe kam, rieb sich Immo die müden Augen und sagte resigniert: „Heute war es besonders schlimm. Mama war voll wie eine Haubitze, konnte kaum noch aufrecht stehen. Gerade als ich mit Tantchen auf die

Party kam, machte sich Mirko Hayenga an ihr zu schaffen und sie sabberte wie eine rollige Hündin." Er lachte bitter auf. „Tantchen hat ihm ein paar gelangt. Sein verdatterter Blick war zu komisch. Schade nur, dass es schon lange nicht mehr zum Lachen ist. Für Tantchen muss die Situation einfach schrecklich gewesen sein, auch wenn sie so getan hat, als würde ihr das alles nichts ausmachen."

„Was für ein Scheiß." Die aus purer Resignation herrührende Ruhe seines Bruders übertrug sich auf Focko. Mit einem tiefen Seufzer ließ er sich in einen Sessel sinken, der Immos Schreibtisch gegenüber stand. Er legte den Kopf in die Hände und stöhnte: „Ich halte das alles nicht mehr aus, Immo. Ich wünschte wirklich, ich könnte mich einfach wegbeamen. Irgendwohin. Hauptsache, es ist weit genug von diesem elenden Kaff entfernt." Er schwieg einen längeren Augenblick, dann hob er den Blick. „Wo ist Mama jetzt?"

„Dirk hat sie nach Hause gebracht. Ich hab die beiden hier vorbeilaufen sehen. Ich nehme an, sie schläft ihren Rausch aus. Dirk ist wieder zurückgegangen."

„Auch das noch", stöhnte Focko. „Ich hatte gehofft, dass du sie wenigstens hierher gebracht hast."

„Warum das denn?" Zwischen Immos Augen bildete sich eine steile Falte. „Du weißt doch, dass Tantchen sich nur unnötig aufregt, wenn Mama in diesem Zustand hierher kommt."

„Ja, sicher. Aber in diesem Fall …"

„In welchem Fall? Was ist los, Focko?", fragte Immo alarmiert.

„Vielleicht ist es ja auch Quatsch, aber …" Focko strich

sich nervös durchs tropfende Haar. „Auf dem Weg hierher habe ich Mirko gesehen. Er ist die Lohne runtergegangen. Hab mir nichts dabei gedacht, weil er ja auch da unten wohnt. Aber nun könnte ich wetten, dass er nicht nach Hause gegangen ist, sondern zu Mama. Bestimmt nutzt er die Situation aus und geht zu ihr rein."

„Mama ist bestimmt gar nicht in der Lage, ihm die Tür aufzumachen", versuchte Immo, seinen Bruder zu beruhigen. „Vor morgen früh dürfte mit ihr nichts mehr anzufangen sein."

„Er hat einen Schlüssel."

„Was?" Immo riss erstaunt die Augen auf. „Was sagst du da? Der Kerl hat einen Schlüssel zu unserem Haus? Wieso das denn?"

„Mama hat ihn Mirko gestern gegeben, damit er Reparaturarbeiten durchführen kann, falls sie nicht da ist. Die Spüle ist doch immer verstopft."

„Reparaturarbeiten, soso." Nun war es an Immo, laut aufzustöhnen. „Mirko ist ein Schwein. Die Gelegenheit lässt er sich bestimmt nicht entgehen, wenn sie ihn schon auf der Party …" Er schaffte es nicht, diesen Satz zu Ende zu sprechen. Es war ihm keineswegs neu, dass seine Mutter als Dorfhure gehandelt wurde. Dies auszusprechen tat jedoch zu weh.

„Ich hätte nicht wenig Lust, rüberzugehen und ihm ordentlich die Fresse zu polieren", fauchte Focko und schlug zur Unterstreichung seiner Worte mit der rechten Faust in die linke Handfläche. „Dem Kerl gehört endlich Verstand ins Hirn geprügelt! Oder besser noch: Ich packe ihn bei den Eiern und …!"

„Lass gut sein, Focko!" Immo hob beschwichtigend die Hand. „Wir können doch sowieso nichts dagegen tun. Wenn es nicht Mirko ist, dann ist es jemand anderes."

Immos Worte vermochten nicht, Focko zu beruhigen. Ganz im Gegenteil wurde er von Sekunde zu Sekunde aufbrausender: „Sie soll jetzt damit aufhören, verdammt! Es gibt für sie überhaupt keinen Grund mehr, durch die Gegend zu vögeln! Tjardo ist tot, den kann sie damit nicht mehr beeindrucken! Dann soll sie, verdammt noch mal, auch damit aufhören!"

Immo nickte stumm. Ja, Tjardo war tot, und das war auch gut so. Ebenso wie Bodo. Was aus einem anderen Grund gut war. Denn endlich war Ulrike, seine geliebte Ulli, frei. Frei für ihn. Das jahrelange Warten hatte sich gelohnt. Gleich morgen würde er ihr einen Kondolenzbesuch abstatten. In den nächsten Tagen und Wochen würde er ihr Mut zusprechen, ihr über den vermeintlich schrecklichen Verlust hinweghelfen. Es war nur eine Frage der Zeit, bis auch sie endlich ihre Zuneigung zu ihm entdeckte, die er sich schon so lange erhoffte.

Als er durchs Dorf zu seiner Großtante gerannt war, hatte er Ulli gesehen, die offensichtlich auf dem Weg zur Feier bei Theo Bleckmann war. Ganz erregt hatte sie ausgesehen, die Wangen bleich und tränenüberströmt. Bestimmt hatte sie sich furchtbar darüber aufgeregt, dass ihre Nachbarn so pietätlos über zwei brutale Morde in ihrer Mitte hinwegsahen. Auch er hatte seine Großtante zu überreden versucht, der Feier fernzubleiben, die aber hatte trotz ihrer starken Rückenschmerzen darauf bestanden hinzugehen. Aus irgendeinem Grund bildete sie sich ein, dieses Bogenmachen würde ihr letztes sein. Voller Frohsinn war sie mit kleinen Schritten durch Sturm und Regen zum Haus der Bleckmanns getippelt, immer darauf bedacht, dass ihr Großneffe sie sicher am Arm hielt. Und dann die Enttäuschung auf ihrem Gesicht, als das Erste, was sie im Haus sah, ihre Nichte war, die sich vor aller Augen von diesem Widerling begrapschen ließ und es auch noch zu genießen schien.

„Warst du es?", brachte Focko seinen Bruder in die Realität zurück.

„Was? Was war ich?" Immo schrak aus seinem wenig erfreulichen Tagtraum hoch.

„Hast du Bodo und Tjardo umgebracht?"

„Bitte?" Immo glaubte, sich verhört zu haben.

„Ich würde es verstehen."

In Fockos Augen trat ein eigentümlicher Glanz, der Immo schaudern ließ. „Alles okay mit dir?", fragte er.

Focko schien ihn gar nicht zu hören. „Zumindest bei Tjardo habe ich schon oft gedacht, dass er in dieser Welt nichts zu suchen hat", fuhr er ohne erkennbare Regung fort. „Keiner, der nicht zu seinen Kindern steht, hat in dieser Welt etwas zu suchen. Insofern ist es ganz gut, dass du auch ihn umgebracht hast."

Immo starrte seinen Bruder entsetzt an. „Was redest du da?"

Focko lachte rau auf und schüttelte den Kopf. „Mir musst du nichts vormachen, Immo. Keine Angst, ich werde dich nicht verraten. Es ist gut so, wie es ist, auch wenn es mir für Bodo ein wenig leidtut. Aber in der Liebe muss eben jeder selbst sehen, wo er bleibt."

„Das ist völliger Bockmist, Focko!" Immo schlug das Herz bis zum Hals. „Das ist … das ist … Bockmist, Focko!", wiederholte er aufgebracht. In seiner Aufregung konnte er kaum noch einen klaren Gedanken fassen, geschweige denn einen zusammenhängenden Satz sprechen. Seine Hände zitterten wie ein ganzer Schwarm Zitteraale. „Wie kommst du nur darauf, dass …"

„Schon gut, Immo, ich werde dich nicht verraten, ehrlich. So, und jetzt hab ich noch was zu erledigen." Ohne seinen Bruder noch einmal anzusehen, stand Focko auf und verließ das Zimmer.

Immo griff wie von Sinnen nach einem Stift und begann in einem solchen Tempo Wörter aufs Papier zu kritzeln, dass selbst ihm beinahe angst und bange wurde.

17

Die Blutspuren auf dem hellen Laminat im Eingangs-
bereich hatten trotz offensichtlicher Reinigungsversuche
nicht vollständig entfernt werden können, was dem Gang
durch den Hausflur etwas Makabres gab. Hauptkommissar
David Büttner fragte sich, wie sich Ulrike Lübbers dabei
fühlen mochte, beim Durchqueren des Flures jedes Mal
diesen nicht eben kleinen Fleck vor Augen zu haben.
Wäre er in dieser Situation, hätte er längst einen Teppich
darübergelegt, um nicht ständig mit dem grausamen Geschehen konfrontiert zu werden. Doch obwohl es zahlreiche kleinere und größere Teppiche im Haus gab, schien
die Frau des Opfers noch nicht auf diesen Gedanken gekommen zu sein.

„Fühlen Sie sich in der Lage, mir ein paar Fragen zu beantworten?", fragte Büttner, nachdem er sich vorgestellt
und auf ihren Wink hin auf einem Stuhl in der Küche
Platz genommen hatte. Den Job, sich mit den handgreif-
lichen Kerlen bei Theo Bleckmann auseinanderzusetzen,
hatte er seinen frisch eingetroffenen Kollegen überlassen.
Mit Jürgen Heidrich, der nach dem Eintreffen der Polizei
fluchtartig das Haus verlassen hatte, würde er sich am
nächsten Tag treffen. An ihm interessierte Büttner vor
allem, in welchem Verhältnis er zu Ulrike Lübbers stand,

denn seine Reaktion, als sie den Raum betreten hatte, ließ vermuten, dass sie ihm nicht gleichgültig war. Ob es sich umgekehrt genauso verhielt, konnte er nicht sagen – noch nicht. Er wusste aber, dass dies vermutlich nicht der richtige Zeitpunkt war, um die Witwe mit dieser Frage zu konfrontieren. Er beschloss, dieses Gespräch abzuwarten und dann weiterzusehen.

„Ja, sicher, fragen Sie nur", antwortete Ulrike Lübbers mit immer noch tränenerstickter Stimme. Mit einer fahrigen Bewegung strich sie sich eine kastanienbraune Haarsträhne hinter das Ohr. Sie war eine ausnehmend hübsche, mit einer fantastischen Figur gesegnete Frau, die zudem deutlich jünger aussah, als sie aufgrund des Alters ihrer Kinder sein musste. Irgendwie wollte sie rein optisch so gar nicht zu dem eher grobschlächtigen Mann passen, der Büttner von diversen, an Wänden und auf Kommoden verteilten Familienfotos entgegenlachte.

„Möchten Sie eine Tasse Tee?", hörte er die Frau sagen.

„Ja, gerne. Nach der stickigen Luft im Hause der Bleckmanns ..." Büttner brachte den Satz nicht zu Ende, sondern hob seinen Arm, um am Ärmel seines Pullovers zu schnüffeln. Herrgott, er roch ja schlimmer als nach dem Besuch der Dorfkneipe! „Tut mir leid", sagte er zerknirscht, „ich rieche ja ganz furchtbar nach Zigaretten, wie ich gerade feststelle. Ich hoffe, es macht Ihnen nicht allzu viel aus."

Ulrike Lübbers winkte ab, während sie einen Wasserkocher einschaltete. „Kein Problem, ich rieche es gar nicht. Mein Mann ist ..." Sie schluckte schwer, bevor sie sich korrigierte: „Also ... Bodo ... er war starker Raucher. Ich habe immer gehofft, dass er eines Tages doch noch damit aufhört, aber ..." Sie ließ den Satz mit einer zerstreuten Geste ausklingen, dann nahm sie zwei Tassen aus einer Vitrine und stellte sie auf den Tisch.

„Sie hatten geplant, erst später nach Hause zu kommen?", fragte Büttner. „Zumindest schien man hier in Rysum allgemein dieser Auffassung zu sein."

„Ja, das stimmt." Zu Büttners Freude öffnete die Frau nun eine Packung Schokoladenkekse und sagte: „Bitte bedienen Sie sich."

„Danke schön", strahlte Büttner und griff sogleich zu. Leider hatte er auf der Party ja keinen Nachtisch mehr bekommen. „Ich ... also, verstehen Sie mich bitte nicht falsch", sagte er kauend, „aber wenn ich eine solch schreckliche Nachricht erhalten hätte, dann hätte ich mit Sicherheit alles daran gesetzt, möglichst sofort nach Hause zu kommen."

Ulrike Lübbers lachte unglücklich auf und strich sich nervös über die Oberschenkel. „Nicht, wenn Sie in meiner Situation wären, Herr Kommissar. Natürlich wäre auch ich lieber früher als später hierher aufgebrochen, doch leider gaben es die Umstände nicht her. Meine Mutter liegt im Sterben, wissen Sie. Sie quält sich von Tag zu Tag, schafft es einfach nicht, sich aus dieser Welt zu verabschieden. Sie hat nur mich; kaum jemanden sonst kümmert es, was aus ihr wird. Ich musste jeden Moment damit rechnen, dass sie stirbt, und da konnte ich sie auf keinen Fall alleine lassen."

„Ist sie denn jetzt ... Ich meine ...", stammelte Büttner.

„Sie meinen, ob sie gestorben ist? Nein. Sie kämpft und kämpft und kämpft. Und sie wird es vermutlich so lange tun, bis ich wieder bei ihr bin. Es tat mir in der Seele weh, sie allein lassen zu müssen."

„Sie ist jetzt ganz alleine?" Büttner bekam fast ein schlechtes Gewissen, obwohl ihn an all dem keine Schuld traf.

„Nein. Meine Tochter ist bei ihr. Es war für sie nicht einfach, sich von ihrem Wochenenddienst freizumachen. Natürlich wollte meine Tochter auch so schnell wie möglich hierher kommen, aber letztlich hat sie eingesehen, dass es besser ist, wenn ich hier bin und sie statt mir bei ihrer Oma bleibt. Es muss so viel organisiert werden, und meine Tochter wüsste ja gar nicht …" Wieder unterbrach sie sich mit einer Handbewegung und hatte offensichtlich Mühe, die Tränen zurückzuhalten.

„Verstehe", nickte Büttner und schenkte ihr einen mitfühlenden Blick. „Haben Sie nicht auch zwei Söhne?"

„Ja. Lukas und Viktor. Sie sind derzeit beide in Fernost. Sie hätten unmöglich hierher kommen können, ohne sich beruflich zu schaden. Bodo hätte das nicht gewollt, und das habe ich ihnen am Telefon auch gesagt. Zur Beerdigung werden sie natürlich hier sein." Sie goss den Tee auf und stellte die Kanne auf ein Stövchen. Ihre Hände zitterten so sehr, dass sie es kaum schaffte, das Teelicht anzuzünden, ohne sich dabei die Finger zu verbrennen.

„Es muss Sie sehr getroffen haben, dass Ihre Nachbarn einen Geburtstag feiern, obwohl Ihr Mann noch nicht einmal beerdigt ist", wechselte Büttner das Thema.

„Ja, das hat es", nickte sie, während sie Kluntjes in die Tassen tat und dann Tee einschenkte. Sie zögerte kurz, dann senkte sie den Kopf und sagte leise: „Vielleicht habe ich auch einfach nur überreagiert. Schließlich geht das Leben weiter. Bodo würde es genauso sehen. Er hatte immer Spaß am Feiern und hätte vermutlich gesagt, dass man die Feste feiern muss, wie sie fallen, weil man ja schließlich nie weiß, wann es mit einem zu Ende geht." Sie zögerte kurz, dann nickte sie entschieden. „Ja, ganz bestimmt hätte er unsere Nachbarn verstanden. Insofern war es nicht richtig von mir, die Party zu stören und allen ein schlechtes Gewissen zu machen."

„Und Tjardo Willms? Hätte auch er dafür Verständnis gehabt?"

Ulrike Lübbers stieß geräuschvoll die Luft aus, ein kaum wahrnehmbares, spöttisches Lächeln umspielte ihre Mundwinkel. „Tjardo hätte so lange Verständnis dafür gehabt, wie es nicht um seine Person ging. Also in diesem Fall wohl kaum. Wenn es nach ihm ginge, würden wir jetzt alle schwarzgekleidet und mit gesenkten Köpfen in der Leichenhalle sitzen und, heiße Tränen vergießend, um ihn trauern. Er war ein Narzisst, wie er im Buche steht."

„Ihren Worten entnehme ich, dass Sie nicht viel von ihm hielten." Nach einem wohltuenden Schluck Tee nahm Büttner sich einen weiteren Schokokeks.

„Haben Sie die arme Luise gesehen?"

„Sie meinen die Mutter von Focko Willms?", wagte Büttner einen Schuss ins Blaue. „Wie man hört, war Tjardo Willms sein Vater."

„Ja. Luise ist an ihm zerbrochen. Als sie mit Immo schwanger war, hat Tjardo ihr versprochen, seine erste Frau, mit der er keine Kinder hatte, zu verlassen, was er jedoch nicht tat. Als sie dann mit Focko schwanger war, haben Tjardo und seine Frau sich scheiden lassen. Jeder in Rysum nahm an, dass er nun endlich zu seiner Beziehung mit Luise stehen würde, doch weit gefehlt. Er hatte längst eine andere Geliebte. Irma. Auch sie war von ihm schwanger, und ruckzuck waren sie verheiratet. Diese Niedertracht hat Luise das Herz gebrochen und sie in den Suff getrieben. Tjardo hat zwar für die Jungs gezahlt, sie ansonsten aber ignoriert, was in einem Dorf wie diesem gar nicht so leicht ist."

„Focko ist der Ansicht, dass sich das ganze Dorf für ihn und seinen Bruder schämt", erklärte Büttner.

„Das bildet er sich ein. Allenfalls haben hier alle ein schlechtes Gewissen, wenn ihnen einer von den Jungs über den Weg läuft, obwohl sie für Tjardos Niedertracht ja gar nichts können. Geholfen haben sie Luise und den Jungs allerdings auch nie. Sie muss viel ertragen, wird häufig verspottet. Vermutlich ist jeder in Rysum froh, wenn er von sich selbst ablenken kann, denn Dreck am Stecken haben sie doch alle."

„Hat Tjardo Willms das Verhältnis zu Luise jemals beendet?"

„Nein. Wann immer er sie wollte, hat er sie bekommen. Sie war nicht in der Lage, sich von ihm zu lösen, hat sich immer wieder von ihm einwickeln lassen. Häufig hat sie versucht, ihn eifersüchtig zu machen, indem sie es mit anderen Männern trieb. Es war erbärmlich. Und ihm war es egal."

„Wusste seine Frau davon?"

„Ja. Irma wusste davon. Deshalb hat sie ihn schließlich

auch verlassen. Und weil er ein Tyrann war. Doch das ist eine andere Geschichte."

Büttner wartete, bis Ulrike Lübbers Tee nachgeschenkt hatte, dann fragte er: „Können Sie sich vorstellen, dass Luise Tjardo umgebracht hat?"

„Nein." Die Frau schüttelte entschieden den Kopf. „Natürlich hätte man es ihr nicht verdenken können, Gründe hatte sie genug. Aber nein, das hat sie ganz gewiss nicht. Sie hat ihn geliebt, war ihm hörig, warum auch immer. Sie wird eine der wenigen sein, die wirklich um ihn trauert."

Büttner räusperte sich. Für ihn hatte die arme, gebeutelte Luise Willms durchaus ein starkes Motiv, ihren so schäbigen Geliebten um die Ecke zu bringen, aber er wollte es nun einfach mal so stehen lassen. Zumal es den Mord an Bodo Lübbers nicht erklären würde. Also kam er wieder auf das erste Mordopfer zu sprechen: „Haben Sie irgendeine Vorstellung, wer Ihren Mann ermordet haben könnte? Fühlte er sich vielleicht in der letzten Zeit bedroht? War er anders als sonst?"

Ulrike Lübbers sackte sichtlich in sich zusammen. Es war, als hätte sie für kurze Zeit vergessen, dass nicht nur Tjardo Willms, sondern auch ihr eigener Mann das Opfer einer Gewalttat geworden war. Ihr unendlich trauriger Blick wanderte zu den Familienfotos an der Wand. „Bodo hatte keine Feinde", flüsterte sie. „Er war ein guter Mensch. Ich habe keine Ahnung, warum ihm jemand das angetan hat."

Büttner hatte nichts anderes als genau diese Antwort erwartet. „Wie ich erfahren habe, waren Ihr Mann und

Tjardo Willms Geschäftspartner. Hatten die beiden womöglich Ärger?", fragte er.

„Ja. Aber Tjardo kann es ja nicht gewesen sein."

Da war sich Büttner nicht so sicher. Es war zwar nicht wahrscheinlich, doch immerhin auch nicht unmöglich, dass Tjardo seinen Kompagnon umgebracht und sich jemand im Gegenzug auf gleiche Weise an ihm gerächt hatte. Aber er beschloss, diesen Gedanken für sich zu behalten, zumal er selbst nicht so recht an diese Theorie glaubte. Gerade wollte er die nächste Frage stellen, als das Smartphone von Ulrike Lübbers zu klingeln begann. „Bitte. Gehen Sie ruhig dran", sagte er, als sie ihn fragend ansah.

„Jelka", sagte sie zu seiner Überraschung im nächsten Moment, dann jedoch schwieg sie für eine ganze Weile, während sie sich immerfort die jetzt wieder fließenden Tränen von den Wangen wischte. „Das ist lieb von dir", hauchte sie schließlich. „Danke, Jelka, ja, ein wenig Zuspruch tut gut. Ja, dir auch alles Gute, Kind. Ich komme dich bald mal im Krankenhaus besuchen, wenn es dir recht ist. Okay, ja, bis dann. Lass auch du dich nicht unterkriegen. Fühl dich fest umarmt." Sie drückte die Austaste.

„Ich war heute Mittag bei Jelka in der Klinik", bemerkte Büttner. „Sie hatte einen Zusammenbruch, als die Sprache auf den Tod Ihres Mannes kam. Wie mir scheint, geht es ihr wieder besser?"

„Einen Zusammenbruch? Davon hat sie nichts gesagt. Das tut mir leid." Ulrike Lübbers sah ehrlich betroffen aus. „Die beiden standen sich sehr nahe. Schon immer. Er war wie ein Vater für sie, zumal ihr eigener Vater ja nie viel

Zeit für sie hatte. Nach dem Tod seiner Frau hat der sich noch mehr als zuvor in seine Arbeit verkrochen, häufig ging er erst am frühen Morgen zu Bett. Jelka hat ihn dann tagsüber kaum gesehen. Es war nicht leicht für sie, gerade in der Zeit, als es mit ihrem Bein zunehmend schlechter wurde."

„Kennen Sie ihren Vater gut?", hakte Büttner nach.

Ulrike Lübbers sah ihn erstaunt an. „Ja, natürlich, jeder hier kennt Dirk gut. Das ist gemeinhin so beim Dorfgastwirt."

„Beim Dorfgastwirt?" Büttner ging auf, dass er sich bisher keine besonderen Gedanken darüber gemacht hatte, wer Jelkas Vater war. Schließlich hatte das Mädchen ihn bisher nur als Zeugin interessiert, die die Leiche von Tjardo Willms gefunden hatte. Er fragte sich, warum der Wirt nie erwähnt hatte, dass Jelka seine Tochter war. Andererseits: Warum hätte er das tun sollen, schließlich hatte ihn während der Vernehmung keiner danach gefragt. Auch war es wenig wahrscheinlich, dass die beiden überhaupt etwas mit den Mordfällen zu tun hatten. Oder? Büttner schüttelte innerlich den Kopf. Es wurde Zeit, dass er seine Gedanken sortierte. Zu viele Menschen, Namen und Beziehungsgeflechte prasselten innerhalb kürzester Zeit auf ihn ein. Er nahm sich vor, am nächsten Tag mit Hasenkrug zu besprechen, wer hier in Rysum eigentlich was mit wem zu tun hatte. Er war in höchstem Maße verwirrt, doch das durfte er Ulrike Lübbers gegenüber natürlich nicht zeigen.

„In welcher Beziehung standen Jelka und Tjardo Willms zueinander?", fragte er, nachdem er seinen Tee ausgetrunken und sich noch einen Keks genehmigt hatte.

„In gar keiner, soviel ich weiß", antwortete Ulrike Lübbers, ohne zu zögern. „Ich wüsste nicht, wo da Berührungspunkte gewesen sein …" Sie stockte und sah ihn misstrauisch an. „Warum fragen Sie das? Jelka kann ihn doch wohl kaum ermordet haben."

„Nein, natürlich nicht", sagte Büttner schnell. „Ich frage nur, weil sie ihn gefunden hat. Also seine Leiche. Sie machte keinen besonders schockierten Eindruck, deswegen nahm ich an, dass …" Er unterbrach sich in seinem Redefluss, als Ulrike Lübbers einen kurzen Schrei ausstieß und die Hand vor ihren Mund schlug. Sie war aschfahl im Gesicht.

„Oh mein Gott, was muss dieses Kind denn noch alles mitmachen?!", sagte sie mit erstickter Stimme.

„Sie haben nichts davon gewusst?"

„Nein. Ich wusste nur, dass man Tjardo am Deich … aber was um Gottes willen machte das Mädchen denn in ihrem Zustand am Deich? Noch dazu bei diesem scheußlichen Wetter?"

„Sie war dort mit ihrem Freund spazieren", erklärte Büttner.

„Mit Jonas?"

„Gibt es noch einen anderen?"

„Nein. Nein, natürlich nicht", sagte Ulrike Lübbers, allerdings ein wenig zu schnell für Büttners Geschmack.

„Kennen auch Sie Jelka gut oder hatte nur Ihr Mann eine engere Beziehung zu ihr?"

„Nein, nein, ich kenne sie schon seit ihrer Geburt. Ihre Mutter und ich waren gute Freundinnen. Ihr plötzlicher Tod war ein … ein furchtbarer Schock. Noch heute habe ich manchmal Schwierigkeiten, ihn zu akzeptieren. Und nun auch noch diese furchtbare Sache mit Jelka. Da fragt man sich, was diese Familie verbrochen hat, dass sie so sehr vom Schicksal gebeutelt wird."

„Das Leben ist selten gerecht", seufzte Büttner und stand nach einem weiteren Griff in die Keksschale auf. Es wurde Zeit, dass er Feierabend machte, auch wenn er Gefahr lief, zu Hause seiner Schwiegermutter über den Weg zu laufen. Doch waren die Aufnahmekapazitäten seines Gehirns für heute erschöpft. Morgen war schließlich auch noch ein Tag.

18

„Wer macht denn bloß so was? Warum bringt jemand einen Menschen wie Bodo um?", fragte Jelka zum wiederholten Male und wischte sich über die tränennassen Augen.

„Wer weiß, wofür das alles gut ist", murmelte ihr Vater unbeholfen, denn schon längst fielen ihm keine Worte mehr ein, die seiner Tochter in ihrem tiefen Kummer hätten Trost spenden können. „Wer weiß, meine Kleine, vielleicht wird sich dir eines Tages der Sinn in all dem offenbaren."

„Welcher Sinn denn, Papa? Was, bitte schön, soll denn Bodos Tod für einen Sinn haben?" Aus Jelkas Worten klang die pure Verzweiflung.

Dirk Flessner schüttelte nur stumm den Kopf und zog das Mädchen mit einem kaum hörbaren „Pssst, Papa passt doch auf dich auf!" zu sich heran, woraufhin sie ihren Kopf an seine Brust sinken ließ und ihr unterdrücktes Schluchzen in ein herzzerreißendes, von tiefer Trauer erfülltes Weinen überging.

In sanften Bewegungen strich er ihr wieder und wieder über den Kopf. Es tat ihm in der Seele weh, sein Mädchen so unglücklich zu sehen. In ihrem jungen Alter sollte sie nicht weinen müssen, sondern fröhlich sein, auf Partys gehen, ihr Leben in vollen Zügen genießen.

Doch war Dirk Flessner nicht nur aufs Tiefste bekümmert, sondern auch wütend. Wütend auf die Ärzte, die weder seine Frau noch Jelkas Bein – trotz des angeblich so segensreichen medizinischen Fortschritts – hatten retten können. Wütend auf all jene, die Jelka zukünftig behandeln würden wie eine Behinderte. Wütend auf das Schicksal, das Jelka von einer Sekunde auf die andere ihrer geliebten Mutter beraubt hatte und sie dennoch, als wäre das noch nicht genug, immer und immer wieder vor kaum zu verkraftende Herausforderungen stellte. Und vor allem war er wütend auf sich selbst, weil er sie vor all dem Leid nicht hatte bewahren können.

Natürlich würde er alles in seiner Macht Stehende dafür tun, dass seine Tochter in dem Kummer, den das Leben ihrer jungen Seele so rücksichtslos aufbürdete, nicht unterging. Immer schon war sie sein Augenstern gewesen, seine kleine Prinzessin, auch wenn er es ihr vermutlich viel zu wenig gezeigt oder gar gesagt hatte. Niemand hatte eine Ahnung davon, wie sehr er litt, wenn er ihre traurigen Augen sah, die noch vor nicht allzu langer Zeit so fröhlich und hoffnungsfroh in die Welt geblickt hatten.

Jelka war immer ein zielstrebiges Mädchen gewesen. Bereits als Kleinkind hatte sie genau gewusst, was sie wollte, und so lange nach Mitteln und Wegen gesucht, bis sie es bekam. Dabei war es ihr nur höchst selten um materielle Werte gegangen. Ganz im Gegenteil war sie sehr genügsam. Nein, ihre Welt bestand aus persönlichen Zielen, die sich fernab des überbordenden Konsumwahns bewegten. Wo andere Mädchen stolz ihr neues Smartphone, ein weiteres Computerspiel oder ein modernes Kleidungsstück präsentierten, setzte Jelka andere Schwerpunkte. So liebte sie es, durch die Natur zu streifen und sich gegen den Wind zu stemmen, auch wenn er ihr noch so sehr Paroli bot. Sie liebte es, sich um schutzbedürftige Tiere zu kümmern. Wie oft hatte sie aus dem Nest gefallenen Vögeln, unter die Rädern gekommenen Katzen oder völlig entkräfteten Igeln ein Zuhause geboten, bis sie komplett wiederhergestellt waren. Vor allem aber liebte sie die sportliche Herausforderung. Manchmal, wenn er ihr auf dem Sportplatz, auf der Skipiste oder beim Surfen und Kiten auf dem offenen Meer zugesehen hatte, dann war es ihm, als zöge sie aus diesen enorm kräftezehrenden Tätigkeiten mehr und mehr Lebensenergie. Wo andere zum Auftanken die Ruhe eines Couchabends brauchten, da benötigte Jelka Bewegung, Bewegung und nochmals Bewegung. Bei ihr lag nicht in der Ruhe die Kraft, sondern in der körperlichen Herausforderung. Je mehr, desto besser. Für ihn, der eher den Müßiggang liebte, war sie ein echtes Phänomen.

Erst gestern hatte sie ihm mit glänzenden Augen erzählt, dass sie mit dem Sport weitermachen würde, dass ein amputiertes Bein heutzutage kein Grund mehr sei, sich mit einem Leben als Krüppel abzufinden. So voller Energie war sie nach den langen Wochen der Trübsal gewesen, dass die Freude darüber sein Herz hatte Purzelbäume schlagen lassen.

Und nun, von einem Tag auf den anderen, der Rückfall in die Depression. Es war nicht gerecht. Aber wer fragte in dieser Welt schon nach Gerechtigkeit?

Dirk Flessner spürte, wie seine Bronchien wieder zu vibrieren begannen. Der ihm schon so vertraute Hustenreiz kroch in seiner unerbittlichen Art die Atemwege hinauf.

Doch so sehr der Gastwirt auch versuchte, ihn zu unterdrücken, damit die langsam zur Ruhe kommende Jelka nicht aufgeschreckt wurde, brach sich der Husten letztlich doch mit aller Macht Bahn. Bereits nach wenigen Augenblicken hatte er das Gefühl, im Sitzen keine Luft mehr zu bekommen. Er stieß – gepeinigt von Atemnot – seine Tochter unsanft zur Seite und sprang von ihrem Bett auf.

„Oh-oh, das hört sich aber gar nicht gut an", ließ sich mitten in den Hustenanfall und Jelkas erschrockenen Aufschrei hinein die Stimme von Doktor Karsten Gruber vernehmen. „Moin, Herr Flessner", sagte er und betrachtete Jelkas Vater mit kritischem Blick. „Sie sollten nicht hier sein, sondern Ihren Infekt zu Hause auskurieren. Vor allem sollten Sie sich untersuchen lassen, um auszuschließen, dass sich die Erkältung bereits auf die Lunge gelegt hat."

„Blödsinn!", krächzte Dirk Flessner zwischen zwei Hustenattacken. „Ihr Ärzte bringt uns mit eurer Scheißchemie doch sowieso nur alle ins Grab. Bevor ich euch an meine Lunge lasse, krepiere ich lieber gleich. Bei eurem Rumgestümper dauert doch höchstens das Sterben länger, aber ganz sicher nicht das Leben."

„He, Papa, was redest du denn da?", rief Jelka erschrocken aus, noch bevor der Arzt etwas darauf erwidern konnte. „Du weißt doch genau, dass das nicht stimmt. Ohne Doktor Gruber würde ich ganz sicher nicht mehr leben."

„Falsch, mein Kind, ohne den werten Doktor Gruber hättest du dein Bein noch", ätzte Dirk Flessner und warf dem Arzt einen vernichtenden Blick zu. „Die so genannten Götter in Weiß – pah, dass ich nicht lache! – zerstören mit ihrem Halbwissen doch alles, was es zu zerstören gibt, und unsereins kann dann die Scherben aufsammeln und sehen, wie man alles wieder kittet."

„Das ist ungerecht, Papa", schluchzte Jelka auf und schlug sich die Hände vors Gesicht. „Das ist in höchstem Maße ungerecht, und das weißt du auch!"

„Quatsch, ungerecht", röchelte ihr Vater, während sich eine neue Hustenattacke ankündigte. „Du hättest nie herkommen dürfen. Nur leider wolltest du ja nicht auf mich hören. Wenn du noch nicht volljährig wärst …"

„Ich bin aber volljährig, ob es dir passt oder nicht!", unterbrach ihn Jelka, mehr trotzig als erschüttert. Vor Erregung zitternd, schlang sie die Arme um ihren Körper. „So, und jetzt geh, bitte! Und komm bloß nicht wieder, bevor du wieder gesund bist, sonst steckst du hier noch alle Patienten an! Und wenn du noch einmal Doktor Gruber oder welchen Arzt auch immer beleidigst, brauchst du überhaupt nicht wieder herzukommen, denn auf solch einen peinlichen Auftritt von dir kann ich echt verzichten, okay? Oder glaubst du vielleicht, deine Scheißlaune hilft mir dabei, wieder gesund zu werden?"

Auf diese rhetorische Frage hin zuckte Dirk Flessner die Schultern, drehte sich um und ließ nur wenige Augenblick später die Tür hinter sich ins Schloss fallen.

„Alles okay?" Doktor Gruber trat näher an das Bett seiner Patientin heran und musterte sie prüfend.

„Ja, geht schon", nickte Jelka tapfer, doch sprachen die Tränen, die ihr jetzt über die Wangen liefen, eine andere Sprache.

„Ist alles ein bisschen viel für dich", seufzte der Arzt und tätschelte ihr aufmunternd den Rücken. „Aber ich habe gute Nachrichten für dich: In der Rehaklinik nahe Potsdam ist in vier Tagen endlich ein Platz für dich frei. Es wird dir guttun, mal ein bisschen Abstand zu bekommen. Irgendwie scheinen in deinem Umfeld ja alle gerade durchzudrehen."

„Sieht so aus. Bis auf Jonas", murmelte Jelka.

„Ja", nickte Doktor Gruber, „mit dem hast du wirklich Glück gehabt. Übrigens war gegen Mittag ein anderer junger Mann hier auf der Station, der dich besuchen wollte. Ich habe ihm gesagt, dass ich dich erst fragen würde, ob du ihn sehen möchtest."

„Ein anderer Mann?", fragte Jelka erstaunt, und ihre Tränen schienen für einen Augenblick vergessen. „Wie heißt er denn?"

„Moment." Der Arzt zwinkerte ihr zu. „Du weißt ja, dass ich mir Namen schlecht merken kann. Deshalb habe ich ihn auf einen Zettel geschrieben. Und ja", hob er beschwichtigend die Hand, als Jelka spöttisch das Gesicht verzog und zu einer Erwiderung ansetzte, „ich weiß, Zettel sind Old-school und ich hätte ihn im Smartphone notieren sollen. Aber ich mag es in solchen Fällen eben altmodisch, okay?"

Mit dieser Bemerkung erreichte Doktor Gruber genau das, was er hatte erreichen wollen, nämlich ein Lächeln auf Jelkas Gesicht zu zaubern. Und plötzlich war er sich sicher, dass sie ihm fehlen würde, wenn sie die Klinik wechselte. Er hatte sie ins Herz geschlossen. Was angesichts dessen, was sie in den letzten Jahren gemeinsam durchlebt hatten, nicht wirklich verwunderte. Zu seinem Leidwesen waren diese Jahre eher von Rückschlägen, denn von Erfolgen geprägt gewesen. Mit gewissen Abstrichen hatte er sogar Verständnis für die Position ihres Vaters, der nach den Schicksalsschlägen in seiner Familie jedwedes Vertrauen in die Ärzteschaft verloren hatte. Doch was wäre die Alternative zur Amputation gewesen? Es gab einfach Krankheiten, die man auch mit einer noch so gesunden Lebensweise oder einer noch so gut aufgestellten Naturmedizin nicht mehr in den Griff bekam. Doch wenn dann in letzter Instanz auch die Schulmedizin versagte, auf die man alle noch verbleibende Hoffnung gesetzt hatte, war seltsamerweise ausschließlich sie – und mit ihr die sie vertretenden Ärzte – schuld an dem ganzen Schlamassel. Eine höchst unbefriedigende Situation, aber zugleich eine, über die man als Schulmediziner nicht allzu lange nachgrübeln sollte, da sich an ihr schwerlich etwas ändern ließ.

„Wie hieß er denn nun?", meldete sich Jelka erneut zu Wort.

„Ach so, entschuldige", schreckte Doktor Gruber aus seinen Gedanken hoch und sagte mit einem Blick auf den Zettel, den er zwischenzeitlich aus der Brusttasche seines Kittels gezogen hatte: „Focko Willms."

„Ich will ihn nicht sehen", reagierte Jelka mit zusammengezogenen Brauen.

„Gut." Auch wenn ihn diese prompte Reaktion ein wenig überraschte, so ließ der Arzt sich doch nichts anmerken. Schließlich war es nicht seine Aufgabe zu entscheiden, von wem seine Patienten besucht werden wollten und von wem nicht – auch wenn ihn brennend interessiert hätte, was es mit diesem Focko auf sich hatte. Seines Wissens war er in den letzten Wochen nie hier gewesen. Vielleicht hatte er ihn auch einfach nur verpasst. „Solltest du dich noch anders entscheiden, sag einfach Bescheid", schlug er vor.

„Bis in die Rehaklinik wird er mich wohl kaum verfolgen", brummte Jelka schlecht gelaunt.

Der Arzt horchte auf. „Verfolgen?", hakte er vorsichtig nach. „Was meinst du mit *verfolgen*?"

Jelka wischte seine Frage mit einer schnellen Geste der Hand fort. „Nichts. Schon gut. Ist eine alte Geschichte."

„Wenn du darüber reden willst …"

„Nee. Will ich nicht." Jelkas Miene verschloss sich.

Gerade wollte Doktor Gruber etwas erwidern, als die Tür des Krankenzimmers mit Schwung geöffnet wurde und Jonas hereinmarschierte. „Du wirst nicht glauben, was heute alles in Rysum los war", sagte er kopfschüttelnd, nachdem er dem Doktor kurz zugenickt hatte. „Man hat echt den Eindruck, dass alle noch bekloppter geworden sind, als sie es sowieso schon waren. Ich sag nur: Bogenmachen bei Theo Bleckmann."

Jelka schob die Unterlippe vor und blies geräuschvoll die Luft aus. „Verschone mich bitte mit irgendwelchen Dorfgeschichten. Bin echt nicht in Stimmung dafür."

Jonas sah ein wenig enttäuscht aus, sagte jedoch munter: „Na ja, ist ja auch nicht so wichtig. Dann gehen wir jetzt ins Café gegenüber. Da gibt's heute Lasagne, und wie ich mir hab sagen lassen, soll die echt gut sein."

Als Jelka jetzt freudig überrascht lächelte, nickte Doktor Gruber zufrieden. Auf die Sensibilität dieses Jungen war wirklich Verlass.

19

Es gab nur wenige Tage, an denen Hauptkommissar David
Büttner sich freute, wieder zur Arbeit gehen zu können.
Zumal wenn er wusste, dass ungelöste Mordfälle bei ihm
auf dem Schreibtisch lagen. Heute aber war einer dieser
Tage. Nach einem Abend in Gesellschaft seiner Schwiegermutter sah er seinen Job als das kleinere Übel an. Ähnlich ging es anscheinend auch seiner Tochter Jette, die am
gestrigen Abend überraschend in der Tür gestanden hatte,
aber schon nach wenigen Stunden wieder weg gewesen
war. Und schuld daran war einzig – genau – ihre Oma.
Gerne hätte er Frau und Tochter in ein gutes Restaurant
ausgeführt, doch mit seiner Schwiegermutter im Schlepp-
tau war ihm der Spaß an der Idee schnell vergangen.
Denn die hatte einen neuen Spleen und ernährte sich derzeit ausschließlich vegan. Also hatte sie darauf bestanden,
dass man, wenn es schon auswärtige Küche sein müsse,
nur ein solches Restaurant aufsuchen dürfe, in dem einem
nicht der Geruch von totem Tier oder vergorener Milch
in die Nase steige. Als Büttner sich herausnahm, in der
ihm eigenen, verhalten diplomatischen Art zu protestieren,
hatte sie empört geschnaubt: „David überlege doch bitte
mal, was du mit deiner Fress- und Fettsucht den armen
Tieren antust!" Mit den energetischen Schwingungen hatte

es von da an im Hause Büttner nicht mehr zum Besten gestanden. Jette waren die Verbalattacken dann irgendwann zu viel geworden. Sie hatte sich mit schnell zusammengetrommelten Freunden in der Stadt verabredet und war danach in ihre Studentenbude in Bremen zurückgefahren.

Den Rest des Abends verbrachte Büttner schweigend mit seiner Frau, die ihn schmollend ebenfalls anschwieg, und natürlich mit seiner Schwiegermutter, die ihrer Tochter sogar schwor, nie wieder auch nur ein Wort mit ihrem Schwiegersohn zu reden. Ein wirklich schöner Gedanke, doch wusste er, dass sie ihm diesen Gefallen vermutlich nicht tun würde.

Büttner warf einen Blick aus dem Fenster. Der Sturm war an diesem Morgen deutlich abgeflaut, ebenso waren die dunklen Wolken deutlich helleren gewichen und es fiel nur noch ein feiner Niesel. Selbst der pessimistische Radiomoderator schien wieder so etwas wie Hoffnung auf ein längeres Leben geschöpft zu haben, denn er warnte seine Hörer nicht mehr vor dem unabwendbaren Untergang Ostfrieslands. Mehr noch: Er verstieg sich sogar zu der gewagten Prognose, mit viel Glück könnten die Ostfriesen in wenigen Tagen wieder trockenen Fußes zur Arbeit kommen.

Das alles ließ Büttners Stimmungsbarometer deutlich steigen. Also beschloss er, mit dem ebenfalls hoch motivierten Heinrich zum Wachwerden einen Spaziergang an der frischen, nur noch leidlich nassen Luft zu machen und sich dann ein ausgiebiges, nicht-veganes Frühstück in einem Café zu gönnen. Gestärkt von zwei Kännchen Kaffee, einer doppelten Portion Rührei mit Speck sowie einer Schale Milchreis mit Zucker, Zimt und Kirschen betrat er mit Heinrich rund zwei Stunden später gut gelaunt das Kommissariat.

„Moin", nickte er seiner Sekretärin Frau Weniger zu. „Ist es nicht ein ganz wundervoller Tag heute?"

Frau Weniger hob erstaunt die Augenbrauen, während sie Heinrich, der sie freudig kläffend begrüßte, hinter den Ohren kraulte. „Alles in Ordnung mit Ihnen, Chef?"

„Es könnte nicht besser sein." Er hängte seinen Mantel an die Garderobe. Bevor er im Büro verschwand, hörte er Frau Weniger sagen: „Möchten Sie auch einen Kaffee? Herrn Hasenkrug habe ich bereits welchen gebracht, er sah so fürchterlich übernächtigt aus."

„Ja, gerne, ich bin nämlich auch ganz fürchterlich übernächtigt", erwiderte Büttner, woraufhin ihn Frau Weniger skeptisch musterte. „Den Eindruck machen Sie aber nicht gerade."

Anstelle einer Antwort zwinkerte er ihr zu und verschwand, gefolgt von Heinrich, in seinem Büro. „Moin, Hasenkrug", begrüßte er seinen Assistenten. „Ich hoffe, das Fräulein Tochter hat in der letzten Nacht zu schlafen geruht?"

Als Heinrich nun auch Sebastian Hasenkrug freudig begrüßte, ließ der ihn ein Begrüßungsleckerli aus der Luft schnappen, woraufhin der Hund sich zufrieden kauend auf seine Decke zurückzog. „Moin, Chef", sagte er dann müde. „Nein, leider nicht. Das Fräulein Tochter hat in der letzten Nacht zu schreien geruht." Wie zur Unterstreichung seiner Worte gähnte er ausdauernd. „Wie viele Zähne passen eigentlich in einen so winzigen Mund?"

„Das sollten Sie die Mutter fragen. Sie stillt doch das Kind", antwortete Büttner. Er zog sich einen Schokoriegel aus der Schublade seines Schreibtisches und biss genüsslich hinein. „In dieser Phase hat meine Frau die Anzahl der Zähne unserer Tochter auf ungefähr sechs Dutzend geschätzt. Als Grundlage dieser Schätzung dienten die Wunden und Narben an ihren Brustwarzen", ergänzte er schmatzend.

„Oh je. Mara hat noch nicht mal ein halbes Dutzend Zähne." Hasenkrug klang nun ehrlich zerknirscht.

„Na, das nenne ich Pech", feixte Büttner. „Dennoch: Genießen Sie diese Zeit. Denn wenn alle Beißer da sind, wachsen bei den Frauen die Haare auf den Zähnen. Und wenn die erst mal da sind, dann bleiben sie meistens für immer. Ich könnte Ihnen meine Schwiegermutter als Ansichtsexemplar vorbeischicken, wenn Bedarf besteht."

Hasenkrug taxierte seinen Chef aus schmalen Augen. „Ihre Frau und Tonja haben gestern telefoniert. Demnach ist Ihre Schwiegermutter am Abend bei Ihnen zu Besuch gewesen. Normalerweise gucken Sie dann am nächsten Tag anders aus der Wäsche. Haben Sie die alte Dame im Dollart versenkt, oder warum sind Sie so gut gelaunt?"

„Auf alle Fälle habe ich sie zum Schweigen gebracht." Büttner nickte zufrieden.

„Echt jetzt?"

„Echt jetzt." Büttners Nicken wurde entschiedener. „Wo wir gerade beim Thema sind: Was treiben unsere anderen für immer Verstummten denn so?"

Hasenkrug brauchte einen Moment, bis er sich sortiert hatte. Anscheinend schien er darüber nachzugrübeln, wie genau er sich die plötzliche Verschwiegenheit von Büttners

Schwiegermutter vorzustellen hatte. „Ich fasse die Sachlage mal in knappen Worten zusammen", verkündete er, nachdem Frau Weniger zwischenzeitlich den Kaffee gebracht hatte. „Bei den Befragungen in der Kneipe ist laut unseren Kollege nicht viel herausgekommen. Nur so viel: In Rysum leben vordergründig nette Menschen und alle haben sich lieb. Schabt man aber ein wenig an der Oberfläche, wird schnell deutlich, dass jeder Dorfbewohner zu beinahe jedem anderen ein ähnlich inniges Verhältnis pflegt wie Sie zu Ihrer Schwiegermutter."

„Da verwundern die Morde natürlich nicht", brummte Büttner.

„Des Weiteren habe ich sowohl die verwandtschaftlichen als auch die bekanntschaftlichen Verhältnisse in Rysum als ein wenig verworren empfunden. Vielleicht wäre es hilfreich, sie mal grafisch darzustellen und den einzelnen Personen eine Rolle und gegebenenfalls ein Motiv zuzuordnen. So könnten wir auch die von uns getrennt gesammelten Erkenntnisse einfließen lassen."

„Ich bitte darum", nickte Büttner und war froh, dass sein Assistent diesen Vorschlag von sich aus unterbreitete. So musste er wenigstens nicht zugeben, dass ihn die ganzen Menschen, die ihm innerhalb von nur zwei Tagen begegnet waren, vorkamen wie ein riesiger Haufen durcheinanderrennender Ameisen, die er zu kategorisieren hatte.

Hasenkrug ging zum Whiteboard hinüber und nahm einen Edding zur Hand. Als Erstes schrieb er die Namen der Opfer darauf und notierte darunter die Familienmitglieder. Als er bei Tjardo Willms zu Exfrau und Kindern kam, bemerkte Büttner: „Da gibt es noch zwei Söhne."

„Ach?"

„Ja. Zwei uneheliche." Büttner kramte angestrengt in seinem Gedächtnis. Wie hießen die beiden noch gleich? Es war irgendwas Ostfriesisches. Mit diesen Namen hatte er immer seine Probleme. „Auf jeden Fall heißen sie auch Willms. Genau wie ihre Mutter. Aber nicht wie ihr Vater. Aber trotzdem Willms."

„Hä?" Hasenkrug sah ihn an, als zweifelte er an Büttners Verstand.

„Sie sind Cousin und Cousine. Daher der gleiche Name. Sie waren jedoch nie verheiratet."

„Was es alles gibt!" Hasenkrug kratzte sich an der Schläfe. „Und die Vornamen?"

„Ich komme gleich drauf."

„Verstehe." Hasenkrug schüttelte vorwurfsvoll den Kopf. „Ich könnte Ihnen beim nächsten Mal Notizblock und Kuli ausleihen. Manchmal stellen sich Notizen im Nachhinein als sehr hilfreich heraus."

„Nee, nee, so was konterkariert nur die Gedächtnisleistung", winkte Büttner ab.

„Welche Gedächtnisleistung?"

„Nun stören Sie mich doch nicht beim Nachdenken, Hasenkrug!"

„Könnte einer der Brüder Immo heißen?", fragte Hasenkrug nach einer Weile. „Dann wäre er der Großneffe von Femke Onnen, der alten Dame, bei der ich gewesen bin. Sie ist nachweislich auch die Tante von Tjardo Willms. Um wie viele Ecken, weiß ich allerdings nicht."

Büttner klatschte in die Hände. „Ich wollte es gerade sagen! Immo heißt er." Wie aus heiterem Himmel fiel ihm nun auch der andere Name ein. „Und sein jüngerer Bruder heißt Focko. Genau. Die beiden sollten wir im Auge behalten. Wie man hört, waren sie auf ihren Erzeuger alles andere als gut zu sprechen. Die alte Dame hingegen … wie hieß sie noch gleich?"

„Femke Onnen."

„Genau. Die können wir als Verdächtige außer Acht lassen, denke ich."

„Absolut", nickte Hasenkrug. „Sie wäre körperlich nicht zu einem Mord in der Lage. Höchstens könnte sie einen beauftragt haben. Aber ich sehe keinerlei Motiv, warum sie es getan haben sollte. Sie hat ihren Neffen Tjardo Willms nicht besonders gemocht. Um daraus jedoch ein Mordmotiv zu basteln, reicht diese Antipathie kaum aus."

„Das sieht bei ihrer Nichte hingegen ganz anders aus", stellte Büttner fest.

„Ihrer Nichte?"

„Ja, sie heißt …" Büttner kräuselte die Stirn. „Ich komm gleich drauf. Hm. Irgendwas mit L. Linda, Laura, Lisa … ha! Luise. Ja. Ganz sicher. Sie heißt Luise. Sehen Sie, Hasenkrug, Notizen werden völlig überbewertet."

„Wenn Sie meinen. Und was hat es mit dieser Luise auf sich?"

„Sie ist die Mutter von Immo und Focko, also die geprellte und sträflich vernachlässigte Geliebte von Tjardo Willms. Wie man hört, verband sie mit ihm eine Hassliebe. Angeblich war es sein schändliches Verhalten, das sie in eine schwere Alkoholsucht getrieben hat. Ein fantastisches Mordmotiv, wenn Sie mich fragen."

Hasenkrug nickte zustimmend. „Und in diesem Fall

nicht nur für sie, sondern auch für ihre Söhne, die nicht nur von ihrem Vater abgelehnt wurden, sondern auch ihre Mutter mit dem Alkohol teilen mussten. Was in der Regel zugunsten des Alkohols ausgeht."

„So sieht es aus."

„Dieser Immo ist zudem ein etwas seltsamer Typ", fuhr Hasenkrug fort. „Er leidet unter zwanghaftem Schreiben."

„Was soll das denn sein?" Büttner legte einen Zeigefinger an die Schläfe. „Obwohl, warten Sie mal, irgendjemand erwähnte mir gegenüber schon mal so was …"

„Während meiner Anwesenheit verschwand Immo plötzlich. Seine Großtante sagte, sobald er unter emotionalen Druck gerät, muss er schreiben. Er kritzelt dann angeblich ein Blatt nach dem anderen mit irgendwelchem wirren Zeug voll. Ob diese Aussage stimmt oder er sich aus anderen Gründen zurückgezogen hatte, konnte ich allerdings noch nicht überprüfen."

„Klingt zumindest außergewöhnlich", bemerkte Büttner nach einem Schluck Kaffee. „Von einer solchen Macke habe ich noch nie etwas gehört. Aber bekanntlich gibt es ja nichts, was es nicht gibt. Ob es sich so verhält, wie die Großtante sagt, wird sich ja leicht herausfinden lassen. Wen haben wir noch auf unserer Liste?"

„Den Zeitungsausträger Eilert Bloem, der die Leiche von Bodo Lübbers gefunden hat. Ist bei mir anschließend nicht mehr auffällig in Erscheinung getreten."

„Bei mir auch nicht."

„Gut, dann schreibe ich ihn mal an den Rand."

„Dann gibt's da noch diesen Kerl, der beim Bogenmachen Luise Willms nachgestiegen ist", sagte Büttner.

Hasenkrug hob fragend die Augenbrauen. „Davon weiß ich nichts."

„Nee, wie auch, Sie waren ja nicht dabei", knurrte Büttner. „Trotzdem kennen Sie ihn. Es war dieser Kerl, der uns am Samstag auch schon in der Kneipe komisch kam."

„Leider haben Sie seinen Namen vergessen?"

„Nicht vergessen. Allenfalls mal kurz verlegt."

Hasenkrug seufzte und ging zu seinem Schreibtisch, um in seine Notizen zu schauen. „Mirko Hayenga, der Exmann von Ulrike Lübbers?"

„Richtig. Der Name lag mir auf der Zunge. Hayenga wäre also ein Kandidat für den Mord an Bodo Lübbers. Doch warum sollte er ihn nach mehreren Jahrzehnten aus Eifersucht umbringen? Und warum dann auch noch Tjardo Willms? Allerdings ist er ein Widerling, wie er im Buche steht. Hätte Femke Onnen ihn nicht mittels einer Ohrfeige davon abgehalten, dann hätte er ihre sturzbesoffene Nichte Luise noch auf der Party vernascht."

„Klingt nicht besonders sympathisch, aber auch nicht eben mordverdächtig", konstatierte Hasenkrug. Er schrieb ein Fragezeichen neben Hayengas Namen. „Was haben Sie im Krankenhaus von der Zeugin im Mordfall Tjardo Willms erfahren?"

„Jelka." Büttner seufzte vernehmlich. „Man hat ihr das Bein amputieren müssen, eine tragische Geschichte. Ihre Mutter starb vor wenigen Jahren an einem Herzinfarkt. Und wissen Sie, wer ihr Vater ist?"

„Sie werden es mir vermutlich gleich sagen", nahm Hasenkrug an.

„Unser hustender Kneipenwirt."

„Dirk Flessner."

„Richtig. Den Namen hatte ich …"

„Kurzzeitig verlegt, ja, ich weiß." Hasenkrug zog eine Grimasse. „Gibt es ansonsten interessante Erkenntnisse zu den beiden?"

„Bodo Lübbers hat Jelka seit Jahr und Tag trainiert. Sie soll eine begnadete Sportlerin sein." Büttner stutzte. „Also gewesen sein. Na ja, wie auch immer. Sie stand regelrecht unter Schock, als sie von seinem Tod erfuhr, während ihr der von Tjardo Willms nichts auszumachen schien. Das Auffinden seiner Leiche hat sie – genau wie ihr Freund Jonas – erstaunlich gut verkraftet."

„Klingt alles nicht nach einem Mordmotiv", stellte Hasenkrug fest.

„Richtig. Wir führen sie also weiterhin lediglich als Zeugin."

„Was ist mit ihrem Vater, dem Wirt?", fragte Hasenkrug, während er weiter auf dem Whiteboard herumkritzelte.

„Auch bei ihm sehe ich derzeit kein Motiv."

„Gut." Hasenkrug überlegte, dann sagte er: „Bleibt noch dieser Jürgen Heidrich, der laut Tjardo Willms auf – zumindest für ihn – zweifelhaftem Weg an die Villa gekommen ist."

„Mit dem habe ich gestern auf der Party kurz sprechen können", erklärte Büttner. „Er scheint der ostfriesischen Dorfbevölkerung und ihren Sitten und Gebräuchen tatsächlich nicht viel abgewinnen zu können. Aber das macht ihn ja nicht zwangsläufig zum Mörder. Was mir allerdings auffiel, war die Tatsache, dass er wohl tatsächlich Interesse an Bodo Lübbers' attraktiver Frau zu haben scheint. Jedenfalls galt ihr seine ungeteilte Aufmerksamkeit, als sie den Raum betrat. Und das, als alle anderen sie noch gar nicht bemerkt hatten. Genau genommen hat er sie wie ein verliebter Gockel angesehen."

„Ulrike Lübbers war auf der Party?", fragte Hasenkrug verwundert. „Dann scheint sie die Trauer um ihren Mann ja nicht besonders mitzunehmen."

„Da irren Sie sich." Büttner erläuterte seinem Assistenten in kurzen Sätzen, was sich während der Feier zwischen Ulrike Lübbers und den anderen Gästen ereignet hatte. „Ihr unerwartetes Auftreten war letztlich auch der Grund für die Massenschlägerei, die die Kollegen dann dankenswerterweise aufgelöst haben. Hat es dabei eigentlich Verletzte gegeben?"

„Diverse", antwortete Hasenkrug. „Doch nichts wirklich Schlimmes. Sind alle schon wieder zu Hause und lecken sich ihre Wunden. Hatte Ulrike Lübbers ein Motiv, ihren Mann umzubringen?"

Büttner schüttelte den Kopf. „Nicht offensichtlich. Zumindest scheint sie ehrlich um ihn zu trauern. So zumindest mein Eindruck, als ich sie besuchte. Und ihre Erschütterung über die Party bei Bleckmann schien keineswegs gespielt zu sein."

„Dennoch können wir nicht ausschließen, dass sie mit Heidrich gemeinsame Sache gemacht hat", meinte Hasenkrug.

„Was für eine gemeinsame Sache?"

„Ich habe mich über Heidrich mal ein bisschen schlau gemacht", erklärte Hasenkrug. „Er ist ein mit allen Wassern gewaschener Unternehmensberater. Zu seinen

181

Klienten gehörte auch das Versicherungsbüro von Lübbers und Willms, das in letzter Zeit finanziell ordentlich ins Schlingern geraten ist. Ich weiß noch nicht, wann genau Heidrich von der Versicherungsgesellschaft, unter deren Label Lübbers und Willms tätig waren, beauftragt wurde, den beiden ordentlich auf den Zahn zu fühlen. Fakt ist aber, dass erhebliche Unstimmigkeiten ans Licht kamen. Außerdem war Heidrich wohl plötzlich im Besitz von Unterlagen, die er auf irgendwelchen ominösen Wegen erhalten hatte und die Lübbers und Willms stark belasteten."

„Inwiefern belasteten?", hakte Büttner nach.

„Betrug. Angeblich haben sie ihre Kunden in großem Stil um Geld geprellt. Genaues weiß ich noch nicht. Ich habe die Kollegen vom Betrugsdezernat eingeschaltet, die in dieser Angelegenheit bereits ermitteln."

„Und woher stammen diese ominösen Unterlagen?"

„Genaueres weiß ich noch nicht. Irgendwer muss sie ihm zugespielt haben. Angeblich bewahrte Bodo Lübbers sie bei sich zu Hause auf." Hasenkrug machte erneut Notizen auf dem Whiteboard.

„Sie tippen auf Ulrike Lübbers als Botin?", fragte Büttner.

„Das wäre zumindest eine mögliche Variante. Wenn an der Behauptung, Heidrich und sie hätten eine Liebesbeziehung, irgendetwas dran ist, dann könnte daraus ein konkreter Verdacht werden."

Büttner wiegte überlegend den Kopf hin und her. „Trotzdem fände ich es in diesem Fall logischer, wenn Heidrich das Opfer wäre und Lübbers und Willms die Täter. Schließlich war es Heidrich, der durch seine brisanten Recherchen die Existenz der beiden aufs Spiel setzte."

„Kann sein, muss nicht sein", widersprach Hasenkrug. „Noch wissen wir zu wenig, um die Sache abschließend beurteilen zu können. Doch wenn es sich bei der Geschichte letztlich um ein Komplott von Jürgen Heidrich und Ulrike Lübbers handelt, dann wäre es unter bestimmten Umständen vielleicht sogar logisch, die beiden aus dem Weg zu räumen. Genau das gilt es jetzt herausfinden."

„Woher haben Sie denn eigentlich die Information zu diesen ominösen Unterlagen?", wollte Büttner wissen.

„Der Gastwirt hat mich gestern gegen Abend angerufen", antwortete Hasenkrug zum Erstaunen seines Chefs.

„Flessner? Ach was." Büttner legte nachdenklich die Stirn in Falten. „Und wieso hat er uns nicht gleich davon erzählt, als wir ihn am Samstag in der Kneipe befragt haben?"

„Angeblich ist es ihm erst gestern wieder eingefallen."

„Und woher will nun wiederum er von den Unterlagen wissen, wenn sie so furchtbar geheim waren?"

„Er meint, Tjardo Willms habe sich im Suff mal bei ihm an der Theke verplappert."

„In vino veritas", murmelte Büttner, war jedoch von der Geschichte noch nicht überzeugt. Zur Unterstützung seiner Denkleistung gönnte er sich einen weiteren Schokoriegel. „Selbst wenn es der Wein war, der die Wahrheit aus Willms herausgespült hat, so ist mir diese Geschichte doch noch nicht rund genug. Trotzdem oder genau deswegen bleiben wir dran. Bislang habe ich bei den Mordfällen nichts anderes entdecken können, das die beiden Männer im Leben verband. Auch gibt es im ganzen Dorf sonst niemanden, der ein wirklich überzeugendes Motiv hat, gleich beide Männer zu töten. Diese Sache mit den verräterischen Unterlagen aber könnte zumindest ein Erklärungsansatz dafür sein, dass Lübbers und Willms beide das Zeitliche segnen mussten."

„Sehe ich genauso", stimmte Hasenkrug seinem Chef zu. „Dann können wir uns ja wieder an die Arbeit machen."

„Gut." Büttner schmiss die Verpackung seines Schokoriegels in den Papierkorb und stand auf, woraufhin auch Heinrich erwartungsvoll von seinem Platz aufsah. Zu seinem Leidwesen aber durfte er sein Herrchen diesmal nicht begleiten. Mit einem unwilligen Schnauben legte er den Kopf auf seine Pfoten zurück, sein Blick war ein einziger Vorwurf. „Ich mache mich dann mal auf den Weg zu Jürgen Heidrich. Wir hatten uns sowieso für heute Vormittag verabredet", erklärte Büttner. „Mit dem, was ich jetzt weiß, werde ich ihn mal ordentlich in die Zange nehmen."

„Tun Sie das", nickte Hasenkrug unter Gähnen. „Dann frage ich mal bei den Kollegen im Betrugsdezernat nach, ob sie schon was herausgefunden haben. Sollte es so sein, dann bekommen Sie gleich einen Anruf, sprich Munition von mir."

Büttner hob im Gehen die Hand, um sein Einverständnis zu signalisieren. Dann verschwand er zur Tür hinaus.

20

Mirko Hayenga war an diesem Montagmorgen guter Dinge. Bei ihm lief alles nach Plan. Na ja, noch nicht so ganz, aber immerhin war er auf einem guten Weg. Wenn er nun auch noch seine Exfrau Ulrike würde zurückgewinnen können, dann, ja dann wäre tatsächlich alles gut.

Die Voraussetzungen waren günstig, denn schließlich stand ihm Bodo nun nicht mehr im Weg. Blieb nur noch dieser Lackaffe Jürgen Heidrich, der seit Wochen um Ulli herumscharwenzelte wie ein liebestoller Köter. Doch um den würde er sich auch noch kümmern. Es dürfte nicht allzu schwierig sein, sie von Heidrich loszueisen, denn Ulli stand schon immer auf die derben Kerle, wie er, Mirko, einer war. Mit solch Weichgespülten wie Heidrich hatte sie im Grunde noch nie etwas anfangen können. Es musste die tiefe Verzweiflung sein, die sie zu dem Lackaffen getrieben hatte. Ulli liebte das Handfeste, und das in jeder Hinsicht, das wusste Mirko noch von früher. Und er, er ganz allein, würde es sein, der es ihr gab. Manchmal lohnte es sich, lange auf die Erfüllung seines Traums zu warten. Doch nun war es genug mit der Warterei, denn Bodo war tot und würde ihm nicht ein zweites Mal in die Quere kommen. Er, Mirko Hayenga, bekam nun endlich das zurück, was ihm rechtmäßig zustand.

Ein Blick auf Luise sagte ihm, dass sie noch tief und fest schlief. Nach dem Rausch, den sie sich gestern angesoffen hatte, war es auch kein Wunder. Das Schöne an Luise war, dass sie mit jedem Schluck Alkohol, den sie zu sich nahm, zugänglicher, ja geradezu fordernd wurde. Okay, natürlich war sie nicht halb so attraktiv wie Ulli, genau genommen war ihr viel zu dürrer und zunehmend faltiger und ausgelaugter Körper sogar alles andere als attraktiv. Aber für ein wenig Spaß eignete er sich allemal. Und den hatte er am Abend und in der Nacht mehrfach gehabt. Endlich hatte er wieder gespürt, dass er ein richtiger Mann war.

Für einen flüchtigen Augenblick dachte Mirko an seine schwerkranke Frau, die schon seit Monaten bettlägerig war. Jede Stunde, ach was, jede Minute konnte es mit ihr zu Ende gehen. Der Krebs fraß sie von innen auf, jeden Tag ein Stückchen mehr. Vor drei Tagen hatte man sie mal wieder wegen irgendeiner akuten Geschichte ins Krankenhaus verfrachtet, wo sie jetzt intensivmedizinisch versorgt wurde. Fakt war jedoch, dass niemand mehr etwas für sie tun konnte. Sie war nur noch auf der Welt, um zu sterben. Bärbel war ihm eine gute Frau gewesen. Nicht so gut wie Ulli in den ersten Jahren ihrer Beziehung, aber immerhin. Im Gegensatz zu Ulli hatte Bärbel ihm keinen Ärger gemacht, selbst wenn er ab und zu mal einen über den Durst getrunken hatte. Sie wusste eben, dass ein echter Kerl solche Auszeiten brauchte. Ja, sie war ihm immer eine gute Frau gewesen. Doch nun war Bärbels Zeit abgelaufen, während seine erst richtig begann, jetzt, da Bodo nicht mehr unter den Lebenden weilte. Und diese Zeit gedachte er zu nutzen. Mit Ulli. Und übergangsweise mit der stets so willigen Luise. Ein Mann brauchte nun mal, was ein Mann brauchte. Und das holte er sich. Alles andere wäre gegen seine Natur.

Luise drehte sich von ihm weg auf die Seite und gab leise Schnarchgeräusche von sich. Ihr knochiger Körper lugte unter der Bettdecke hervor, verführerisch streckte sie ihm ihren Hintern entgegen. Mirko überlegte, ob er sich und ihr zum Abschied noch einen Quickie gönnen sollte. Doch er verwarf diesen Gedanken sogleich wieder, denn er hatte noch was zu tun. Und das wollte er erledigen, bevor sich womöglich einer von Luises missratenen Söhnen hier blicken ließ. Beide waren sie gestern Abend hier aufgeschlagen. Zuerst Focko und später Immo. Beide hatten sie ihn aus dem Bett ihrer Mutter und aus dem Haus werfen wollen. Einen Penner hatten sie ihn geschimpft, einen Säufer und Hurenbock. Und Schlimmeres. Aber sie waren nicht ins Haus gekommen, denn er hatte wohlweislich dafür gesorgt, dass sie die Haustür trotz passendem Schlüssel nicht öffnen konnten. Mit ihren Fäusten hatten sie die Tür traktiert und dabei so unflätige Ausdrücke benutzt, dass er streckenweise echt sauer geworden war. Er hatte sich nicht provozieren lassen, und somit waren sie irgendwann wutschnaubend wieder abgezogen. Vermutlich, um sich bei ihrer senilen Großtante auszuweinen, wie diese Weicheier es immer taten, wenn sie meinten, vom Leben benachteiligt zu werden. Luise hatte von alldem nicht viel mitbekommen, dafür war sie schon viel zu weit in den Tiefen ihres Alkoholrausches versunken gewesen.

Doch ihn, Mirko, hatte die Feindseligkeit der beiden verärgert – und tat es noch immer. Sie sollten glücklich und dankbar sein, wenn sich jemand um ihre Mutter kümmerte und ihr ein wenig Zuwendung zuteilwerden ließ. Stattdessen taten sie so, als täte er ihr etwas Schlimmes an. Das war in höchstem Maße unfair. Sie würden schon sehen, was sie davon hatten. So ging niemand mit ihm um. Schon gar nicht die Bastarde von Tjardo Willms, diesem kriminellen Wichser, der sich zeitlebens für etwas Besseres gehalten hatte, im Grunde aber nur ein erbärmlicher Niemand und noch dazu nachweislich ein Betrüger gewesen war.

Plötzlich verspürte Mirko eine unbändige Lust, sich an Immo und Focko zu rächen. Aber wie? Es musste etwas sein, das ihnen richtig wehtat, sodass sie ihm zukünftig nicht mehr in die Quere kommen würden.

Mit einem letzten Blick auf die immer noch schlafende Luise zündete sich Mirko eine Zigarette an, schlug die Bettdecke zurück und schwang seinen nackten Körper aus dem Bett. Ein Blick aus dem Fenster sagte ihm, dass sich das Wetter beruhigt hatte, was er als ein gutes Zeichen wertete. Gut möglich, dass sich an diesem Tag noch die Sonne blicken ließ. Und bei Sonnenschein würde Ulli mit Sicherheit zugänglicher sein als bei Regen, der ihre völlig überzogene und seiner Meinung nach auch heuchlerische Trauer um Bodo nur begünstigte. Mit den wärmenden Strahlen der Frühlingssonne würde sie mit Frohsinn und Zuversicht in die Zukunft blicken und sehr bald erkennen, wer ihr zu ihrem Glück noch fehlte.

Mirko betrat nach einem Gang zur Toilette die Küche, um sich einen starken Kaffee aufzubrühen. Jetzt, da er aufrecht stand, spürte er erst, wie sehr auch ihm das gestrige Übermaß an Alkohol zugesetzt hatte. Sein Kopf dröhnte und hämmerte wie ein alter Dieselmotor, seine Muskeln zuckten wie die Saiten einer Gitarre, sein Magen rebellierte mit gluckernden Geräuschen und seine Zunge klebte so trocken am Gaumen wie ein Blatt Löschpapier.

Während der Kaffee durchlief, durchwühlte Mirko die Schränke und Schubladen nach einer Packung Schmerzmittel. Als er endlich Brausetabletten gefunden hatte, löste er zwei davon in Wasser auf und trank dann das Glas in einem Zug leer.

Als der Kaffee fertig war und er sich eine große Tasse voll eingeschenkt hatte, wollte er sich an den Küchentisch setzen. Doch irgendeine Bewegung, das Auftauchen und Verschwinden eines Schattens, ließ ihn zur Treppe blicken, die vom Hausflur aus in den ersten Stock führte. Er war noch nie oben gewesen, nahm jedoch an, dass sich dort die Zimmer von Immo und Focko befanden.

Plötzlich wusste er, was er zu tun hatte.

Zunächst jedoch lauschte er noch einmal an der Schlafzimmertür, ob sich dort etwas tat. Luises nicht eben leise Schnarchgeräusche gaben jedoch Entwarnung. Zwar fürchtete er sich nicht davor, dass sie ihn beim Herumschnüffeln überführte. Vermutlich würde sie es nicht einmal raffen, dass er sich hier ein wenig umsah, da ihr einziges Streben dem ersten Schluck Alkohol des Tages gelten dürfte. Und doch konnte man ja nie wissen, ob sie nicht plötzlich einen ihrer seltenen nüchternen, klaren Momente haben würde. Natürlich wusste er selbst nicht, was er in den Zimmern der jungen Männer finden würde, doch Zeugen, wofür auch immer, konnte er nicht gebrauchen.

Immer noch nackt, die Zigarette im Mundwinkel,

stapfte er die Treppe hinauf und traf als Erstes auf eine offenstehende Tür. Er lugte hinein und stellte fest, dass es sich um ein Schlafzimmer handelte. Es war nur spartanisch eingerichtet. Ein Bett, ein schmaler Schrank, ein Tisch und zwei Stühle waren alles, was man hier an Möbeln vorfand. Der Raum schien ungenutzt, womöglich handelte es sich um ein Gästezimmer.

Das Zimmer nebenan war schon interessanter, denn in ihm herrschte das totale Chaos. Zwar gab es auch hier keine großartigen Einrichtungsgegenstände, doch lagen überall verteilt irgendwelche Zettel herum. Ganz egal, wohin man auch blickte, überall nur Zettel, Zettel und noch mal Zettel. In allen Größen, Formen und Farben.

Mirko grinste, als ihm nach dem ersten perplexen Staunen klar wurde, was dieses Sammelsurium an Papier zu bedeuten hatte: Er befand sich im Reich von Immo Willms, dem mit Sicherheit beklopptesten Schreiberling des Universums.

Von jeher machte sich ganz Rysum über Immo lustig, manche offen, andere hinter vorgehaltener Hand. Dabei hatte keiner je so recht gewusst, was eigentlich dran war an den Geschichten, die sich um die angebliche Schreibwut dieses Mannes rankten. Denn sowohl seine Mutter Luise als auch seine Großtante Femke hatten ihn stets vor allzu neugierigen Blicken und Anbiederungsversuchen in Schutz genommen. Sei es, weil sie ihn tatsächlich vor Anfeindungen bewahren wollten, sei es, weil es ihnen ganz einfach peinlich war, was ihr Sprössling so trieb. Vielleicht taten sie es auch – Mirkos Grinsen wurde breiter – ja, vielleicht taten sie es, weil Immo tatsächlich etwas zu verbergen hatte. Denn hatten die beiden Frauen nicht stets allzu auffällig darauf gepocht, dass alles, was der Kerl so schrieb, völlig wirres Zeug und damit absolut belanglos war?

Was, wenn das gar nicht stimmte? Zum Beispiel konnte es doch sein, dass es sich bei seinen Niederschriften um Ergüsse großen literarischen Wertes handelte. Oder – Mirko spürte ein erregtes Ziehen in seiner Lendengegend – vielleicht sogar um etwas total Perverses? Letzteres würde zu diesem verschrobenen Typen passen, der seit Jahr und Tag wie ein Jäger auf der Pirsch um Ulli herumschlich und geifernd darauf wartete, endlich bei ihr landen zu können. Ja, bestimmt brachte er in diesem kleinen, unpersönlich eingerichteten Raum all seine perversen Fantasien zu Papier, die mit seinen reellen Chancen bei Ulli so viel zu tun hatten wie Eisbären mit der Antarktis.

Mirko betrat das Zimmer, drückte seine Zigarettenkippe auf der Fensterbank aus und hob willkürlich einen der auf dem Boden liegenden Zettel auf. Gespannt entzifferte er die ersten Sätze, verzog dann jedoch ernüchtert das Gesicht. Denn tatsächlich handelte es sich bei dem hierauf verewigten Gekritzel um das reinste Kauderwelsch. Bei manchen Wörtern, die hier standen, war er sich sogar nicht einmal sicher, ob es sich überhaupt um deutsche Begriffe handelte, denn er hatte noch nie von ihnen gehört. Luise und Femke hatten leider recht: Das, was hier stand, war wirklich total bekloppt Zeug.

Nachdem er auch nach der Lektüre des fünften Zettels zum gleichen Ergebnis gekommen war, ließ er sich mit einem Seufzer der Enttäuschung auf Immos Bett sinken.

Er überlegte, was er jetzt tun sollte. Nur zu gerne würde er dem Scheißkerl einen Strick aus alldem hier drehen, doch wusste er schon jetzt, dass er mit diesem wirren Geschreibsel niemanden hinter dem Ofen hervorlocken würde. Vor seinem geistigen Auge sah er bereits das gleichgültige Schulterzucken seiner Nachbarn, wenn er ihnen die Zettel vorlegte. Schließlich bestätigten sie lediglich das, was alle längst wussten, nämlich dass es sich bei Immo um einen Verrückten handelte. Dennoch würden sich Immo und Focko furchtbar über eine solche Tat ärgern, und das allein war den Spaß doch schon wert.

„Mirko? Bist du da oben?" Von unten drang Luises heisere Stimme an sein Ohr. Vermutlich hatte sie das Rascheln der zahllosen Blätter gehört, das unweigerlich bei jeder Bewegung entstand, die man in diesem Zimmer tat.

„Schöner Mist", fluchte er unterdrückt, dann jedoch rief er betont lässig zurück: „Ja, Luise, ich bin sofort bei dir!" Er ließ die Zettel, die er in der Hand hielt, einfach zu Boden fallen und erhob sich vom Bett.

„Was machst du denn da oben?", fragte Luise, als er schließlich am unteren Ende der Treppe vor ihr stand. Auch sie war noch immer nackt, zog jedoch bereits an ihrer ersten Zigarette. Ihr Leib war ein einziges Zittern, und sie sah mit ihren rotunterlaufenen Augen, die tief in schwarzumränderten Höhlen lagen, einfach erbärmlich aus. Der Alkoholmissbrauch sprach aus jeder Pore ihres Körpers.

„Nichts Besonderes", wiegelte er ab und zuckte betont gleichgültig die Schultern. „Wollte nur mal gucken, wie die Jungs da oben so hausen." Er nahm ihr die Zigarette aus der Hand und nahm einen tiefen Zug.

„Hier riecht es nach Kaffee", stellte sie mit träger Stimme fest und wandte sich der Küche zu.

„Ja, ich hab welchen aufgesetzt." Mirko trat dicht hinter sie und griff ihr zwischen die Beine, woraufhin sie kurz zusammenzuckte, dann jedoch wie auf Knopfdruck ein lüsternes Kichern ausstieß. „Aber zunächst hätte ich Lust auf einen Morgenquickie und einen kleinen Söpke danach", keuchte er und schob sie in Richtung Küchentisch.

Danach dauerte es nicht einmal eine halbe Stunde, bis Luise wieder so betrunken war, dass sie sich wie eine Katze auf dem Küchentisch zusammenrollte und einschlief.

Mirko wartete ein paar Minuten, bis er sich ganz sicher war, dass sie ihn nicht erneut stören würde. Dann griff er nach einem großen, blauen Müllsack und machte sich an die Arbeit.

21

Die Villa der Heidrichs war das reinste Statussymbol, sowohl was ihre Ausmaße betraf, als auch hinsichtlich ihrer Einrichtung. Als er den weitläufigen Wohn- und Essbereich betrat, konnte Hauptkommissar David Büttner allerdings nicht umhin festzustellen, dass all das, was die Räume schmückte, nicht nur teuer, sondern auch geschmackvoll war. Die Wohnungseinrichtung gehörte keineswegs zu jenen, die außer kühler Sterilität in Weiß, Schwarz und Chrom nichts ausstrahlten. Nein, in den in warmen Farben ausgestatteten Zimmern mit ihren gemütlich aussehenden Sofas und Sesseln und ellenlangen Bücherregalen konnte man sich durchaus wohlfühlen. Einzig, es fehlte der Tee.

Noch bevor irgendetwas anderes passierte, bekam Büttner gemeinhin in allen ostfriesischen Haushalten zunächst einmal eine Tasse Tee angeboten. An dieser liebenswerten Tradition hatten auch die modernen Zeiten nicht rütteln können. Im Allgemeinen machten sich auch viele Zugezogene diesen Brauch zu eigen, sobald sie die Geste der Gastfreundschaft zu schätzen gelernt hatten. Doch bei den Heidrichs schien er noch nicht Einzug gehalten zu haben; man bot ihm nicht mal eine Tasse Kaffee oder ein Glas Wasser an. Stattdessen kam Jürgen Heidrich, kaum dass sie Platz genommen hatten, geschäftig zur Sache. Mit einem gehetzten Blick auf die Uhr gab er dem Kommissar wortlos zu verstehen, dass er eigentlich Besseres zu tun hatte, als sich mit ihm über solche Belanglosigkeiten wie Morde zu unterhalten.

Als er nun zu sprechen anfing, klang es, als habe er sich seine Worte im Vorfeld sorgsam zurechtgelegt. „Ich nehme an, dass Sie hier sind, um sich bezüglich der Mordfälle nach meinem Alibi zu erkundigen", sagte er. „Nun, da wird meine Frau Ihnen bestätigen können, dass wir zur Tatzeit zu Hause waren. Zwar ist sie derzeit nicht hier, dürfte nach einem Termin bei ihrer Kosmetikerin aber gleich zurücksein." Er stützte die Ellenbogen auf seinen Knien ab, schlug die Hände zusammen, schaute Büttner von unten herauf an und fuhr fort: „Da ich davon ausgehe, dass Sie Ihren Job gründlich machen, nehme ich an, Sie wissen bereits von meinem Auftrag, das Versicherungsbüro von Herrn Lübbers und Herrn Willms genauer unter die Lupe zu nehmen. Ein anonymer Hinweis führte dazu, dass ich einem über mehrere Jahre laufenden organisierten Betrug an der Kundschaft auf die Schliche gekommen bin. Hinweise, die ich selbstverständlich direkt an Ihre Kollegen weitergereicht habe, damit die beiden ihrer gerechten Strafe zugeführt werden können. Gut möglich, dass die Geschädigten die Sache nicht so entspannt gesehen haben wie ich und Lübbers und Willms für diese kriminellen Machenschaften haben büßen lassen. An Ihrer Stelle würde ich mich also bezüglich der Mordermittlungen auf diesen Personenkreis konzentrieren. Weiterhin würde ich …"

„So, würden Sie das", fiel Büttner ihm ins Wort. Er

musterte sein Gegenüber, das über die Unterbrechung seines Vortrags ehrlich verwundert schien, mit zusammengezogenen Augenbrauen. Anscheinend war er es nicht gewohnt, dass man ihm ins Wort fiel. Büttner hatte Mühe, diesen überheblichen Typen mit dem verunsichert, ja fast verängstigt wirkenden Mann auf der Party von Theo Bleckmann zusammenzubringen. Vermutlich fühlte Heidrich sich hier in seinen eigenen vier Wänden sicher, während er mit der Mentalität der Ostfriesen da draußen völlig überfordert war. Wie armselig!

„Ja, das würde ich", nickte Heidrich. Offensichtlich hatte er die Ironie in Büttners Worten nicht verstanden, denn er setzte dazu an, in seinen Ausführungen fortzufahren. Doch Büttner hob die Hand, um ihn zum Schweigen zu bringen. Was funktionierte, auch wenn Heidrich alles andere als begeistert aussah. „Herr Heidrich, wenn wir uns bitte darauf einigen könnten, dass ich hier die Fragen stelle und Sie auf diese antworten, dann würden Sie mir eine große Freude bereiten. Zwar ist es nicht uninteressant, Ihren Ausführungen zu lauschen, in der Regel aber suche ich potenzielle Zeugen auf, weil sich während meiner Ermittlungen konkrete Fragen an sie ergeben haben."

„Ich wollte nur helfen", erwiderte Heidrich und zog einen Flunsch. „Doch wenn Sie gar nicht wissen wollen, dass ich …"

„Ich würde gerne Antworten auf meine Fragen bekommen und mir nicht Ihre offensichtlich zurechtgelegte Geschichte anhören", erwiderte Büttner, bemüht ruhig. „Da bitte ich sehr um Verständnis, denn ich erzähle Ihnen ja auch nicht, wie Sie Ihren Job zu machen haben."

Er musste an sich halten, um sich nicht vollends in Rage zu reden. Dieser Typ hatte etwas an sich, auf das hin er Aggressionen entwickelte.

Zu seiner Erleichterung bekam er Gelegenheit, wieder ein wenig runterzufahren, denn nun öffnete sich die Tür zum Wohnraum und eine junge Frau trat ein.

„Schatz, darf ich dir Hauptkommissar Büttner vorstellen?", sprang Heidrich seiner Frau eilfertig entgegen. „Er ist wegen dieser schrecklichen Morde hier." Als wäre sie nicht in der Lage, sich aus eigener Kraft in Büttners Richtung zu bewegen, fasste er sie unter den Arm und zog sie zu dessen Sessel. Dort angekommen, streckte sie Büttner brav lächelnd die Hand entgegen und sagte wohlerzogen: „Es freut mich, Sie kennenzulernen, Herr Hauptkommissar. Darf ich Ihnen etwas zu trinken anbieten?"

„Ähm …" Büttner war zu perplex, um auf diese Frage eine Antwort zu geben. Nicht nur, dass sie so aussah, als wäre sie gerade einem Mädchenpensionat für höhere Töchter entsprungen, sie sprach auch noch genauso gestelzt. Er nahm an, dass diese hübsche und sorgsam geschminkte junge Frau mit der schmalen, fast kindlichen Figur und dem langen, mittelblonden Haar nicht viel älter sein konnte als seine Tochter Jette. Er schätzte sie auf höchstens Mitte zwanzig, eher jünger.

Büttner warf einen kritischen Blick auf Jürgen Heidrich. Auch der war keineswegs alt, Ende dreißig vielleicht. Und doch schienen die beiden eher die Rolle von Vater und Tochter zu verkörpern, als die von Ehemann und Ehefrau.

„Ach, entschuldigen Sie bitte, Herr Kommissar!" Heidrich lachte affektiert auf. „Welch dummes Versäumnis von mir! Wo war ich nur mit meinen Gedanken?! Kaffee, Wasser, Sekt? Was darf es denn sein?"

„Danke, für mich nichts." Hätte Büttner sich noch wenige Minuten zuvor über ein heißes Getränk gefreut, so war ihm nun die Lust darauf vergangen. Er zeigte auf den Sessel neben dem von Heidrich. „Setzen Sie sich doch bitte zu uns, Frau Heidrich. Gerade wollte ich Ihrem Mann ein paar Fragen stellen. Und da Sie jetzt schon mal hier sind, können vielleicht auch Sie mir welche beantworten."

Heidrichs Stirn umwölkte sich. Er schien von dieser Idee alles andere als angetan, denn er sagte nun: „Ich glaube kaum, dass das nötig sein wird. Was meinst du, Schatz?" Er sah seine Frau mit einem unergründlichen Gesichtsausdruck an, woraufhin die wie ferngesteuert den Kopf schüttelte. In Heidrichs Stimme meinte Büttner gar etwas Drohendes zu vernehmen. Dann wandte sich der Mann wieder ihm zu. „Wissen Sie, Herr Kommissar, meine Frau ist über die Vorkommnisse hier in Rysum nicht wirklich gut informiert. Es ist nicht so ihre Welt, wenn Sie verstehen, was ich meine."

Büttner schauderte, als Evelyn Heidrich nun ihrerseits fast mechanisch sagte: „Ich denke, mein Mann hat recht. Ich kümmere mich nur sehr wenig um das, was hier im Ort passiert. Insofern würde ich mich gerne zurückziehen und es meinem Mann überlassen, Ihre Fragen zu beantworten. Ich bin sicher, dass ich Ihnen beiden dabei nur im Weg wäre."

Büttner fragte sich, was Heidrich mit seiner Frau angestellt hatte, damit sie sich benahm wie die schlechte Kopie einer gehorsamen Bediensteten auf Drogen. Er räusperte sich vernehmlich und deutete erneut auf den Sessel. „Ich glaube, Sie haben mich nicht richtig verstanden, Frau Heidrich. Ich sagte, ich hätte Fragen an Sie beide. Wenn Sie dann bitte Platz nehmen würden? Ansonsten müsste ich Sie bitten, morgen früh bei mir auf dem Revier vorbeizuschauen."

Jürgen Heidrich konnte nur schwer verhehlen, dass er innerlich kochte. Seine Gesichtsfarbe ging nun deutlich ins Rötliche, auch presste er die Lippen zu einem schmalen Strich zusammen. Doch hatte er anscheinend verstanden, dass nicht er es war, der hier zurzeit den Ton angab, denn er bedeutete seiner verschüchtert dreinblickenden Frau nun mit einer Geste, dem Wunsch des Kommissars Folge zu leisten.

Normalerweise hätte Büttner darauf verzichtet, allzu provozierend aufzutreten, doch in diesem Fall konnte er nicht anders, als gleich mit der Tür ins Haus zu fallen. „Herr Heidrich", sagte er mit ruhiger, aber fester Stimme, „Sie selbst sprachen soeben die Unterlagen an, die dazu beitragen sollten, unsere beiden Mordopfer Tjardo Willms und Bodo Lübbers des Betrugs zu überführen. Wie wir aus sicherer Quelle wissen, bewahrte Lübbers diese Unterlagen in seinem Haus und nicht in seinem Büro auf." Büttner war sich durchaus bewusst, dass er bluffte, denn was die Herkunft der Unterlagen anging, waren sie sich alles andere als sicher. Doch bei Typen wie Heidrich war die Flucht nach vorne erfahrungsgemäß das wirksamste Mittel. „Können Sie mir sagen, wie genau diese Papiere in Ihren Besitz gelangten?"

Wenn Jürgen Heidrich über Büttners Erkenntnisse über-

199

rascht war, dann zeigte er es nicht. Er zögerte nur einen Augenblick, bevor er sagte: „Man hat sie mir zugesteckt."

„Hat *man* auch einen Namen?"

„Informantenschutz."

Um Büttners Mundwinkel zuckte es verächtlich. Was für ein amüsanter Lackaffe! „Informantenschutz, soso", säuselte er. Aus den Augenwinkeln bemerkte er, dass sich Evelyn Heidrich auf die Lippen biss und nervös am Nagel ihres Daumens knabberte. „Ihnen ist aber schon bewusst, dass sich ein Unternehmensberater schwerlich auf Informantenschutz berufen kann", gab er Heidrich Kontra. „Um das zu können, müssten Sie schon einer anderen Berufsgruppe angehören, zum Beispiel Journalist sein oder Verfassungsschützer." Büttner beugte sich vor, seine Augen wurden schmal: „Wenn Sie versuchen, mich auf den Arm zu nehmen, Herr Heidrich, dann kann ich sehr unangenehm werden. Ich ermittle in zwei Mordfällen. Sollten Sie mir Informationen vorenthalten oder mich gar anlügen, dann könnte Ihnen das als Unterschlagung von Beweismitteln ausgelegt werden. Eine unangenehme Sache, glauben Sie mir. Staatsanwaltschaft und Richter reagieren auf so was gemeinhin völlig humorlos."

Jürgen Heidrich funkelte ihn giftig an. „Die Unterlagen wurden mir zugespielt", presste er hervor. „Sie lagen eines Morgens bei uns im Briefkasten. Mehr kann ich Ihnen dazu nicht sagen. Meine Frau wird es bestätigen können, denn sie hat sie aus dem Kasten gefischt."

Evelyn Heidrich nickte gehorsam. „Ja, so war es."

„Und was faseln Sie dann von Informantenschutz?" Büttner hob in gespieltem Erstaunen die Augenbrauen.

„Hat Sie womöglich jemand telefonisch oder sonstwie darauf hingewiesen, dass er es war, der die Unterlagen eingeworfen hatte? Oder stand gar ein Absender auf dem Umschlag?"

Heidrich lachte gekünstelt auf und hob für einen Moment die Arme über den Kopf. „Herrgott, Herr Kommissar, das mit dem Informanten sollte ein Witz sein! Wie schade, dass Sie meinen Humor nicht verstehen." Auch seine Frau sah sich nun veranlasst, albern zu glucksen: „Mein Mann hat wirklich einen ganz besonderen Sinn für Humor, Herr Kommissar, finden Sie nicht?"

„Nein, das finde ich nicht", erwiderte Büttner frostig, woraufhin Evelyns Glucksen abrupt endete und sie sich wieder am Nagel ihres Daumens zu schaffen machte.

Angesichts der Spielchen, die Heidrich offensichtlich spielte, war Büttner alles andere als gewillt, auf irgendwen oder irgendetwas Rücksicht zu nehmen. „Wie man hört, pflegen Sie ein sehr inniges Verhältnis zu der Witwe von Bodo Lübbers", merkte er an. „Mir scheint es deswegen nur logisch zu sein, dass sie es war, die Ihnen besagte Unterlagen zukommen ließ. Hilft das Ihrem Gedächtnis auf die Sprünge?"

Es war schwerlich zu übersehen, wie Jürgen Heidrich bei diesen Worten die Fassung verlor. „Ich weiß wirklich nicht, was Sie mir unterstellen wollen", sagte er, wobei seine Stimme alles andere als fest klang.

„Ich unterstelle Ihnen gar nichts", erwiderte Büttner. Er grinste innerlich. Wenn ihn nicht alles täuschte, dann hatte er soeben einen Volltreffer gelandet. „Ich stelle lediglich ein paar Fragen. Darum bin ich hier, Sie erinnern sich?

Also, noch mal, was haben Sie mit Ulrike Lübbers zu tun und war sie es, die Ihnen die Unterlagen beschafft hat?"

„Ich sagte bereits, dass ich mit Ihrer Frage nichts anfangen kann", zischte Heidrich.

„Nun gut." Büttner ließ seine Augen auf der Ehefrau ruhen, die ihren Blick sofort wie ertappt abwandte. „Was ist mit Ihnen, Frau Heidrich? Können Sie mich vielleicht darüber aufklären, was für eine Beziehung Ihr Mann zu Frau Lübbers pflegt?"

Die Augen von Evelyn Heidrich wurden kugelrund. Nach einem schüchternen Blick auf ihren Mann schüttelte sie wiederum den Kopf. „Ich wusste ja nicht mal, dass er sie kennt", hauchte sie.

„Gut", nickte Büttner. „Wenn Sie mir an dieser Stelle nicht weiterhelfen können, dann wird sich diese Frage sicherlich an anderer Stelle klären lassen. Kommen wir noch mal auf besagte Unterlagen zu sprechen. Wie groß und wie dick war denn der Umschlag, den Sie für Ihren Mann aus dem Briefkasten gefischt haben?"

Jürgen Heidrich fuhr ruckartig auf. „Was wird das hier?", fauchte er aufgebracht. „Der Umschlag war ..."

„Die Frage war an Ihre Frau gerichtet, nicht an Sie!", schnitt Büttner ihm barsch das Wort ab. Mit so viel Schärfe in der Stimme, wie er aufbringen konnte, fügte er hinzu: „Entweder lassen Sie sie jetzt sagen, was sie zu sagen hat, oder ich nehme Sie beide mit aufs Revier! Wenn ich nur noch einmal den Eindruck gewinne, dass Sie die Antworten Ihrer Frau manipulieren wollen, werde ich veranlassen, dass Sie für die nächste Zeit unser Gast sind. Angesichts dessen, was wir bereits über Sie herausgefunden haben, dürfte es ein Leichtes sein, den Haftrichter von der Notwendigkeit dieser Maßnahme zu überzeugen. Also, Sie haben die Wahl, Herr Heidrich!"

Jürgen Heidrich war es anscheinend nicht gewohnt, dass jemand in diesem Ton mit ihm sprach, denn sein ganzer Leib zitterte nun vor unterdrückter Wut. Er hatte die Hände so fest zu Fäusten geballt, dass seine Knöchel weiß hervortraten, aus seinen Augen sprach der blanke Hass.

Büttner sprach erneut die Ehefrau an, die ihn aus so großen und schreckensweiten Augen anstierte wie ein vom Scheinwerferlicht geblendetes Reh. „Also, Frau Heidrich", sagte er deutlich sanfter, „wie groß war der Umschlag, in dem die Unterlagen steckten? Bitte beschreiben Sie ihn möglichst genau, es ist wichtig."

„Ich ... ich weiß es nicht", stammelte sie. „Ich ... hab es vergessen." Sie senkte den Blick und deutete auf einen Brief, der auf dem Tisch lag. „Ein solcher DIN-A4-Umschlag vielleicht?"

„Sie haben es vergessen, weil Sie ihn niemals gesehen haben", stellte Büttner fest, woraufhin sie kaum merklich nickte. „Nun gut, damit wäre das ja auch geklärt." Er stand auf und legte seine Visitenkarte auf den Tisch. „Sie halten sich zu unserer Verfügung, Herr Heidrich. Falls Sie uns doch noch etwas zu sagen haben, rufen Sie mich bitte an. Falls nicht, können Sie sicher sein, dass ich wieder auf Sie zukomme."

Kurz bevor Büttner die Tür hinter sich zuzog, drehte er sich noch einmal um und sagte: „Und falls Sie gedenken, Frau Lübbers zu kontaktieren, um sie zu warnen, sobald ich das Haus verlassen habe, dann werden wir auch das herausbekommen. Die Wunder der modernen Technik, Sie verstehen? Versuchen Sie es also gar nicht erst. Ich werde ihr aber beizeiten gerne schöne Grüße von Ihnen ausrichten. Schönen Tag noch."

22

Ungewohnt unschlüssig stand Hauptkommissar David Büttner wenige Minuten später vor dem Haus von Ulrike Lübbers. Natürlich war es dringend notwendig herauszufinden, was an dem Gerücht, sie habe ein Verhältnis mit Jürgen Heidrich, dran war. Andererseits wollte er sie, sollte sie tatsächlich um ihren ermordeten Mann trauern und nichts mit seinem Tod zu tun haben, nicht über Gebühr belasten und ihr Unterstellungen an den Kopf werfen, die sich später womöglich als haltlos herausstellten.

Woher nur kam bei ihm dieses Zögern? Normalerweise war er alles andere als sentimental, wenn es darum ging, einen Mörder dingfest zu machen. Ulrike Lübbers und Jürgen Heidrich zählten zurzeit zu den Hauptverdächtigen. Trotzdem sagte ihm sein normalerweise untrügliches Bauchgefühl, dass er zumindest bei ihr auf der falschen Fährte war. Aber warum?

Letztlich überzeugte ihn der nun wieder einsetzende Regen, dass er hier genau richtig war. Keineswegs würde er sich erneut nassregnen lassen, denn das Kratzen im Hals, das er seit dem Besuch bei den Heidrichs verspürte, verhieß nichts Gutes. Also klingelte er an der Haustür, und nur wenig später wurde diese von Ulrike Lübbers geöffnet.

Im Gegensatz zu gestern sah sie an diesem Vormittag

aus wie ein frischer Frühlingsmorgen. Obwohl er bereits geahnt hatte, dass sich hinter dem verheulten Antlitz eine schöne Frau verbergen würde, war Büttner doch überrascht, wie schön sie tatsächlich war. Und plötzlich wunderte es ihn nicht mehr, dass selbst ein jüngerer Mann wie Jürgen Heidrich Gefallen an ihr fand. Sie sah mit ihren feinen Gesichtszügen nicht nur außergewöhnlich hübsch, sondern auch um mindestens zehn Jahre jünger aus, als sie laut Akte war.

„Moin, Herr Kommissar, was kann ich für Sie tun?" Ulrike Lübbers sah ihn aus ihren dunkelbraunen Augen so intensiv an, dass Büttner meinte, in ihnen versinken zu müssen. Tatsächlich hatte er Mühe, seinen Blick abzuwenden. Er räusperte sich, um sich zur Ordnung zu rufen. Seine Reaktion irritierte ihn zutiefst, denn bis auf seine eigene Frau gelang es normalerweise keiner, ihn derart in ihren Bann zu ziehen. Noch mehr irritierte ihn allerdings der wirklich alberne Gedanke, der ihm jetzt durch den Kopf schoss: Sollte es sich bei dieser Frau womöglich um eine Hexe handeln, deren Aufgabe es war, die Männerwelt zu bezirzen?

Hallo? David? Jemand zu Hause? Büttner wollte nicht glauben, dass sein Gehirn zu einem solch aberwitzigen Gedanken überhaupt fähig war.

„Herr Kommissar? Alles in Ordnung?" Die Dame des Hauses betrachtete ihn skeptisch.

„Ähm … ja … ja, natürlich. Entschuldigen Sie bitte, Frau Lübbers, ich war gerade in Gedanken. Darf ich reinkommen?"

„Sicher. Wir sind gerade beim Frühstück. Treten Sie ein!"

Wir? Frühstück? Waren ihre Kinder womöglich eingetroffen? Neugierig folgte Büttner ihr ins Haus. Doch zu seiner Überraschung saßen keine Familienmitglieder am reichlich gedeckten Küchentisch, sondern Immo Willms. Was wollte denn der hier?

Büttner musterte den jungen Mann, der nur mit Jogginghose und T-Shirt bekleidet vor ihm saß und ihm jetzt mit hochrotem Kopf zunickte. Sein Blick blieb an Immos Füßen hängen, die nackt auf dem Boden standen. Von Socken oder gar Schuhen war weit und breit nichts zu sehen. Seine blonden Haare waren so verstrubbelt, als käme er geradewegs aus dem Bett. Erst jetzt fiel Büttner auf, dass auch die Hausherrin keineswegs so angezogen war, wie man sich gemeinhin kleidete, wenn man Gäste erwartete. Vielmehr sah sie aus, als hätte sie das Haus an diesem Tag noch gar nicht verlassen.

„Trinken Sie eine Tasse Tee mit uns?", fragte Ulrike Lübbers und ignorierte seinen irritierten Blick auf Immo, als sei die Anwesenheit des leger gekleideten Nachbarn an ihrem Küchentisch die natürlichste Sache der Welt.

„Ja, gerne, danke." Ein heißer Tee war genau das, was er jetzt brauchte. Irgendwie beschlich ihn das Gefühl, dass man ihn in diesem Dorf zum Narren hielt. Quasi minütlich wurde jede Gewissheit, die man gerade noch zu haben glaubte, zur Luftnummer. War das Absicht, um die Polizei vom wahren Kern des Geschehens abzulenken, oder ging es in Rysum immer so drunter und drüber?

„Sie sind erstaunt, Immo hier zu sehen", stellte Ulrike Lübbers sachlich fest. Offensichtlich war ihr seine Irritation doch nicht verborgen geblieben. Es war also an der Zeit, mal wieder an seinem polizeilichen Pokerface zu arbeiten.

„Für eine Erklärung wäre ich tatsächlich sehr dankbar", nickte Büttner. „Immerhin wurde gerade erst Ihr Mann ermordet und ..."

„Es ist nicht so, wie Sie denken", unterbrach ihn die Hausherrin ungeduldig. „Immo kam letzte Nacht nicht in das Haus seiner Mutter, und den Schlüssel vom Haus seiner Großtante hatte er in all der Aufregung vergessen mitzunehmen. Zufällig traf ich ihn auf der Straße und habe ihm angeboten, bei mir zu übernachten."

„Sie trafen ihn mitten in der Nacht auf der Straße?", fragte Büttner verwundert, erhielt darauf aber nur einen kühlen Blick. „Darf ich fragen, was Sie mitten in der Nacht auf der Straße zu suchen hatten?", hakte er nach.

„Nein. Das geht Sie nichts an." Ulrike Lübbers gab ihm diese Abfuhr ohne jede Schärfe in der Stimme. Sie stellte eine Tasse vor ihm ab und tat einen Kluntje hinein, der Sekunden später im heißen Tee knisternd in mehrere Teile zerbrach.

„Aha. Und wie genau muss ich mir die Aufregung vorstellen, die dazu führte, dass Sie Ihren Schlüssel vergessen haben?", versuchte Büttner es nun bei Immo, dessen Finger daraufhin nervös zu zucken begannen.

„Das ... das ist nicht wichtig", sagte Immo mit einer Stimme, die dem Vibrieren seiner Finger in nichts nachstand. „Es ... es handelte sich um eine Familienangelegenheit. Nichts Wichtiges."

„Hat es womöglich irgendetwas mit Ihrer nicht mehr ganz nüchternen Mutter zu tun?", ließ Büttner nicht locker. „Sie schien bei Theo Bleckmann von Ihrem Nachbarn ... ähm ... also von Ihrem Nachbarn unsittlich behelligt zu werden."

Büttner fluchte innerlich, weil ihm schon wieder der Name nicht einfiel. Vor seinem Assistenten Sebastian Hasenkrug hätte er es nie zugegeben, doch sollte er sich tatsächlich angewöhnen, Notizen zu machen. In einem Mordfall konnte es schließlich nicht angehen, dass im entscheidenden Moment die Namen der Verdächtigen nicht präsent waren.

„Ja, es ging um seine Mutter", kam Ulrike Lübbers ihrem Nachbarn zur Hilfe, während der nun nervös auf seinem Stuhl hin und her rutschte. „Immo wollte sichergehen, dass es ihr gutging. Wie es ein sich sorgender Sohn eben macht. Doch hatte Luise die Haustür abgeschlossen und den Schlüssel von innen stecken lassen, was dazu führte, dass er nicht mehr reinkam. So einfach und doch so ärgerlich."

„Er hätte bei seiner Großtante klingeln können", schlug Büttner vor.

„Mitten in der Nacht?", fragte Ulrike Lübbers empört. „Finden Sie das nicht ein wenig rücksichtslos der alten Dame gegenüber?"

„Nun ja." Büttner zog den Kopf ein. Na prima, nun stand er vor dieser schönen Frau als unsensibler Rohling da. Er merkte, dass ihm dieser Gedanke ganz und gar nicht gefiel – und sofort ärgerte er sich über sich selbst. Warum, um alles in der Welt, verschwendete er überhaupt einen Gedanken daran, was sie von ihm dachte? Schnell nahm er einen Schluck Tee, atmete einmal tief durch und sagte dann: „Aber deswegen bin ich ja auch nicht hier. Eigentlich wollte ich von Ihnen wissen, Frau Lübbers, wie Sie zu Jürgen Heidrich stehen. He!" Büttner zuckte zurück, als nun ein Schwall Tee aus dem Mund von Immo Willms direkt auf ihn zuschoss.

„Oh … Ent- Ent- Tschulligung", stammelte Immo und sprang auf. Noch ehe Büttner wusste, wie ihm geschah, stürmte der junge Mann nach draußen. Wenig später fiel die Haustür hinter ihm ins Schloss. „Er hat doch gar keine Schuhe an", murmelte Büttner.

„Er wird wieder schreiben gehen. Das alles hier regt ihn sehr auf." Ulrike Lübbers nahm einen Lappen zur Hand und befreite den Tisch vom Tee. „Haben Sie etwas abbekommen?", fragte sie und schaute prüfend an Büttner hinunter, was ihm einen kribbeligen Schauer über den Rücken jagte.

„Ist noch mal gutgegangen", winkte er rasch ab, um zu verhindern, dass sie seinen Körper noch länger mit ihren wunderschönen Augen taxierte oder gar anfing, an ihm herumzuwischen. Moment. Was dachte er da? Mit ihren wunderschönen Augen? Hoffentlich bemerkte die Frau nicht, mit welchen Gefühlen er gerade zu kämpfen hatte, es wäre ein totales Desaster! Er sollte unbedingt seinen Hormonhaushalt überprüfen lassen, irgendetwas konnte da nicht stimmen. „Seine Schreibsucht ist hier wohl allgemein bekannt", bemühte er sich um Sachlichkeit, während sie Tee nachschenkte.

„Natürlich. So was kann in einem Dorf wie diesem schwerlich geheim bleiben."

„Und wie steht man hier im Allgemeinen dazu?"

Ulrike Lübbers zuckte die Achseln. „Keiner kennt Immo anders. Er hat es schon immer gemacht. Ich wüsste nicht, dass es unter den Nachbarn überhaupt jemals Thema ist, außer den üblichen blöden Sprüchen eben. Aber die steckt Immo locker weg."

„Und Sie?", fragte Büttner forscher, als beabsichtigt. „Stecken Sie die Gerüchte um Ihr Verhältnis mit Jürgen Heidrich auch locker weg?"

„Welche Gerüchte?" Ulrike Lübbers lächelte amüsiert. „Jeder weiß doch, dass es keine Gerüchte sind, sondern die Wahrheit."

„So." Mit so viel Klarheit hatte Büttner nicht gerechnet, und er brauchte ein paar Schlucke Tee, um sie zu verdauen. „Dann stimmt es also, dass Sie ein Verhältnis mit Heidrich haben? Darf ich fragen, wie lange schon?"

„Seit zwei Monaten ungefähr. Doch ich werde jetzt nicht die große Liebe beschwören. Das ist es nicht, bei uns beiden nicht. Sagen wir mal, es geht um ein wenig Abwechslung. Nicht mehr und nicht weniger." Sie blickte für eine Weile gedankenverloren zum Fenster hinaus, vor dem es nun wieder in Strömen regnete. Ihr Blick wurde wehmütig, bevor sie sagte: „Glauben Sie mir, Herr Kommissar, ich habe Bodo geliebt. Wahrhaftig und ehrlich. Dennoch war es an der Zeit, ein wenig Zerstreuung zu finden."

„Hm." Erst jetzt bemerkte Büttner die Brötchen mit Mett. Wie sie ihn anlachten! Gerne hätte er sich jetzt eines genommen, doch traute er sich nicht zu fragen. „Mett ... Äh ... Mit den Papieren, die Sie Jürgen Heidrich zugespielt haben, hat das Ganze aber nichts zu tun?", wagte er einen Schuss ins Blaue und beobachtete interessiert, wie sie darauf reagieren würde.

„Sie meinen die Unterlagen, die Bodo und Tjardo wegen Betrugs ans Messer geliefert hätten?", fragte Ulrike Lübbers frei heraus. „Ich habe sie Jürgen nicht gegeben. Ich wusste ja nicht einmal, dass sie existieren. Und selbst wenn ich es gewusst hätte, dann wären sie mit Sicherheit nicht lange in diesem Haus gewesen. Zu viel negative Energie."

„Die Unterlagen waren also nicht hier im Haus?", hakte Büttner nach.

„Wenn sie in diesem Haus gewesen wären, dann hätte ich sie sicherlich mal gesehen. Es war nicht üblich, dass Bodo Arbeit mit nach Hause nahm, insofern wäre mir solch ein Aktenordner sicherlich aufgefallen."

Büttner verengte die Augen zu schmalen Schlitzen und beugte sich interessiert vor. „Ein Aktenordner? Was für ein Aktenordner?"

„Keine Ahnung. Ich sage doch, ich habe ihn nie zu Gesicht bekommen."

„Und woher wollen Sie dann wissen, dass sich die Unterlagen in einem Aktenordner befanden?"

Ulrike Lübbers seufzte. „Nun werden Sie mal nicht spitzfindig, Herr Kommissar. Ich nehme nur an, dass es so war, weil Bodo all seine Unterlagen in Aktenordnern abheftete. Es gibt keinen Grund, warum er in diesem Fall davon hätte abweichen sollen."

„Darf ich fragen, was Sie von der Sache halten? Glauben Sie an den Betrug Ihres Mannes?"

„Nein", antwortete sie prompt. „Bodo hätte so was nie gemacht. Er war ein grundanständiger Mensch."

„Dennoch liegen die Akten jetzt bei meinen Kollegen vom Betrugsdezernat", gab Büttner zu bedenken. „Und so wie es derzeit aussieht, ist an den Vorwürfen gegen das Versicherungsbüro Ihres Mannes durchaus etwas dran."

„Natürlich ist es das", erwiderte Ulrike Lübbers zu Büttners Verwunderung. „Aber ich bin sicher, dass sich herausstellen wird, dass mein Mann mit der Sache nichts zu tun hatte. Es war sicher eine von Tjardos dunklen Machenschaften, da können Sie die Uhr nach stellen."

„*Eine* von Tjardos dunklen Machenschaften?" Büttner horchte auf. „Gab es davon denn mehrere?"

„Tjardos ganzes Leben war ein einziges Verbrechen", meinte Ulrike Lübbers emotionslos. „Wo immer er konnte, hat er gelogen, betrogen und getäuscht."

„Warum hat sich Ihr Mann dann auf die Zusammenarbeit mit ihm eingelassen?"

„Bodos Agentur geriet vor rund acht Jahren finanziell ins Schlingern. Tjardo hat ihm angeboten, mit einzusteigen. Er brachte das nötige Kleingeld mit. Auf diese Art konnte Bodo den Konkurs gerade noch abwenden."

„Und kam vom Regen in die Traufe", konstatierte Büttner.

„Ja. Aber auch diese Betrugsgeschichte hätte er durchgestanden, wenn ihn nicht …" Ulrike Lübbers' Augen füllten sich mit Tränen. „Bitte entschuldigen Sie. Die Sache wühlt mich immer noch sehr auf. Bodo hat solch ein Ende nicht verdient."

„Ja, das hört man allenthalben", nickte Büttner. „Dennoch wurde er auf grausame Art umgebracht. Irgendwer muss also ein Motiv gehabt haben."

„Glauben Sie mir, Herr Kommissar, wenn ich Ihnen weiterhelfen könnte, dann würde ich es tun. Doch mir fällt absolut niemand ein, der Bodo derart gehasst haben könnte. Absolut niemand."

Büttner trank seinen Tee aus und sagte: „Eifersucht ist auch ein beliebtes Motiv, Frau Lübbers. Glauben Sie, dass vielleicht Herr Heidrich …?"

„Ausgeschlossen", kam es wie aus der Pistole geschossen. „Und das sage ich nicht, weil Jürgen ein guter Liebhaber ist oder ich ihn aus einem anderen Grund schützen will. Aber für Jürgen sind sein persönliches und sein berufliches Fortkommen viel zu wichtig, als dass er sich wegen einer Frau seine Zukunft verbauen würde. Nein, nein, dazu ist er viel zu egozentrisch. Und außerdem liebt er mich genauso wenig, wie ich ihn. Er hätte also keinen Grund, eifersüchtig zu sein."

„Er hat eine bezaubernde Frau, deshalb verstehe ich nicht …" Büttner brachte den Satz nicht zu Ende, sondern sah Ulrike Lübbers nur fragend an.

„Ja, Evelyn ist bezaubernd. Und sie ist völlig lebensuntauglich. Vielleicht ist Ihnen schon aufgefallen, dass Jürgen sie behandelt wie ein kleines Kind. Sie ist absolut nicht der Typ Frau, der zu ihm passt, aber sie hatte das Geld. Und für Geld würde Jürgen alles tun. Also hat er sie geheiratet."

„Klingt nicht gerade sympathisch", stellte Büttner fest. „Trotzdem lassen Sie sich auf eine Beziehung mit ihm ein."

„Ich gehe mit ihm ins Bett, mehr nicht. Er hat einen attraktiven Körper. Alles andere an ihm interessiert mich nicht", gestand Ulrike Lübbers unumwunden ein.

Büttner nickte und stand auf. Er war frustriert. So sehr er auch versuchte, ein brauchbares Motiv für den Mord an Bodo Lübbers zu finden, es tat sich keines auf. Und wenn sich wider Erwarten doch eines auftat, dann zerschlug es sich sogleich wieder. Entweder war der Mann also tatsächlich völlig grundlos gestorben, was Büttner sich angesichts der Umstände seines Todes nicht vorstellen konnte.

Oder es gab in diesem Mordfall irgendetwas, das er bisher übersehen hatte. Es würde ihm und Hasenkrug also nichts anderes übrig bleiben, als alles noch mal von vorne zu durchdenken.

Bevor Büttner wenig später wieder zu seinem Auto lief, streckte er erst mal für eine Weile sein Gesicht in Wind und Regen. Er brauchte dringend eine Abkühlung. Die tiefbraunen Augen von Ulrike Lübbers hatten irgendetwas in ihm berührt, das er seit damals, als er Susanne kennen lernte, nicht mehr gespürt hatte. Und das durfte er auf gar keinen Fall zulassen.

23

Ein wenig frische Luft würde ihr guttun. In ihrer kleinen, zugig-klammen Kate hatte Femke Onnen das Gefühl, ersticken zu müssen. Beinahe die ganze Nacht hatte sie wachgelegen und sich geärgert. So sehr sie auch versuchte, Abstand zu gewinnen und sich zu sagen, dass das alles nichts mit ihr zu tun habe, so konnte sie sich doch nicht von dem Gedanken freimachen, als Tante und Ersatzmutter versagt zu haben. Oder warum sonst war ihre früher doch stets so fröhliche Nichte zur Säuferin geworden und jetzt auch noch zur … Sie wagte das Wort nicht mal zu denken.

Natürlich wusste Femke, dass es in erster Linie an dem schäbigen Verhalten von Tjardo lag, dass Luise sich in den Suff geflüchtet hatte. Doch schließlich verfiel ja nicht jede Frau gleich dem Alkohol, nur weil sie von einem Kerl abgewiesen wurde. Schon gar nicht, wenn da noch zwei Kinder waren, die versorgt werden mussten. Nein, dachte Femke, es gab weiß Gott genug Frauen, die mit einem solchen Schicksal deutlich besser zurechtkamen als Luise. Warum nur fand ausgerechnet ihre Nichte nicht die Kraft, es ihnen gleichzutun? Hatten sie und ihr Mann das Mädchen womöglich zu sehr verhätschelt, nachdem Luises Eltern verstorben waren und sie sie bei sich aufgenommen hatten?

An den Genen, die ihre Eltern Luise mitgegeben hatten, konnte es jedenfalls nicht liegen. Weder Femkes Schwester noch Luises Vater waren je in irgendeiner Weise labil gewesen.

Immer wieder musste Femke an jene Szene auf Theo Bleckmanns Feier denken, als Mirko Hayenga an ihrer Nichte herumgefummelt und Luise vor allen Leuten so lüsterne Töne ausgestoßen hatte, dass es Femke noch heute in den Ohren klingelte. Schon oft war ihr zugetragen worden, dass Luise sich zunehmend gerne mit den Männern des Dorfes amüsierte. Es hieß, sie wolle sich damit an Tjardo rächen. Nur leider schien Luise nicht zu bemerken, dass es Tjardo überhaupt nicht interessierte, mit wem sie sich einließ, solange sie nur ihn nicht abwies, wenn er sich mal wieder auf ihre Existenz und ihren willigen Körper besann. Und inzwischen gab es Tjardo ja nicht einmal mehr. Was also wollte Luise mit ihrem Verhalten erreichen?

Völlig in Gedanken versunken hatte sich Femke, auf ihren Stock gestützt, Luises Haus genähert. Sie nahm an, dass Immo und Focko in der letzten Nacht bei ihr geschlafen hatten, da ihre Betten bei ihr am Morgen unberührt gewesen waren. Vermutlich hatten sie darauf achten wollen, dass ihre betrunkene Mutter keine Dummheiten machte. Sie waren so gute Jungs. Zu schade nur, dass sie eine so schwere Bürde zu tragen hatten.

Was war denn das? Femke Onnen blieb stehen, reckte den Hals vor und kniff die Augen zusammen. War das nicht Immo, der da aus dem Haus der Lübbers gestürmt kam? Was hatte er denn bei der armen Ulrike gemacht? Und vor allem: Warum war er bei diesem Wetter so leic bekleidet? Täuschte sie sich oder trug er tatsächlich nicht mal Schuhe an den Füßen?

Die Stirn in tiefe Falten gelegt, schaute Femke ihm hinterher, wie er im Affenzahn die Lohne Richtung Kirche hochstürmte. Irgendetwas musste ihn furchtbar aufgeregt haben, denn so gehetzt rannte er nur, wenn ihn seine Schreibsucht übermannte. Immo würde sie doch wohl nicht mit dem Gefasel über seine angeblich so unsterbliche Liebe belästigt haben, jetzt, da Ulrike um Bodo trauerte? Sollte der Junge tatsächlich so unsensibel sein? Kaum vorstellbar. Aber was hatte er sonst bei ihr zu suchen?

Kopfschüttelnd setzte Femke ihren beschwerlichen Weg fort. Mit jedem Schritt schoss ihr ein stechender Schmerz in den unteren Rücken, doch würde sie ganz sicher nicht vor ihrem eigenen Körper kapitulieren, jetzt, da das Wetter endlich mal wieder einigermaßen mitspielte und der Frühling vor der Tür stand. Sie hoffte inständig, dass es mit den ständigen Stürmen für die nächsten Monate vorbei sein würde. Für einen so alten Körper wie den ihren gab es nichts Schlimmeres, als zu Hause zu sitzen und zum Nichtstun verdammt zu sein. Wurden die morschen Knochen und Gelenke nicht regelmäßig geölt, dann dauerte es nur kurze Zeit, bis sie komplett eingerostet waren. Für eine so tatkräftige und bewegungsfreudige Frau, wie sie es immer gewesen war, wäre das die Höchststrafe. Das Alter hatte wahrlich nichts Schönes, doch gab es keinen Grund, es bei seinem zerstörerischen Werk auch noch zu unterstützen.

Oh nein! Wie erstarrt hielt Femke plötzlich in der Bewegung inne. Das durfte doch nicht wahr sein! Da kam dieser widerliche Mirko Hayenga aus Luises Haus marschiert! Es konnte doch wohl kaum angehen, dass er die Nacht bei ihr … Aber was war dann mit den Jungen? Nie im Leben hätten sie zugelassen, dass der Typ bei ihrer Mutter blieb!

Femke drehte sich mit Tippelschritten um und blickte zum Haus der Lübbers' zurück. Und wenn Immo nun doch bei Ulrike …? Wo war dann Focko? Femke seufzte schwer. Es war einfach nur zum Verzweifeln mit den Kindern. Nach den Erfahrungen, die sie in diesem Leben machen musste, würde sie im nächsten ganz sicher auf Nachwuchs verzichten. Wenn eines feststand, dann das. Man kam ja sonst jahrzehntelang nicht aus den Sorgen heraus. Kein Wunder, dass die Menschen dabei alt und bucklig wurden!

„Moin, Frau Onnen. Schöner Tag heute."

Femke schnappte vor lauter Empörung nach Luft. Da besaß dieser Schwerenöter doch tatsächlich die Frechheit, ihr mit einem schmierigen Grinsen auf dem Gesicht zuzuwinken. Was hatte er da überhaupt für einen prall gefüllten blauen Sack in der Hand? Und warum winkte er mit Zetteln, die er jetzt mit einem hämischen Gesichtsausdruck auffächerte? Er lachte rau auf und rief: „Na, da wollen wir doch mal sehen, wer hier wen ärgern darf. Sie können ja schon mal Ihre Taschentücher rausholen, Frau Onnen, denn heute wird es bei Ihren Kleinen bestimmt noch Tränen geben!" Mit diesen Worten lief Mirko schnellen Schrittes in die entgegengesetzte Richtung davon, jedoch nicht ohne noch mal mit den Zetteln über seinem Kopf zu wedeln.

Tränen bei ihren Kleinen? Was sollte denn das heißen? Irgendetwas führte dieser Tunichtgut im Schilde, und das verhieß bestimmt nichts Gutes. Ob sie mal nach ihrem Mädchen sah? Womöglich hatte der Kerl Luise etwas angetan. Zuzutrauen wäre es diesem ungehobelten Burschen.

Luises Haustür war unverschlossen, Mirko hatte sie nicht mal richtig zugezogen. Femke schob sie auf und verzog sofort angeekelt das Gesicht, weil es hier roch wie in einer Raucherkneipe. „Luise?", rief sie. „Luise, bist du da?"

Es kam keine Antwort. Also machte sich Femke auf den Weg in die Küche, weil sie meinte, aus dieser Richtung Geräusche zu hören. Es klang, als würde jemand lautstark schnarchen. Und das tat Luise auch. Zutiefst erschüttert von dem Anblick, der sich ihr bot, hielt Femke sich schnell am Türrahmen fest, denn sie hatte das Gefühl, gleich das Bewusstsein zu verlieren. Wie auf Knopfdruck flossen nun Tränen über ihr Gesicht, was sie noch nicht einmal bemerkte. Was war denn hier nur los? Warum lag ihre Nichte völlig nackt auf dem Küchentisch?

Femke atmete ein paarmal tief durch, bevor sie sich ihrer Nichte näherte. Sie fasste Luise an der Schulter und rüttelte sie, doch außer einem unwilligen Knurren kam keine Reaktion.

Femkes Blick fiel auf eine fast leere Schnapsflasche, die neben Luise auf dem Tisch stand. Hatte sie sich etwa schon am frühen Morgen …? Natürlich hatte sie. Und dieser Schuft hatte sie nicht davon abgehalten. Zu gerne hätte Femke Mirko sofort wegen vorsätzlicher Körperverletzung angezeigt, aber sie wusste, dass sie damit nicht durchkäme. Es würde ihr schwerlich gelingen nachzuweisen, dass Mirko ihrem Mädchen den Alkohol gegen ihren Willen eingeflößt hatte. Zumal jeder im Dorf sofort bezeugen würde, dass Luise schon seit Jahren an der Flasche hing. Es war zum Verzweifeln. Der Gedanke, dass ihre Nichte über kurz oder lang an diesem Teufelszeug zugrunde gehen würde, brach Femke das Herz. Aber sie war machtlos. Bereits drei Entzüge hatte Luise hinter sich, die alle nicht gefruchtet hatten. Ganz im Gegenteil waren die Abstürze trotz aller Bemühungen ihrer Therapeuten in immer kürzeren Abständen gekommen. Auch zukünftig würde Femke der vorsätzlichen Selbstzerstörung ihrer Nichte also nur hilflos zusehen können.

„Tantchen?"

Femke drehte sich um. „Focko, was machst du denn hier?" Reflexartig versuchte sie, den nackten Körper ihrer Nichte vor deren Sohn zu verstecken, indem sie sich vor dem Tisch aufbaute, doch war es dafür natürlich längst zu spät.

„Warum bist du hier, Tantchen?", fragte Focko heiser, ohne den Blick von seiner Mutter zu wenden, die nun wieder laute Schnarchgeräusche von sich gab.

„Ich … ich wollte nur nach Luise sehen …", stammelte Femke, ohne recht zu wissen, was sie überhaupt sagen sollte. Die Katastrophe war geschehen und ließ sich nicht mehr abwenden. „Ich hab Mirko aus dem Haus kommen sehen und …"

„Mirko hat das angerichtet?" Focko zeigte mit spitzem Finger auf Luise, sein Gesicht war wutverzerrt. Am ganzen Leib zitternd, schaute er seiner Großtante ins Gesicht. „Es war Mirko, der meiner Mutter so viel von dem Scheißstoff eingeflößt hat, dass sie am helllichten Tag nackt und wie ein Embryo zusammengerollt auf dem Küchentisch

221

liegt und für keinen mehr ansprechbar ist?" Mit jedem Wort, das er aus sich herausschrie, wurde seine Stimme schneidender. „Hat er sie womöglich sogar vergewaltigt?"

„Focko, ich weiß doch nich …" Femke spürte, dass ihre Beine unter ihr nachzugeben drohten. Rasch ließ sie sich auf einen Stuhl sinken. „Ich weiß doch nicht, was hier vorgefallen ist", keuchte sie und presste sich die Hand aufs Herz, das plötzlich beängstigend hart gegen ihre Rippen schlug.

„Tantchen? Geht es dir gut?" Besorgt beugte Focko sich zu ihr hinab, seine Wut schien für einen Moment vergessen.

„Ja, ist alles gut", wisperte Femke, obwohl sie selbst nicht so recht sagen konnte, wie es ihr eigentlich ging. Sie wusste nur, dass ihr das alles hier zu viel war. „Bist du so lieb und bringst mich nach Hause, Focko?"

„Natürlich, Tantchen, kein Thema." Mit einem letzten Blick auf seine reglose Mutter fasste er seine Großtante unter den Armen und zog sie auf die Beine.

„Kümmerst du dich dann bitte auch um deine Mutter? Das Kind kann doch nicht so …"

„Natürlich, Tantchen", wiederholte Focko. Er zog sein Smartphone aus der Tasche und sagte wenig später: „Immo, ich bin's. Ich bin bei Mama. Du müsstest mal herkommen. Jemand muss sich um sie kümmern. Es eilt." Er zögerte kurz, bevor er mit hasserfüllter Stimme hinzufügte: „Und wenn das erledigt ist, müssen wir uns noch um jemand anderen kümmern. Ich schwöre dir, dass dieser Jemand bereuen wird, jemals geboren worden zu sein, wenn ich mit ihm fertig bin."

Focko legte auf. Sein Gesicht glich nun einer starren

Maske, was nichts Gutes verhieß. Doch war Femke zu müde, sich auch noch um ihn und seine Rachepläne Gedanken zu machen. Sie wollte jetzt nur noch in ihren Sessel und einen heißen Tee trinken – und dabei darüber nachdenken, ob es nicht an der Zeit war, sich für immer aus dieser Welt zu verabschieden. Das Leben ging zusehends über ihre Kräfte.

Mit langsamen Schritten, gestützt durch Focko und ihren Stock, tapste Femke Onnen wenig später die Lohne hoch. Sie war so erschöpft, dass sie kaum noch wahrnahm, was um sie herum geschah. Viel zu sehr war sie damit beschäftigt, einen Fuß vor den anderen zu setzen und darauf zu achten, dass sie nicht über das unregelmäßige Pflaster des Bürgersteigs stolperte.

„Was ist denn das?" Zu Femkes Leidwesen stoppte Focko plötzlich so abrupt, dass sie taumelte. „Sorry, Tantchen, aber das muss ich mir angucken." Er deutete auf eine Sitzgelegenheit an der Kirche. „Setz dich doch so lange auf die Bank, ich bin sofort wieder bei dir!"

„Aber …" Noch ehe Femke protestieren konnte, sprang Focko davon. Schleppenden Schrittes arbeitete sie sich die wenigen Meter bis zur Bank vor und ließ sich stöhnend auf ihr nieder. Ihr Kreuz schmerzte, als würde jemand mit einem Messer darin herumstochern. Was machte der Junge denn nur?

Sie blickte sich um und entdeckte Focko nicht allzu weit entfernt an einem Laternenmast. Und jetzt wusste sie auch, was er meinte. Aus irgendeinem Grund hatte irgendwer diverse Zettel an dem Mast befestigt, ähnlich denen, die Mirko in der Hand gehalten hatte, als er aus Luises

Haus kam. Doch das war nicht alles. Je weiter Femke ihr Sichtfeld fasste, desto mehr Blätter flatterten an Bäumen, Masten und Mauern im Wind. War das Mirkos Werk?

Sie zuckte zusammen, als Focko nun einen so lauten und unüberhörbar wütenden Schrei ausstieß, dass er zweifelsohne in ganz Rysum zu hören sein musste. Wie ein Berserker sprang er in den nächsten Minuten herum und rupfte jedes einzelne Blatt wieder ab. Dabei brüllte er andauernd etwas vor sich hin, das sich anhörte wie „Ich bringe ihn um!".

„Was regt dich denn so auf, Junge? Was sind denn das für Zettel?", rief Femke mit so dünner Stimme, dass es äußerst zweifelhaft war, dass sie durch Fockos Gebrüll hindurchdrang. Und tatsächlich zeigte ihr Großneffe keinerlei Reaktion.

„Moin, Frau Onnen, was machen Sie denn hier? Ist es nicht ein bisschen kalt für Sie?"

Femke hob den Kopf und sah in die tränenunterlaufenen Augen von Dirk Flessner, der gerade wieder mit einem Hustenanfall zu kämpfen hatte. Immo hatte ihr schon erzählt, dass es den Wirt ordentlich erwischt hatte. Tatsächlich hörte sich das Rasseln in der Lunge, das sie trotz der sie umgebenden Windgeräusche erstaunlich deutlich hören konnte, alles andere als gut an.

„Ich warte auf Focko." Sie deutete mit dem Stock auf ihren Großneffen. „Er wollte mich nach Hause bringen, aber dann waren da plötzlich all diese Zettel."

„Zettel?" Dirk Flessner hob erstaunt die Augenbrauen, während er eine Hand auf seine offensichtlich schmerzenden Bronchien presste.

„Jo. Keine Ahnung, warum die hier überall rumhängen. Kann sein, dass Mirko sie aufgehängt hat."

„Mirko Hayenga? Warum das denn?"

Femke Onnen zuckte die Achseln. „Weiß ich nicht. Hab ihn vorhin mit den Zetteln gesehen. Er kam damit aus Luises …" Sie stoppte mit ihrer Erklärung, als nun Focko mit wutverzerrtem Gesicht, die Arme voller Papier, auf sie zukam. „Was ist denn das, Junge?"

„Mirko hat sie Immo geklaut", presste Focko hervor. „Dieser verdammte Bastard war in Immos Zimmer und hat seine Aufzeichnungen geklaut."

„Und warum hängt er sie dann hier draußen überall hin?" Femke verstand die Welt nicht mehr. Es war alles so unendlich verwirrend. Eigentlich wollte sie auch gar nicht wissen, was es mit alldem auf sich hatte, bevor sie nicht endlich eine Tasse Tee bekam.

„Genau das werde ich gleich aus ihm herausprügeln." Fockos Stimme, ja sein ganzer Körper bebte vor Wut.

„Zeig mal her." Ohne eine Reaktion abzuwarten, zog Dirk Flessner einen der Zettel aus dem Stapel und überflog das auf ihm Geschriebene. „So ein Arschloch", murmelte er, dann sagte er zu Focko: „Bring du deine Großtante nach Hause, ich passe derweil auf die Zettel auf. Du kannst sie nachher bei mir in der Kneipe abholen." Er blickte erstaunt auf. „Ach, da ist ja auch Immo! Der hat's aber eilig!"

„Immo geht zu unserer Mutter", platzte es aus Focko heraus. „Mirko hat sie auf dem Küchentisch vergewaltigt." Femke Onnen war entsetzt. Sie fand nicht, dass das irgendjemanden etwas anging. Aber für einen Widerspruch fühlte sie sich zu schwach. Wäre sie doch nur schon zu Hause!

225

„Was?" Dirk Flessner legte die Stirn in Falten. „Sag, dass das nicht stimmt! Der Mistkerl hat *was*?"

„Unsere Mutter vergewaltigt", wiederholte Focko grimmig. „Immo kümmert sich um sie. Und ich …" Er drückte dem Wirt den Papierstapel in die Hand und kniff Augen und Lippen zu schmalen Strichen zusammen, „ich kümmere mich um Mirko Hayenga, sobald ich Tantchen nach Hause gebracht habe."

24

Ein tiefes Gefühl von Wehmut überkam Jelka, als sie ihr Zimmer betrat und ihr Blick auf das Foto ihrer verstorbenen Mutter fiel. Auf ihre Gehhilfen gestützt hopste sie ein paar Schritte vor, was ihr dank ihres durchtrainierten Körpers wenig Mühe bereitete. Hoch und heilig hatte sie Doktor Gruber versprochen, in der Rehaklinik schnell Fortschritte zu machen und sich rasch mit der Prothese, die man ihr anpassen würde, zurechtzufinden.

Jelka nahm das eingerahmte Foto hoch und strich mit Zeige- und Mittelfinger zärtlich darüber. „Du fehlst mir so sehr, Mama", flüsterte sie, versuchte aber, die aufsteigenden Tränen zu unterdrücken. Viel zu viel hatte sie in den letzten Wochen geweint, damit musste jetzt Schluss sein. Voller Zuversicht würde sie in die Zukunft schauen und die Vergangenheit, die ihr so großes Leid beschert hatte, hinter sich lassen. „Ich mache es für dich, Mama. Und für Bodo. Ihr werdet stolz auf mich sein, das verspreche ich euch."

Als sie sich umdrehte, schaute ihr eine junge Frau direkt in die Augen. Sie erschrak und brauchte einen Moment, um zu begreifen, dass es sich um ihr eigenes Abbild im bodentiefen Spiegel handelte. Wie dünn sie geworden war und wie blass! Sie sah irgendwie magersüchtig aus. Ihre Augen maßen kritisch ihre Gestalt, bis sie schließlich an dem Beinstumpf haften blieben, der wie ein überflüssiger Appendix an ihrem Rumpf baumelte. Sie schluckte tief, als ihr bewusst wurde, dass es nie wieder anders sein würde. Dass sie für den Rest ihres Lebens als Krüppel verbringen würde. Daran würden auch etwaige große Erfolge bei den Olympischen Spielen und anderen Wettkämpfen nichts ändern. Sie war ein Krüppel und würde es immer sein. Und als solchen würde man sie in der Öffentlichkeit wahrnehmen – inklusive all der geschmacklosen Sprüche, die so mancher Zeitgenosse für unsagbar witzig hielt. Ob sie damit klarkommen würde?

Jelka hob trotzig den Kopf, als sie spürte, dass erneut die Verzweiflung von ihr Besitz zu ergreifen drohte. Was auch immer geschah, sie würde stark sein! Jetzt erst recht! Krüppel hin oder her, es gab keinen Grund, zu jammern und zu zetern! Natürlich, ihr Schicksal war kein leichtes, dennoch gab es deutlich schwerere. Trotz ihrer Behinderung warteten unzählige Chancen auf sie, die es zu ergreifen galt. Ein amputiertes Bein war kein Weltuntergang, es war lediglich … ja, ein amputiertes Bein. Und wenn das Schicksal ein Leben ohne Unterschenkel für sie vorgesehen hatte, dann sollte es eben so sein. Sie würde stark sein, so wahr sie hier auf drei Beinen stand!

Jelka schickte gedanklich einen Dank an ihre Psychotherapeutin, die sie in den letzten Wochen mit diesen mantraartigen Sätzen immer und immer wieder aufgebaut hatte. Zunächst hatte Jelka sich diesem mentalen Aufbautraining verweigert und sich in sich selbst und ihre Trauer zurückgezogen. Unbewusst aber musste sie die Worte der so geduldigen Therapeutin doch verinnerlicht haben, denn plötzlich konnte sie sie auswendig aufsagen, ohne auch nur einen Moment nachdenken zu müssen. Es war, als habe ihr Gehirn nur darauf gewartet, sie endlich wiederholen zu dürfen.

„Jelka? Kommst du runter?", hörte sie ihren Vater rufen. „Die ersten Gäste sind da." Das nächste, was sie hörte, war ein heftiger Hustenanfall. Eine bellende Salve folgte der nächsten. Seine Erkältung wollte und wollte einfach nicht besser werden, doch zu Jelkas Leidwesen weigerte ihr Vater sich nach wie vor, einen Arzt aufzusuchen.

Jelka lächelte ihrem Spiegelbild aufmunternd zu. Heute war ihr neunzehnter Geburtstag, und zur Freude ihres Vaters hatte sie sich eine Feier mit ihren Freunden ge-wünscht, bevor sie sich in die Reha verabschiedete. Es war nicht schwer gewesen, Dr. Gruber davon zu überzeugen, dass es ihr guttun würde, ausnahmsweise einen Abend zu Hause zu verbringen. Ganz im Gegenteil hatte er über das ganze Gesicht gestrahlt, als sie gestern Abend diesen Wunsch an ihn herangetragen hatte. Sofort hatte er auch ihrem Vater grünes Licht gegeben, der unter Mithilfe von Freunden so schnell eine Party auf die Beine stellte, wie sie es ihm niemals zugetraut hätte.

„Jelka?"

„Ich komme!", rief sie zurück. Ihr Herz pochte plötzlich vor Aufregung hart an die Rippen, denn sie hatte ein wenig Angst vor der Reaktion ihrer Freunde. Die meisten von ihnen sahen sie zum ersten Mal ohne ihren Unterschenkel, da sie sich über lange Wochen geweigert hatte, Besuch zu empfangen. Aber da musste sie jetzt durch. Sie nahm es als Generalprobe für das, was sie zukünftig im Leben erwartete.

„Happy Birthday! Alles Gute! Viel Glück!", schallte es ihr vielstimmig entgegen, als sie wenig später das geräumige Wohnzimmer betrat. Es waren ausschließlich lachende Gesichter, die ihr erwartungsfroh entgegensahen, und sie atmete erleichtert aus. Nun war sie sich sicher, dass es ein schöner Abend werden würde.

„Alles Gute, meine Süße, du bist schon jetzt meine Siegerin, ganz egal, was auch kommen mag." Jonas kam mit einem riesigen Blumenstrauß im Arm auf sie zu und drückte ihr einen zärtlichen Kuss auf die Wange. Dann gab er ihr mit den Worten „Das machen wir später auf, wenn wir alleine sind" ein kleines, in Geschenkpapier eingeschlagenes Päckchen in die Hand, in dem Jelka ein Schmuckstück vermutete.

Kaum dass sie es in der Tasche ihrer Sportjacke verstaut hatte, traten auch alle anderen auf sie zu und nahmen sie – teils vor Freude strahlend, teils verlegen dreinblickend – in den Arm.

„Guck mal, was wir dir gebastelt haben", grinste einer ihrer Freunde und deutete auf einen Aufbau, der einem Siegerpodest bei den Olympischen Spielen erstaunlich ähnlich sah. „Damit du dich schon mal dran gewöhnen kannst, dachten wir. Wir haben dann auch gleich mal alle Geschenke darauf abgestellt."

Zum ersten Mal seit Wochen lachte Jelka befreit und aus vollem Herzen. Alle anderen stimmten so erleichtert mit ein, dass nicht mehr zu verhehlen war, wie sehr auch sie unter der Anspannung der letzten Zeit gelitten hatten.

Es wurde ein fantastischer Abend, an dem viel gelacht, gegessen und getanzt wurde. Eine Feier ganz nach Jelkas

Geschmack, die ihr Auftrieb gab für alles, was noch auf sie zukommen würde. Zwar musste sie es weitgehend anderen überlassen, sich auf der hastig eingerichteten Tanzfläche mal so richtig auszutoben, doch legte Jonas extra für sie ein langsames Stück auf, schlang seine Arme mit festem Griff um ihren Körper und schwofte mit ihr durch den Raum. Nur selten hatte Jelka sich so gut aufgehoben gefühlt.

Jelkas Vater hatte sich zwischenzeitlich verabschiedet, um wie gewohnt seine Kneipe zu öffnen. Derzeit gab es in Rysum viel Gesprächsbedarf, und die Gaststätte war ein willkommener Anlaufpunkt, um Neuigkeiten auszutauschen und darüber zu spekulieren, wer denn nun der Mörder von Bodo und Tjardo sein mochte. Dirk Flessner wollte seinen Nachbarn den Spaß daran nicht verderben, und außerdem kam ihm das unerwartete Einkommen gerade recht, denn schließlich konnte niemand wissen, wie viel ihn die Rehabilitationsmaßnahmen und sportlichen Zukunftspläne seiner Tochter noch kosten würden.

Gegen dreiundzwanzig Uhr legte Jonas seinen Mund nahe an Jelkas Ohr und flüsterte ihr zu, jetzt sei der richtige Zeitpunkt, das kleine Päckchen zu öffnen, das er ihr vorhin überreicht habe. Aufgeregt kramte Jelka das Geschenk hervor und fingerte an der Schleife herum, als es plötzlich ohne Unterlass an der Haustür klingelte.

Jelka hielt in der Bewegung inne und sah Jonas fragend an, der aber zuckte die Schultern. „Vielleicht hat jemand die Bullen gerufen", mutmaßte er und verzog angewidert das Gesicht. „Das macht man hier in Rysum doch so gerne, wenn es um angeblich ruhestörenden Lärm geht."

„Oder es sind neue Gäste, die auch unbedingt mitfeiern

wollen", lallte einer seiner nicht mehr ganz nüchternen Freunde. „Ist ja auch 'ne affengeile Party. Die haben bestimmt mein Video auf Snapchat gesehen. Lass sie rein, Jelka, das wird krass!"

Nach kurzer Pause schrillte die Klingel erneut so ausdauernd, dass sich die ersten Gäste schon die Ohren zuhielten. Nur wenig später hörte es sich so an, als würde jemand gar mit Faustschlägen gegen die Tür hämmern. Jelka seufzte und schwang sich auf ihre Gehhilfen. „Okay, dann muss ich ja wohl gucken, worum es geht, sonst hören die Bekloppten überhaupt nicht mehr auf damit."

„Warte", rief Jonas, „ich komme mit! Wer weiß, wer da vor der Tür steht."

„Wer soll hier denn schon ..." Jelka stutzte. Im Überschwang ihrer guten Laune hatte sie überhaupt nicht mehr daran gedacht, was in den letzten Tagen in Rysum passiert war. Jonas hatte recht. Was, wenn der Mörder ...? Sofort schüttelte sie diesen Gedanken wieder ab. Warum wohl sollte der Mörder ausgerechnet zu ihnen ins Haus kommen? Außerdem: Seit wann klingelte und hämmerte ein Mörder an der Tür, um eingelassen zu werden?

Beherzt humpelte Jelka voran. Durch die Scheiben in der Tür war zu erkennen, dass nicht nur eine Person davorstand. Vielmehr schienen es drei oder vier zu sein.

„Macht doch endlich auf!", klang es durch die Tür. „Schnell! Jelka! Mach auf! Es ist dein Vater! Es geht ihm nicht gut!"

„Was?" Jonas verzichtete auf alle Vorsicht. In großen Schritten hechtete er zur Tür, und schon im nächsten Moment flog sie auf. Erschrocken schnappte er nach Luft, und auch Jelka stieß einen kurzen, schrillen Schrei des Entsetzens aus. „Papa! Was ist denn los?", rief sie schockiert. Wie ein schlaffer Sandsack hing ihr Vater zwischen Eilert Bloem und Theo Bleckmann, die ihn jeweils unter einem Arm gefasst hatten. Sein Atem rasselte, während er immer wieder wie ein Fisch auf dem Trockenen nach Luft schnappte. Sein Gesicht war aschfahl und von Schweiß überströmt, die Augäpfel rollten rastlos hin und her.

„Er ist plötzlich zusammengebrochen", berichtete Eilert Bloem keuchend, während sie den nicht eben schlanken Dirk Flessner ins Haus schleiften. „Er hatte einen Hustenanfall, und plötzlich lag er hinter der Theke am Boden. Einfach so. Konnste gar nicht so schnell gucken." Sie zogen ihn durch eine Gasse, die die jungen, schockiert dreinblickenden Partygäste wie auf einen unhörbaren Befehl hin gebildet hatten, und hoben ihn aufs Sofa.

„Warum habt ihr denn keinen Krankenwagen gerufen?", jammerte Jelka völlig außer sich und zog sogleich ihr Smartphone aus der Tasche. „Er muss doch ins Krankenhaus! Was habt ihr euch denn nur dabei gedacht, ihn durch halb Rysum zu schleppen?!"

„Kein Krankenhaus", röchelte ihr Vater. Er klang wie der stotternde Motor einer Dampflok. „Bitte … kein Krankenhaus … hörst du!? Ich muss doch … muss doch …"

„Aber …" Jelka starrte ihn an wie eine Erscheinung. „Aber das geht doch nicht, Papa! Sieh dich doch an!"

Eilert Bloem nickte wissend. „Genau. Das hat er zu uns auch gesacht. Und dass er nach Hause will, hat er gesacht. Ein Kamillentee würde reichen, hat er gesacht. Und da haben wir ihn eben nach Hause gebracht."

„Ihr hättet trotzdem den Notarzt rufen müssen!", schrie Jelka ihn völlig außer sich an. „Was, wenn er jetzt stirbt? Dann seid ihr schuld! Ihr ganz allein!"

„Aber ...", setzte Theo Bleckmann zu seiner Verteidigung an, doch Jelka funkelte ihn aus so verzweifelten Augen an, dass er nur resigniert die Schultern zuckte und schwieg.

Mit zitternden Fingern versuchte Jelka, die Nummer des Notrufs ins Smartphone zu tippen, scheiterte jedoch kläglich, zumal sie sich mit einer Hand auf ihrer Gehhilfe abstützen musste.

„Ich mach das", murmelte Jonas. Er nahm ihr das Smartphone aus der Hand und tippte kurz darauf herum. Am anderen Ende wurde sofort abgehoben. Nachdem er alle erforderlichen Angaben gemacht hatte, nickte er Jelka zu und legte auf. „Sie sind gleich da."

„Kein ... kein ... Krankenhaus", röchelte Dirk Flessner erneut, doch war das, was er zu sagen hatte, kaum noch zu verstehen. Regungslos lag er, den schweißnassen Kopf in den Nacken gelegt, auf dem Sofa und schnappte nach Luft. Der einzige Körperteil, der sich bewegte, war sein Brustkorb, der sich bei jedem Atemzug ungewöhnlich stark nach oben wölbte.

Es dauerte eine gefühlte Ewigkeit, bis in der Ferne endlich das Martinshorn eines Rettungswagens zu hören war. Die jungen Gäste hatten sich zwischenzeitlich verabschiedet und waren mit hängenden Köpfen nach Hause gegangen. Alle wünschten Jelka, die zusammengekauert und vor Angst schlotternd auf dem Sofa saß, viel Glück. In ihren Blicken waren Betroffenheit und eine Frage deutlich zu erkennen: Warum das Schicksal nun schon wieder mit voller Macht zuschlug und ausgerechnet diejenige treffen musste, die bereits in den letzten Jahren so sehr gebeutelt worden war.

Eilert Bloem und Theo Bleckmann waren geblieben, um bei Bedarf Angaben dazu machen zu können, was sich in der Kneipe ereignet hatte. Beide saßen mit betretenen Gesichtern da und schwiegen. Gerne hätten sie ihrem Freund Dirk geholfen, ihm wenigstens die Atemnot erspart. Doch hatten sie keine Ahnung, wie sie dies anstellen sollten. Also taten sie nichts.

Jonas hatte seinen Arm um Jelkas Schultern gelegt und schwieg ebenfalls. Als er hörte, dass der Krankenwagen die Lohne hochfuhr, und sah, wie er mit zuckendem Blaulicht vor dem Haus hielt, sprang er auf und ließ den Notarzt und die Sanitäter herein.

Es dauerte nur wenige Minuten, bis der Rettungswagen wieder davonfuhr. Das durchdringende Jaulen des Martinshorns bohrte sich in Jelkas Herz und ließ sie das Schlimmste befürchten.

25

Für einen Augenblick glaubte Hauptkommissar David Büttner an ein Déjà-vu. Hätten ihm die Kollegen am Telefon nicht gesagt, dass es sich um eine neue Leiche handele, die er in Rysum vorfinden würde, dann würde er jetzt annehmen, jemand habe Bodo Lübbers aus der Friedhofskapelle geklaut und hier im Flur versucht, den ersten Mord nachzustellen. Nur dass das Haus ein anderes war.

„Genauso wie in den anderen Fällen", sagte die Gerichtsmedizinerin Dr. Anja Wilkens. „Mit mehreren Messerstichen in den Brustkorb getötet. Mein erster Tipp ist, dass es sich um dieselbe Tatwaffe handelt. Im Gegensatz zu den anderen beiden Fällen hat dieser Tote allerdings auch Würgemale am Hals, die ihm vermutlich kurz vor seinem Tod beigebracht wurden. Vermutlich hat sich das Opfer gewehrt, wurde bis zur Bewusstlosigkeit gewürgt und dann erstochen. Außerdem ist sein Oberkörper übersät mit Hämatomen. Auch sie sind nicht alt, dürften ihm aber ein paar Stunden vor dem Mord zugefügt worden sein. Fundort ist gleich Tatort, was aufgrund der großen Blutlache, in der der Leichnam schwimmt, unschwer zu übersehen ist." Sie schüttelte seufzend den Kopf. „Wirklich bitter für den Zeitungsausträger, dass er innerhalb weniger Tage zweimal quasi die gleiche schreckliche Szene ansehen musste."

„Das wäre meine nächste Frage gewesen", nickte Sebastian Hasenkrug, der erst vor wenigen Augenblicken zu ihnen gestoßen war und erstaunlich ausgeschlafen aussah. „Das nenne ich ja mal wirklich Pech. Ich schätze, dass der arme Kerl jetzt seinen Job kündigen wird. Sitzt er wieder in der Küche und trinkt einen Grog? Dann würde ich ihn mal interviewen."

„Vielleicht könnten Sie mir erst noch verraten, um wen es sich bei dem Mann handelt", brummte Büttner. „Er kommt mir irgendwie bekannt vor."

„Eilert Bloem."

„Eilert Bloem?" Büttner sah seinen Assistenten erstaunt an. „Hieß so nicht einer unserer Zeugen?"

Hasenkrug blickte verdattert. „Der Zeitungsausträger, ja."

„Ähm …" Büttner blickte irritiert vom Leichnam zur verschlossenen Küchentür und wieder zurück. „Der Zeitungsträger ist gleichzeitig Zeuge *und* Opfer? So ein Fall ist mir auch noch nicht begegnet. Einfach unglaublich, was sich die Ostfriesen so einfallen lassen."

„Vielleicht kann ich den Herren helfen, die allgemeine Verwirrung aufzulösen", bot sich Doktor Wilkens an, als Büttner und Hasenkrug sich jetzt gegenseitig ansahen, als zweifelten sie erheblich am Verstand des jeweils anderen. „Der Zeuge, der unsere Leiche fand, ist der Zeitungsausträger Eilert Bloem. Er steht ein wenig unter Schock, erfreut sich ansonsten aber bester Gesundheit." Sie deutete mit einem Kopfnicken auf den Toten. „Unser Leichnam hier, seines Zeichens Opfer, heißt Mirko Hayenga. Um seine Gesundheit ist es allerdings nicht mehr so gut bestellt."

„Sie sollten sich das nächste Mal ein wenig präziser ausdrücken, Hasenkrug", brummte Büttner, woraufhin sich sein Assistent kopfschüttelnd Richtung Küche verabschiedete. „Mirko Hayenga also." In Büttners Kopf ratterte es. Irgendwo hatte er den Namen doch schon mal gehört. „Wie lange ist er schon tot?", fragte er.

„Ich würde behaupten, dass er deutlich vor Mitternacht ermordet wurde. Ich denke aber, dass ich den Tatzeitraum nach der Obduktion genauer eingrenzen kann."

„Ah!", rief Büttner aus, der nur mit halbem Ohr zugehört hatte. „Jetzt weiß ich wieder, mit wem wir es hier zu tun haben. Ich traf ihn zum letzten Mal am Sonntag auf einer Party. Ein höchst unangenehmer Typ. Seine Hände wanderten gerade über die Brüste einer Frau, die nicht seine war. Dafür kassierte er eine Ohrfeige von deren Tante."

„Scheint ja einiges los zu sein in diesem Nest", stellte Doktor Wilkens fest.

„Wenn es mit den Leichen in diesem Tempo weitergeht, dann bald nicht mehr", erwiderte Büttner trocken. „Dafür spricht, dass wir im Grunde noch keinen Schritt weiter sind, was die Suche nach dem Motiv angeht. Womöglich haben wir es ja mit einem Psychopathen zu tun, der irgendwelchen Stimmen im Kopf folgt oder so. Was meinen Sie?"

„Ist nicht mein Job, dazu eine Meinung zu haben", antwortete die Ärztin schulterzuckend und räumte ihre Tasche ein. „Wenn mir jedoch etwas auffällt, das Ihre Annahme stützt, dann gebe ich Ihnen gerne Bescheid." Sie nahm ihre Tasche und verließ das Haus, nachdem sie Anweisung gegeben hatte, den Leichnam in die Gerichtsmedizin zu überführen.

„Hm. Und jetzt?" Büttner war ratlos und hatte keine so rechte Vorstellung, an welcher Stelle er weitermachen sollte. Am besten würde es wohl sein, wenn sie versuchten, einen Zusammenhang zu den anderen beiden Getöteten herzustellen. Doch welcher sollte das sein? Bodo Lübbers und Tjardo Willms hatten ja wenigstens berufliche Bezüge gehabt, bei denen noch dazu einiges im Argen lag. Seines Wissens aber hatte Mirko Hayenga mit dem Versicherungsgewerbe so gar nichts zu tun, sondern war Klempner. In grauer Vorzeit war er mal der Ehemann von Ulrike Lübbers gewesen und daher verdächtig, womöglich etwas mit dem Mord an Bodo Lübbers zu tun zu haben. Doch nun war er selbst tot. Ein Ablenkungsmanöver des tatsächlichen Mörders vielleicht?

Büttner schnaubte. Fragen über Fragen. Und keine brauchbare Antwort. Eine wahrlich unbefriedigende Situation. Für einen Moment überlegte er, sich zu Hasenkrug und Eilert Bloem in die Küche zu begeben, dann jedoch fiel sein Blick durch die offenstehende Tür auf die Menschentraube, die sich vor dem Haus Mirko Hayengas versammelt hatte. Er legte die Stirn in Falten. Hatten die denn an einem ganz normalen Dienstag alle nichts zu tun?

„Moin." Büttner nickte den Leuten zu, als er wenig später vor ihnen an der Polizeiabsperrung stand. Einige von den Anwesenden kannte er schon, unter ihnen die beiden Brüder Immo und Focko Willms sowie – Ulrike Lübbers. Schnell wandte Büttner seinen Blick ab, als sie ihn nun aus ihren tiefbraunen Augen musterte. In der Nacht hatte er von genau diesen Augen geträumt und war morgens mit einem Lächeln auf dem Gesicht aufgewacht. Er traute sich beim Frühstück kaum, seine Frau anzusehen, hatte er doch das Gefühl, sie betrogen zu haben. Was natürlich totaler Quatsch war. Niemals käme er auf die Idee, Susanne auch nur mit Blicken untreu zu sein. Dennoch. Diese Ulrike Lübbers berührte irgendetwas in ihm, das er noch nicht zu deuten wusste und auch gar nicht deuten wollte. Am besten würde es also sein, wenn er ihr aus dem Weg ginge. Nur, wie sollte das möglich sein, wenn jetzt nicht nur ihr Mann, sondern auch noch ihr Exmann ermordet worden war? Hasenkrug! Ja genau, er würde seinem Assistenten diesen Part der Ermittlungen überlassen, und alles wäre gut. Äußerst zufrieden mit dieser Lösung atmete er befreit durch.

„Herr Kommissar?"

„Was?" Büttner schreckte aus seinen Gedanken auf. Er hatte gar nicht bemerkt, dass jemand neben ihm stand.

„Hat man Mirko genauso umgebracht wie die anderen beiden?", fragte Theo Bleckmann.

„Dazu kann ich mich erst nach der Obduktion äußern", antwortete Büttner, „aber derzeit sieht alles danach aus, ja."

„Dann wird's ja mal Zeit, dass Sie den Mörder finden", stellte Bleckmann fest, und alle anderen nickten beifällig. „Sonst murkst der uns ja noch alle ab."

„Zunächst einmal würde ich gerne wissen, ob einer von Ihnen gestern am späten Abend etwas beobachtet hat", erwiderte Büttner. „Am praktischsten wäre es sicherlich, wir würden uns wieder in der Kneipe zusammensetzen, dann könnten meine Kollegen und ich Ihre Aussagen zu Protokoll nehmen." Er dachte bei diesem Vorschlag nicht ganz uneigennützig an die guten Frikadellen, die der Wirt dort kredenzte.

„Nee. Geht nicht", schüttelte Theo Bleckmann den Kopf, und fast alle anderen in der Menschenmenge taten es ihm gleich.

„Und warum nicht?" Büttner schaute sich nach dem Gastwirt um, konnte ihn jedoch nirgendwo entdecken.

„Weil Dirk doch im Krankenhaus is." Wieder nickten alle.

Büttner, der sich gerade herabbeugen wollte, um seinen Schnürsenkel zu binden, hielt auf halber Höhe inne und richtete sich dann unverrichteter Dinge wieder auf. „Im Krankenhaus? Wegen seiner Erkältung?"

„Jo. Aber ist wohl mehr als 'ne Erkältung. Schätze mal auf Lungenentzündung. Ist gestern Abend zusammengebrochen, de Fent. Und das gerade, als Jelka ihre Geburtstagsfeier hatte. War gar nich schön, dass wir sie dabei stören mussten. Hatte sich doch so darauf gefreut, dat Wicht*."

„Hat man Jelka denn aus der Klinik entlassen?", wunderte sich Büttner.

„Jo. Nee. Also, nur für den einen Abend. Weil sie doch übermorgen in die Reha geht, irgendwo im Osten, mein ich. Und da wollte sie noch Tschüss sagen. Also ihren Freunden und so. Deshalb die Party."

„Und Herr Flessner ist während der Party zusammengebrochen?"

„Nee. Der war doch in der Kneipe. Und ein paar von uns waren auch da." Theo Bleckmann machte eine unbestimmte Geste in die Runde.

* Plattdeutsch für Mädchen

„Mirko Hayenga auch?"

„Jo. Aber nich so lange."

„Wann ist er gegangen?"

„Oh. Da müsste ich nachdenken. Hat ja ziemlich Stress gegeben mit ihm. Da haben wir gar nich so dran gedacht, auf die Uhr zu gucken, als Dirk ihn rausgeschmissen hat."

Büttner wurde hellhörig. „Es hat Stress gegeben? Wie muss ich mir das genau vorstellen?" Für ein paar Minuten musste er auf eine Antwort warten, da nun die Bestatter mit dem toten, in einem Zinksarg liegenden Mirko Hayenga aus dem Haus traten. Einige der Anwesenden zogen ihre Hüte und Mützen vom Kopf, um dem Ermordeten Respekt zu zollen. Büttner nutzte die Chance, um nun endlich seinen Schnürsenkel zu binden.

„Nun tut doch nicht so betroffen!", polterte plötzlich eine unüberhörbar wütende Stimme in die Stille hinein. „Mirko war ein Arschloch. Er hat nichts anderes verdient als den Tod. Jeder von euch weiß das. Ihr kotzt mich an mit eurer Heuchelei, ehrlich! Alles hier kotzt mich an!"

„Herr Willms!?" Büttner hatte Focko als den Schreihals identifiziert. Obwohl der junge Mann am äußeren Rand der Menge stand, war er nicht zu übersehen. Zum einen trug er seine Mütze als Einziger noch auf dem Kopf, zum anderen reckte er seine zur Faust geballte Hand immer wieder wütend in die Luft. Ohne Ton hätte man ihn für einen aufgebrachten Revolutionär halten können.

„Sie können mich mal!" Focko hatte sich von der Gruppe wegbewegt und lief nun mit ausgreifenden Schritten Richtung Kirche davon.

„Herr Willms, nun warten Sie doch, ich würde gerne mit

Ihnen sprechen!", startete Büttner einen neuen Versuch. Vergeblich. Nun ja, er würde ihn schon noch erwischen.

„Der ist sauer", stellte Theo Bleckmann treffend fest.

„Ach was. Merkt man gar nicht", knurrte Büttner. „Und was genau macht ihn so sauer?"

„Mirko hat seine Mutter vergewalticht."

„Was?" Büttner glaubte, nicht richtig verstanden zu haben. War er hier im Irrenhaus?

„Mirko hat seine Mutter vergewalticht. Also nicht seine, sondern Fockos Mutter. Luise. Hat deswegen gestern 'n büschen Stress gegeben zwischen den beiden. Also zwischen Focko und Mirko, meine ich. Und wohl auch mit Immo. Also Mirko hatte Stress mit Immo, nicht Focko. Wegen den Zetteln."

„Ähm … Moment mal." Büttner senkte den Kopf und hob die Hand. „Jetzt bitte noch mal für Nichteingeweihte."

„Jo, also, das war so …"

„Nicht hier." Büttner sah in die Menge, die den Schlagabtausch zwischen ihm und Bleckmann ebenso schweigend wie neugierig verfolgte. „Gibt es einen Ort, an dem wir in Ruhe reden können?"

„Wir könnten zu mir gehen", schlug Theo Bleckmann vor. „Bestimmt hat meine Frau das Frühstück fertich. Sie wollte nicht herkommen, wissen Sie, sie findet Leichen gruselich. Hat gemeint, ich soll man alleine gucken gehen."

„Darf ich fragen, woher Ihre Frau wusste, dass es hier eine Leiche gibt, wenn sie gar nicht hier war?", hakte Büttner nach.

„Ja nu, ich hab das Blaulicht von unserem Küchenfenster aus gesehen und hab gesacht, dass ich mal gucken geh, was hier wieder los is. Und da hat meine Frau gesacht, dass ich erst mal gucken soll, ob es wieder 'ne Leiche gibt, sonst würde sie nicht mitkommen. Hab sie dann angerufen, als klar war, dass Mirko tot is, und da hat sie gesacht, sie macht dann mal Frühstück."

„Eine kluge Entscheidung." Büttner wünschte, dass alle Rysumer so vernünftig wären, aber darauf konnte er wohl lange warten.

„So, da sind wir", sagte Theo Bleckmann wenige Minuten später.

„Ich erinnere mich", nickte Büttner und deutete auf den Bogen, der nach wie vor den Hauseingang schmückte. „War ja ordentlich was los bei Ihnen am Sonntag."

Theo Bleckmann machte eine wegwerfende Handbewegung. „Ach, erinnern Sie mich bloß nich daran! Ich hatte ja wirklich keine Ahnung, dass Ulli ausgerechnet an diesem Tach nach Hause kommen würde. Und dann stand sie auf einmal inner Tür. Ich hätte das Bogenmachen doch abgesagt, wenn ich das gewusst hätte. Und dann noch diese verdammte Schlägerei!" Er deutete auf seine Nase, die ein Heftpflaster zierte. „Da hat mir jemand mitten im Gewühl doch voll eins auf die Zwölf gegeben. Hab dann nur noch Sterne gesehen."

Inzwischen hatten sie die Küche erreicht, in der die Frau des Hauses tatsächlich ein wahres Festmahl gezaubert hatte. „Gibt es bei Ihnen immer ein so reichhaltiges Frühstück?", fragte Büttner erstaunt, nachdem er sich vorgestellt hatte. Möglichst unauffällig musterte er die Statur der beiden, die nicht ganz schlank, aber auch keineswegs zu üppig war.

„Nee", antwortete ihm Astrid Bleckmann lachend. „Das sind immer noch die Reste von der Party. War ja so plötzlich vorbei das Fest. Da ist dann viel übrig geblieben. Gott sei Dank hat Theo diese Woche ja Spätschicht."

Was genau die Spätschicht mit dem Essen zu tun hatte, erschloss sich Büttner nicht so ganz. Doch spätestens, als Astrid Bleckmann ihn nun zum Frühstück einlud, war es ihm auch egal. Nach der ersten Tasse Tee und einem gut belegten Wurstbrot wollte er das Gespräch wieder auf Mirko Hayenga und die Willms-Brüder lenken, als es plötzlich an der Tür schellte.

Astrid Bleckmann erhob sich und öffnete die Tür.

„Moin, Herr Kommissar", sagte wenig später eine zum Fürchten bleich aussehende und am ganzen Körper zitternde Luise Willms. „Man sagte mir, dass ich Sie hier finde. Ich … ich wollte nur sagen, dass niemand, den Sie verdächtigen, Mirko umgebracht hat."

Büttner verkniff sich die Bemerkung, dass bisher noch niemand Konkretes unter Verdacht geraten sei, der Mörder von Mirko Hayenga zu sein. Stattdessen fragte er nur: „Und woher wollen Sie das so genau wissen?"

„Weil ich es war."

26

„Papa?" Jelka strich ihrem Vater zum wiederholten Male über die Wange, doch er reagierte nicht. Als sie in der vergangenen Nacht in die Klinik gekommen war, hatten die Ärzte sie aufgefordert, wieder nach Hause zu fahren und am nächsten Tag wiederzukommen. Dann könne man ihr sicherlich schon mehr zum Zustand ihres Vaters sagen.

Nun aber saß sie hier an seinem Bett, ohne dass sich irgendwer bei ihr blicken ließ. Völlig schockiert hatte sie auf die Auskunft an der Information reagiert, ihr Vater liege auf der Intensivstation. Mit einem mulmigen Gefühl im Bauch hatte sie sich dorthin auf den Weg gemacht in der Hoffnung, es sei lediglich eine Vorsichtsmaßnahme. Die Gesichter der Krankenschwestern aber sprachen eine andere Sprache, als sie ihr mitteilten, ihr Vater sei ohne Bewusstsein und daher nicht ansprechbar. Auf Jelkas Frage, ob es denn schon einen Befund gebe, hatten sie nur betreten geguckt und gesagt, sie seien nicht befugt, dazu etwas zu sagen. Sobald es möglich sei, werde sich ein Arzt bei ihr melden. Es spräche nichts dagegen, dass sie sich solange zu ihrem Vater ans Bett setze.

Dirk Flessner lag, das Gesicht kalkweiß, an diverse Geräte und Schläuche angeschlossen. In seiner Nase steckte eine Sauerstoffbrille. Sein Atem ging ruhig, und dennoch glaubte Jelka, aus seiner Lunge das altbekannte Rasseln zu hören, das in den letzten Tagen immer schlimmer geworden war. Ob er sich wirklich eine Lungenentzündung eingehandelt hatte? Vermutlich. Eine verschleppte Erkältung konnte schnell zum Schlimmsten führen, das hatte schon ihre Oma immer gesagt. Und dann noch der Job in der ständig verrauchten Kneipe ... Jelka war sich sicher, dass ihre Mutter es nicht zugelassen hätte, dass er mit einem solchen Infekt überhaupt zur Arbeit ging. In diesen Dingen war sie resolut gewesen, hätte ihn ins Bett geschickt, ihm einen Lindenblütentee aufgebrüht und sich dann selbst hinter die Theke gestellt.

Jelka hatte ihre Mutter wegen dieser Vorsichtsmaßnahmen oft verflucht. Sobald sie auch nur den Anflug eines Infektes zeigte, konnte sie ihr Training vergessen. Heute wusste sie, dass sie nur deswegen immer so schnell wieder gesundet war, weil ihre Mutter in solchen Fragen kein Pardon kannte. Sie merzte eine Erkältung mit diesem Vorgehen bereits aus, bevor sie überhaupt richtig da war.

„Ach, Mama", seufzte Jelka, „du fehlst uns so. Mit dir wäre es ganz sicher nicht so weit gekommen." Sie machte sich Vorwürfe. Hätte sie nicht im Krankenhaus gelegen und sich in ihrem Leid gesuhlt, dann hätte sie auf die Krankheit ihres Vaters viel früher reagieren können. So aber hatte er sich nicht geschont, sondern sich vermutlich erst recht in die Arbeit gestürzt, um sich von all dem Kummer, den er mit seiner Tochter hatte, abzulenken – genauso, wie er es damals nach dem Tod seiner Frau gemacht hatte.

Jelka spürte, dass sie kurz davor war, in Tränen auszubrechen. Doch schluckte sie den aufsteigenden Kummer hinunter. Mit ihrem ständigen Selbstmitleid war nun wirklich keinem geholfen. Also streckte sie ihre Wirbelsäule durch, richtete sich kerzengerade auf, atmete einmal tief ein und wieder aus und sagte laut und bestimmt: „Und nur, damit das klar ist, Jelka Flessner, hier wird nicht gejammert und gemault! Du hast es gerade nicht leicht, aber anderen geht es erheblich schlechter! Also sei stark und sieh zu, dass Papa wieder auf die Beine kommt!"

Sie seufzte erneut und lehnte sich in ihrem Stuhl zurück. Wann Jonas wohl hier sein würde? Er hatte gestern mit einem Praktikum angefangen und konnte daher schlecht schwänzen, das wusste sie. Allerdings wollte er ins Krankenhaus kommen, sobald es ihm möglich war, und sie konnte seine moralische Unterstützung jetzt gut gebrauchen. Denn auch wenn sie sich ständig einzureden versuchte, dass alles nicht so schlimm wäre, so hatte sie doch Angst vor dem, was der Arzt ihr sagen würde. Eine starke Schulter zum Anlehnen konnte in solchen Momenten Wunder wirken. Normalerweise hätte sie jetzt bei Bodo angerufen, um sich wenigstens von ihm trösten zu lassen. Er hatte sich stets darauf verstanden, ihr Mut zuzusprechen. Psychisch belastende Situationen waren sozusagen sein Spezialgebiet. Doch auch ihn gab es ja nun nicht mehr. Manchmal war das Schicksal wirklich ein mieser Verräter.

Es dauerte noch rund eine Viertelstunde, bis endlich die Tür aufschwang und ein Mann in weißem Kittel hereinkam. Jelka war so in ihre Gedanken versunken, dass sie einen Moment brauchte, um festzustellen, dass es sich bei dem Arzt um Doktor Gruber handelte. Erfreut strahlte sie ihm entgegen. Sie war unendlich erleichtert, keinem völlig fremden Arzt gegenüberzustehen. Wenn Doktor Gruber sich um ihren Vater kümmerte, obwohl der ihn auf so miese Weise abgekanzelt hatte, dann würde alles gut werden.

„Ja, ich weiß ja", sagte Jelka entschuldigend, als der Doktor sie mit ernstem Gesicht ansah. „Ich sollte längst wieder auf meiner Station sein." Sie deutete auf ihren Vater. „Aber unter diesen Umständen …"

Doktor Gruber verzog keine Miene. Er zog sich einen Stuhl heran, setzte sich ihr gegenüber und sah sie lange schweigend und ernst an.

„Sie müssen echt nicht böse sein, ich …", setzte Jelka erneut zu einem Erklärungsversuch an, doch eine Geste des Doktors ließ sie verstummen. „Was ist?", fragte sie erstickt. „Warum sind Sie sauer?"

„Ich bin nicht sauer, Jelka", antwortete der Arzt leise. „Ich bin nicht hier, weil du nicht auf deinem Zimmer bist. Natürlich bist du hier bei deinem Vater, alles andere wäre ja …" Er ließ den Rest des Satzes unausgesprochen in der Luft hängen. Sein Blick wanderte zu seinem Patienten, und er schüttelte kaum merklich den Kopf, bevor er tief Luft holte und sagte: „Es tut mir leid, Jelka, dein Vater ist sehr krank."

Bei den Worten des Arztes ergoss sich eine eiskalte Welle über Jelkas Eingeweide. Sie versuchte es zu ignorieren, doch sie begann am ganzen Leib zu zittern. Nun nickte sie heftig, um sich selbst Mut zu machen. Bestimmt wollte der Arzt doch nur … „Sicher, seine Lungenentzündung", stieß sie übereifrig hervor. „Das habe ich mir schon gedacht. Aber kein Problem. Ich werde meine Reha verschieben und mich um ihn kümmern. Die Reha rennt ja schließlich nicht weg." Als der Arzt darauf nichts erwiderte, sondern nur seinen Kopf senkte, fügte sie mit einem bemühten Lachen hinzu: „Also nicht so schnell wie ich, meine ich natürlich."

Als Doktor Gruber noch immer nichts sagte, senkte auch sie den Kopf und wisperte: „Es ist schlimmer, oder?"

Der Arzt nickte. Jelka traute sich kaum, den Blick zu heben, und linste ihn von unten herauf an. Sie schluckte schwer, als sie sah, dass sich seine Augen mit Tränen füllten, obwohl er krampfhaft darum bemüht war, sich seine Emotionen nicht anmerken zu lassen.

„Es tut mir so leid, Jelka", presste er hervor. „Es ist … dein Vater hat Lungenkrebs."

„Krebs?", hauchte sie. In ihr drehte sich plötzlich alles und sie spürte, wie alles Blut aus dem Kopf in die Beine sackte. Mit aller Macht versuchte sie, aus dem Albtraum aufzuwachen, doch was sie auch anstellte, es blieb bittere Realität. „Krebs? Ganz sicher?", vergewisserte sie sich in der Hoffnung, dass sich jetzt alles als eine simple Halluzination herausstellte.

„Er weiß es schon länger", sagte Doktor Gruber. „Anscheinend hat er dich nicht damit belasten wollen. So, wie es aussieht, hat er wohl niemandem davon erzählt."

„Woher wissen Sie das alles?", fragte Jelka mit bebender Stimme. „Ich meine, Papa ist doch gar nicht ansprechbar."

„Er war es aber, als mein Kollege ihn letzte Nacht untersuchte. Da dieser Kollege wusste, dass du bei mir in Behandlung bist, hat er mich davon unterrichtet. Ich … Deswegen bin ich hier. Ich dachte, es ist am besten, wenn ich es dir sage."

Jelkas Gedanken verdrehten sich zu einem einzigen Strudel aus Worten und Gefühlen, der sie in einen Abgrund zu reißen drohte. „Heißt das … heißt das … Papa wird auch sterben?" Sie wusste nicht zu sagen, ob sie diese Frage tatsächlich gestellt oder nur gedacht hatte. Sie wusste gar nichts mehr. Das alles hier konnte doch wirklich nur ein böser Traum sein. Aber warum zum Teufel wachte sie dann nicht auf?

Als Doktor Gruber nun aufstand und sie fest in den Arm nahm, wusste sie, dass dies die Antwort auf ihre Frage war. Gerne hätte sie sich jetzt schluchzend an ihn gedrückt und geweint und geweint und geweint. Doch sie hatte nicht einmal mehr Tränen. Alles, was sie spürte, war eine unendliche Leere, die vermutlich nichts und niemand je wieder würde füllen können.

27

„Okay. Aber ich glaube ihr kein Wort." Mit einem unwilligen Kopfschütteln ließ David Büttner den Telefonhörer auf die Gabel fallen. Er zog einen Schokoriegel aus der Schublade seines Schreibtisches, entfernte das Papier und schmiss es in den Papierkorb. Er brauchte jetzt Nervennahrung. „Auch wenn Luise Willms mit ihrer Verhaftung schuld daran ist, dass ich das fantastische Frühstück bei den Bleckmanns nicht mehr genießen konnte, so glaube ich im Leben nicht, dass sie eine Mörderin ist."

„Sie hat durchaus ein Motiv", gab Sebastian Hasenkrug zu bedenken. „Nach allem, was wir jetzt wissen, hat sich Mirko Hayenga ihr gegenüber extrem schäbig benommen, auch wenn laut ärztlichem Bericht nicht nachweisbar ist, dass er sie wirklich vergewaltigt hat."

„Ja, für Mirko Hayenga hatte sie womöglich ein Motiv. Aber für die anderen nicht."

„Für die anderen?" Hasenkrug sah seinen Chef perplex hat. „Sie hat auch die anderen Morde gestanden?"

„Ja." Büttner machte eine Kopfbewegung zum Telefon hin. „Gerade wurde mir mitgeteilt, dass sie behauptet, auch für die Morde an Bodo Lübbers und Tjardo Willms verantwortlich zu sein. Man möge es mir bitte ausrichten."

Er biss in seinen Schokoriegel und wiederholte mit vollem Mund: „Ich glaube ihr kein Wort."

„Und warum sollte sie Taten gestehen, die sie gar nicht begangen hat?" Hasenkrug schien von der Unschuld Luise Willms' noch nicht ganz so überzeugt zu sein wie sein Chef.

„Ganz einfach. Weil sie jemanden schützen möchte. Nämlich ihre Söhne."

„Hm." Hasenkrug zog eine Grimasse. „Dann scheint sie mehr zu wissen als wir. Oder habe ich was verpasst? Gibt es Hinweise darauf, dass Immo und Focko etwas mit den Morden zu tun haben?"

Büttner schnaubte, während er auf dem letzten Bissen seines Schokoriegels herumkaute. „Gibt es in diesem verdammten Fall überhaupt irgendwelche Hinweise?", brummte er. „Aber zu den Söhnen: Ja, anscheinend haben auch sie sich gestern mit Mirko Hayenga angelegt. Wegen der Sache mit ihrer Mutter und wegen irgendwelcher Zettel."

„Was für Zettel?"

„Laut Bleckmann hat Hayenga ein paar dieser ach so wirren Aufzeichnungen von Immo aus dem Haus von Luise Willms entwendet und sie überall im Ort an Laternenpfählen und so weiter aufgehängt."

„Echt? Warum denn das? Sind die Leute in Rysum denn alle irre geworden?"

„Könnte man annehmen", nickte Büttner. „Vielleicht hilft es, wenn wir einen hohen Zaun ums Dorf ziehen, was meinen Sie, Hasenkrug?"

Sein Assistent ignorierte diese rhetorische Frage seines

Chefs und sagte: „Und außerdem: Wer bringt denn wegen einer solchen Sache gleich seinen Nachbarn um?"

„Mirko Hayenga scheint ein Provokateur gewesen zu sein, wie er im Buche steht. Gut möglich, dass da mal jemandem die Hutschnur geplatzt ist", wandte Büttner ein.

„Klingt mir alles ein wenig weit hergeholt", widersprach Hasenkrug. „Zumal wir ja auch noch zwei weitere Opfer haben. Womit sich wieder die Frage nach dem Motiv für diese Morde stellt."

„Auf Tjardo Willms waren beide Brüder sauer, weil er angeblich am schleichenden Niedergang ihrer Mutter schuld war und die Existenz seiner Söhne quasi geleugnet hat", erwiderte Büttner. „Vielleicht ist zwischen den dreien in der letzten Zeit irgendetwas vorgefallen, von dem wir noch keine Kenntnis haben. Wir sollten an dieser Stelle noch mal genauer hinsehen."

„Und Bodo Lübbers?", ließ Hasenkrug nicht locker.

Büttner seufzte. „Ja, ja, unser Bodo. Bis auf die Tatsache, dass Immo Willms ein Faible für dessen Ehefrau zu haben scheint, fällt mir nichts dazu ein. Vielleicht haben die Brüder einfach eines schönen Tages beschlossen, alle vermeintlichen Störfaktoren ihres beschaulichen Dorfes auszumerzen."

„Glaube kaum, dass ein Richter dieser dünnen Argumentationskette etwas abgewinnen könnte." Auch Hasenkrug stieß jetzt einen tiefen Seufzer aus. „Und jetzt?"

„Jetzt nehmen wir uns die beiden Brüder mal vor. Ich habe sie von Frau Weniger einbestellen lassen."

„Zusammen oder getrennt?"

„Getrennt. Sie nehmen Focko, ich nehme Immo. Und

dann schauen wir mal, ob sie dieselbe Story zu erzählen haben." Büttner erhob sich von seinem Stuhl.

„Sie haben sich bestimmt abgesprochen", mutmaßte Hasenkrug, der nun ebenfalls aufstand.

„Gut möglich. Auch wissen wir nicht, ob sie von der aufopferungsvollen Tat ihrer Mutter wussten, bevor sie ihr ominöses Geständnis abgelegt hat. All das werden wir nur erfahren, wenn wir mit ihnen reden."

Na, das konnte ja heiter werden. Mit schiefgelegtem Kopf und gekräuselten Lippen beobachtete Büttner von der Tür des Vernehmungsraums aus Immo Willms, der an einem Tisch saß und wie wildgeworden auf irgendwelchen Zetteln herumkritzelte.

„Er fragte, ob er Blätter und Stift bekommen könne", zuckte eine Kollegin in Uniform die Schultern, als Büttner sie nun halb fragend, halb vorwurfsvoll ansah. „Ich habe sie ihm gebracht. Seither ist er deutlich ruhiger."

„Deutlich ruhiger, soso." Büttner fragte sich, wo genau an einem wie besessen Schreibenden der Entspannungsfaktor auszumachen sein sollte. „Danke schön." Büttner nickte ihr zu, was sie als Zeichen nahm, den Raum zu verlassen.

„Moin, Herr Willms. Wie ich sehe, haben Sie ein Mittel gefunden, die Wartezeit zu überbrücken", begrüßte Büttner den Vorgeladenen.

Immo hob kurz den Blick, kritzelte dann jedoch weiter.

„Darf ich fragen, was Sie da schreiben?", fragte Büttner, nachdem er sich gesetzt hatte. Er beugte sich vor, um sich das Geschreibsel anzusehen, aber Immo zog daraufhin den

Zettel noch näher an sich heran. Anscheinend fand er an Mitwissern keinen Gefallen.

Büttner beobachtete sein Gegenüber für eine Weile und fragte sich, wie geistig eingeschränkt der junge Mann wohl tatsächlich war. Ihm ging auf, dass er ihn zwar schon häufiger wahrgenommen, jedoch noch nie mit ihm gesprochen hatte. „Herr Willms", sagte er schließlich, „würde es Ihnen etwas ausmachen, Zettel und Stift beiseitezulegen? Ich würde mich gerne ein wenig mit Ihnen unterhalten."

Immo hielt kurz in seinem Schreibfluss inne und sah auf. „Entschuldigen Sie, Herr Kommissar", sagte er, „aber glauben Sie mir, für uns beide ist es besser, wenn ich weiterschreibe. Situationen wie diese machen mich extrem nervös. Ich … ich könnte ohne zu schreiben nicht ruhig sitzen bleiben. Ich kann leider nicht anders."

„Nun, dann ist es eben so", erwiderte Büttner mit wenig Begeisterung, ließ es jedoch dabei bewenden. Wenigstens schien der junge Mann nur in dieser Hinsicht ein bisschen seltsam zu sein; mit ihm eine vernünftige Unterhaltung zu führen, stellte hingegen offensichtlich kein Problem dar.

„Ich habe nicht gewusst, dass meine Mutter ein Geständnis ablegen würde", erklärte Immo, ohne dass er gefragt worden war. „Glauben Sie mir, Herr Kommissar, ich bin genauso schockiert wie Sie. Keine Ahnung, wie sie darauf kommt, solch einen Scheiß zu machen."

„Sie glauben nicht, dass Ihre Mutter Mirko Hayenga ermordet hat?"

„Quatsch!", erwiderte Immo, ohne aufzublicken. „Meine Mutter könnte keiner Fliege etwas zuleide tun. Ganz im

Gegenteil war es immer sie, die man für ihre Gutmütigkeit hat leiden lassen. Von allen, die in Rysum leben, wäre sie vermutlich die Letzte, die sich gegen irgendetwas zur Wehr setzt."

„Warum sind Sie sich da so sicher?"

Immo schnaubte. „Ich kenne sie, seit ich auf der Welt bin. Und sie ist eine Säuferin. Glauben Sie, dass sie ihren Frust in Alkohol ertränken würde, wenn sie eine Möglichkeit sähe, sich auf andere Art zu wehren?"

Gar nicht so dumm argumentiert, befand Büttner, wenn auch nicht wirklich überzeugend. Denn nachweislich gab es Menschen genug, die sowohl saufen als auch morden konnten. Manche tranken sogar, um ein Verbrechen überhaupt begehen zu können. Nicht jeder, der sich ständig die Kante gab, war also auch zwangsläufig harmlos. Das konnten nicht zuletzt all jene bezeugen, die schon mal ein Frauenhaus von innen gesehen hatten.

„Wann haben Sie Ihre Mutter denn zum letzten Mal gesehen?", fragte Büttner. „Womöglich hat sie für die Tatzeit ja ein Alibi."

„Gestern Mittag", antwortete Immo. „Ich musste sie … es war ein Notfall."

„Sie meinen die mutmaßliche Vergewaltigung?"

„Sie wissen davon?" Immo schien ehrlich erstaunt.

„Wir sind die Polizei. Wir wissen so was."

„Ich habe mich um Mama gekümmert. Sie war sturzbetrunken, als ich sie vorfand. Kurzzeitig habe ich sogar überlegt, einen Notarzt zu rufen, weil sie auf nichts mehr reagierte. Mirko, die Drecksau, hatte sie bis zum Anschlag mit Schnaps abgefüllt."

„Das lässt sich schwerlich nachweisen", stellte Büttner fest. „Vielleicht hat Ihre Mutter den Schnaps ja auch freiwillig konsumiert. Immerhin ist sie ja …"

„Alkoholikerin. Ja, ich weiß", winkte Immo mit einer Geste ab. Er schob seinen Stift beiseite, legte seinen Kopf in den Nacken und fuhr sich mit beiden Händen durchs dichte, blonde Haar. „Aber darum geht's ja auch nicht", seufzte er. „Was auch immer zwischen den beiden vorgefallen ist: Fakt ist, dass er sie nackt auf dem Küchentisch hat liegen lassen. Außerdem stand die Haustür offen. Meine Großtante hat sie so gefunden. Können Sie sich vorstellen, wie es der alten Frau damit ging?"

Büttner schluckte schwer. Davon hatte er nichts gewusst. Was für eine Demütigung für die Frau, die Mutter und die beiden Jungs! Fast könnte er verstehen, wenn einer von ihnen daraufhin ausgerastet wäre. Tolerieren dürfte er es natürlich trotzdem nicht. „Und dann hat er auch noch Ihre … ähm … schriftstellerischen …"

„Ich bin kein Schriftsteller, ich schreibe nur", unterbrach Immo ihn barsch. „Und ja, Mirko war die Demütigung meiner Mutter offensichtlich noch nicht genug. Nein, er musste es auch noch mir heimzahlen."

„Heimzahlen?", fragte Büttner.

„Ja. Wir, also Focko und ich, hatten ihm unmissverständlich klargemacht, dass er die Finger von unserer Mutter lassen soll. Das wollte er sich nicht gefallen lassen. Irgendetwas in der Art hat er jedenfalls gefaselt, als wir ihn uns vorgeknöpft haben."

„Sie müssen ordentlich zugeschlagen haben, sagt die Gerichtsmedizinerin. Er hatte am ganzen Körper Hämatome, die ihm Stunden vor seiner Ermordung zugefügt worden sein müssen."

Immos Finger fingen erneut an zu zittern. Er griff nach seinem Stift. „Ja, wir haben ein bisschen Punchingball mit ihm gespielt", sagte er so unbeteiligt, als würde er über das Wetter referieren, während sein Stift über den Zettel flog. „Aber umgebracht haben wir ihn nicht. Er konnte sogar noch alleine nach Hause laufen, um dort seine Wunden zu lecken."

„Wo war das?", fragte Büttner.

„Wir haben ihn am Nachmittag erwischt, als er schon wieder zu unserer Mutter ins Haus wollte. Der Typ ist …" Immo grinste hämisch und korrigierte sich: „Der Typ *war* so dreist, der hatte längst mal eine Abreibung verdient."

Büttner fiel es schwer zu glauben, dass Immo derartig gewalttätig sein konnte. Bisher hatte er ihn immer nur flüchten sehen, wenn es brenzlig wurde. Focko schien ihm da schon eher ein Kandidat zu sein. „Wie kommt Ihre Mutter dann auf die Idee, Sie hätten es getan?", startete er einen Überraschungsangriff.

„Das müssen Sie sie schon selber fragen", kam die prompte Antwort. Immo sah vom Schreiben auf. „Wenn Sie jetzt glauben, Focko und ich seien noch nicht auf die Idee gekommen, dass unsere Mutter uns schützen will, dann muss ich Sie enttäuschen. Natürlich war das die erste Vermutung, die wir hatten, als wir von ihrem völlig absurden Geständnis hörten. Dabei haben wir beide ein Alibi."

„Und das wäre in Ihrem Fall welches?"

„Ich war den ganzen Abend bei Ulli."

„Ulli?"

„Ulrike Lübbers."

„Was haben Sie da gemacht?" Büttner war bemüht, sich seine Verwunderung nicht anmerken zu lassen. Und noch ein Gefühl verspürte er bei der Nennung dieses Namens, das er jedoch sogleich wieder verdrängte.

Immos Mundwinkel umspielte ein Lächeln. „Das muss und werde ich Ihnen nicht sagen. Aber wenn Sie eine Bestätigung wollen, dann müssen Sie Ulli nur fragen."

„Nun, das werde ich tun. Ihre Mutter hat übrigens auch die beiden anderen Morde gestanden."

Diesmal gelang die Überraschung. Immo stutzte kurz, dann hob er seinen Kopf wie in Zeitlupe und sagte heiser: „Das kann nicht sein."

„Leider ist es so."

Immo war sichtlich schockiert. Er musterte Büttner aufmerksam, wohl um herauszufinden, ob der bluffte. Anscheinend erkannte er dafür keinerlei Anzeichen und wiederholte: „Das kann nicht sein." Er rieb sich mit beiden Händen durchs Gesicht. „Warum, um Himmels willen, sollte sie das tun? Sie kann doch wohl kaum annehmen, dass Focko und ich auch Bodo und Tjardo auf dem Gewissen haben."

„Leider hatte ich noch keine Gelegenheit, Ihre Mutter dahingehend zu befragen, da es ihr nicht gut ging und sie zunächst ärztlich versorgt werden musste", entgegnete Büttner. „Aber ich würde mal behaupten, dass es ganz danach aussieht. Und jetzt frage ich mich natürlich, warum."

„Das frage ich mich allerdings auch." Immo schloss die

Augen und schüttelte den Kopf. „Ich fasse es einfach nicht", stöhnte er. „Warum macht sie das denn nur?"

Diese Frage stellte sich Büttner so langsam ebenfalls, denn auch ihm schien es nach diesem Gespräch immer unwahrscheinlicher, dass Immo etwas mit den Morden zu tun hatte. Es war mehr ein Bauchgefühl als eine sachlich erklärbare Vermutung. Natürlich konnte es immer noch der Bruder gewesen sein, doch auch dahingehend hatte er so seine Zweifel. Er konnte also nur Hasenkrugs Analyse abwarten. Große Hoffnungen aber, dass diese anders ausfallen würde als die seine bei Immo, hatte er nicht.

Wer also war der Mörder?

Büttner hatte gerade für sich beschlossen, die Vernehmung an dieser Stelle abzubrechen, als ihm noch etwas einfiel. „Was ist eigentlich aus all den Zetteln geworden, die Ihr Bruder von den Laternenpfählen gesammelt hat?", fragte er.

„Die sind immer noch bei Dirk Flessner in der Kneipe", antwortete Immo mit brüchiger Stimme. „Ich habe sie noch nicht abgeholt. Ist auch nicht so wichtig."

„Hm. Da kommt wohl momentan sowieso keiner rein", stellte Büttner fest. „Wie ich hörte, ist Herr Flessner gestern ins Krankenhaus eingeliefert worden."

„Ja." Immo atmete ein paarmal schwer ein und aus. „Die arme Jelka. Möchte gar nicht wissen, wie es ihr jetzt geht. Oh Mann. Das glaubt man echt nicht. Nun auch noch ihr Vater. Keine Ahnung, womit sie dieses Scheißkarma verdient hat."

„Welches Scheißkarma?", fragte Büttner alarmiert.

„Sie wissen es noch nicht?" Immo schien ehrlich verdutzt. „Ganz Rysum weiß es schon."

„Was weiß ich noch nicht?" Büttner war sich ziemlich sicher, dass er die Antwort gar nicht hören wollte, denn Immos Bemerkungen verhießen nichts Gutes.

„Lungenkrebs. Dirk hat Lungenkrebs. Sieht nicht gut aus für ihn."

Büttner wurde plötzlich übel und er hatte das Gefühl, in diesem engen Raum zu ersticken.

28

Immo und Focko hatten für den Mord an Mirko Hayenga Alibis vorzuweisen. Immo war zur Tatzeit bei Ulrike Lübbers gewesen, was diese bestätigte, während Focko mit Freunden in einer Emder Kneipe gesessen hatte. Angeblich wusste das auch ihre Mutter. Warum also hatte sie ein Geständnis abgelegt?

Büttner saß genau wie Hasenkrug wieder an seinem Schreibtisch. Beide waren ratlos. Je mehr sie versuchten, hinter dem Geständnis irgendeine Logik zu erkennen, desto abwegiger schien es ihnen zu sein. Oder bluffte Luise Willms gar nicht, sondern war tatsächlich die Mörderin?

Büttner hoffte, dass er in absehbarer Zeit mit ihr würde reden können, aber Luise ging es schlechter als erwartet. Wie Frau Weniger soeben mitgeteilt hatte, war ihre vermeintliche Täterin ins Krankenhaus eingeliefert worden und wurde dort intensivmedizinisch behandelt. Die zahlreichen Alkoholexzesse der letzten Zeit hatten ihrer Leber wohl erheblichen Schaden zugefügt, und nun war auch noch eine gefährliche Infektion hinzugekommen. Laut Aussage der Ärzte hieß es: abwarten und hoffen. Vernehmungsfähig sei sie auf gar keinen Fall.

Das war nicht gerade das, was Büttner hören wollte. Ohne eine weitere Aussage von Luise würden sie in ihren

Ermittlungen vermutlich keinen entscheidenden Schritt weiterkommen. Ob dies *mit* ihrer Aussage gelang, war zwar auch fraglich, aber immerhin hätten sie es dann versucht.

„Ich fahre noch mal nach Rysum", verkündete Büttner. „Vielleicht hat ja am Mordabend doch irgendjemand was gesehen. Immerhin wurde Mirko Hayenga nicht, wie seine beiden Vorgänger, mitten in der Nacht ermordet, sondern deutlich vor Mitternacht."

„Würde mich wundern, wenn in Rysum nicht um spätestens zwanzig Uhr die Bürgersteige hochgeklappt werden", meinte Hasenkrug. „Wer sollte sich denn da wohl noch so spät herumtreiben?"

„Sie vergessen die Kneipe, Hasenkrug", erwiderte Büttner, während er sich den Mantel überzog. „Sie muss an diesem Abend gar nicht so schlecht besucht gewesen sein. Und außerdem hat Jelka ihren Geburtstag gefeiert. Wie wir inzwischen wissen, traf ihr Vater mit dem Rettungswagen gegen halb zwölf im Krankenhaus ein. Es waren also auch nach der Tatzeit, die Frau Doktor Wilkens nun mit circa zweiundzwanzig Uhr angibt, noch diverse Leute unterwegs."

„Meinen Sie nicht, dass sich schon jemand bei uns gemeldet hätte, wenn etwas Auffälliges passiert wäre?", fragte Hasenkrug.

„Manchmal muss man Leute erst darauf stoßen, dass sie etwas beobachtet haben", behauptete Büttner. „Und wenn Sie mitkämen, Hasenkrug, dann würden wir vielleicht noch schneller etwas herausfinden. Oder wie hatten Sie sonst so geplant, diesen Tag zu verbringen?"

„Ehrlich gesagt sind mir bei diesem Fall die Ideen ausgegangen", gab Hasenkrug zu und stand auf. „Vielleicht haben sie recht, Chef. Unsere einzige Chance, noch etwas herauszubekommen, sind die Menschen in Rysum. Womöglich sind sie so abgelenkt vom Schicksal ihres Gastwirts, dass sie gar nicht mehr über den neuerlichen Mord nachdenken."

„Ja. Zumal Mirko Hayenga nicht gerade beliebt war", erwiderte Büttner, während sie zum Parkplatz gingen. „Kann also gut sein, dass sie sich um die ungewisse Zukunft ihrer Kneipe mehr Gedanken machen als über Hayengas plötzliches Ableben."

„Auch bei Morden wird wohl irgendwann ein gewisser Sättigungsgrad erreicht", stellte Hasenkrug feixend fest. „Noch ein, zwei Leichen mehr und sie schauen gar nicht mehr hin."

„Zumindest wenn es sich um ähnliche Sympathieträger handelt, wie Tjardo Willms und Mirko Hayenga es offensichtlich waren", nickte Büttner. „Na ja, bei manchen Zeitgenossen ist der empfundene Verlust eben nicht so groß wie bei anderen. Da hat man es in solch einer Dorfgemeinschaft dann auch nicht ganz so eilig, den Mörder zu finden. Was ja verständlich ist. Nur dürfen wir so was in unserem Job natürlich nicht laut sagen." Er hob belehrend den Zeigefinger. „Und deshalb habe ich auch nichts gesagt. Verstanden, Hasenkrug?"

„Bitte? Haben Sie was gesagt, Chef?", grinste sein Assistent.

Der erste Weg der Polizisten führte sie zu den Heidrichs, doch war dort niemand zu Hause. Auch stand kein Auto vor der Tür, sodass sie davon ausgehen mussten, dass das Ehepaar ausgeflogen war. Gerne hätte Büttner den Hausherrn noch mal nach seinem Verhältnis zu Ulrike Lübbers befragt. Allein schon, um ihn in Verlegenheit zu bringen – gesetzt den Fall, dass das bei einem so abgebrühten Mann wie ihm überhaupt möglich war. Noch war zudem der Verdacht, die ersten beiden Morde könnten etwas mit den von Heidrich im Versicherungsbüro aufgedeckten Betrügereien zu tun haben, nicht gänzlich ausgeräumt.

„Die Kneipe ist offen", sagte Hasenkrug, als sie von Heidrichs Villa Richtung Ortskern gingen. „Ich dachte, der Wirt ist im Krankenhaus."

„Das dachte ich allerdings auch", murmelte Büttner. „Also sollten wir mal nachsehen, was da los ist."

Als Büttner wenig später sah, wer hinter der Theke stand, fiel ihm wieder ein, dass Dirk Flessner eine Aushilfskraft hatte. Ihr Name war ihm natürlich entfallen, aber er erinnerte sich, sie schon mal hier getroffen zu haben.

„Moin, Luna, wir haben gar nicht erwartet, dass die Kneipe geöffnet hat", sagte Hasenkrug, woraufhin ihm sein Chef einen bewundernden Blick zuwarf. Da wusste der Kerl doch ohne nachzugucken, wie die junge Frau hieß! Respekt!

„Wir haben gesacht, dass Luna die Kneipe aufmachen soll", meldete sich Theo Bleckmann zu Wort, der am Tresen saß und ein frisch gezapftes Bier in der Hand hielt. „Ist ja sonst blöd für Dirk, wenn er die ganze Zeit kein Geld verdient. Die ganzen Kosten laufen ja weiter, wenn er nich da ist. Nee, nee, da müssen wir schon für sorgen, dass er nicht pleite is, wenn er wiederkommt."

„Sie glauben, dass er wiederkommt?", fragte Hasenkrug, woraufhin er von seinem Chef einen tadelnden Blick kassierte. „Ähm … ich meine, dass er *bald* wiederkommt?", korrigierte er sich rasch.

„Nee, bald nicht." Theo Bleckmann schüttelte mit einer Geste des Bedauerns den Kopf. Eilert Bloem und drei andere Männer, die neben ihm saßen, taten es ihm gleich. „So 'nen Scheißkrebs kriegste ja nicht von heute auf morgen wech."

Da hatte er leider recht. „Wissen Sie, ob Jelka wieder in der Klinik ist?", fragte Büttner.

„Jo", nickte Eilert Bloem. „Sie sitzt wohl Tag und Nacht am Bett ihres Vaters, wie man hört. Gibt's ja nicht oft, so 'n tapferes Mädchen wie unsere Jelka, das muss man wohl sagen. Gut nur, dass sie ihren Jonas hat. Hätt' ja auch abhauen können, de Fent, jetzt, wo doch ihr Bein ab is. Aber nee, der bleibt. Muss man schon Respekt haben vor dem Kerl."

„Gegen die Liebe kannste eben nix machen", nickte Theo Bleckmann wissend. Er nahm einen kräftigen Schluck Bier und wischte sich mit dem Ärmel seines Pullovers den Schaum vom Mund.

„Als wenn du da was von verstehen würdest", schüttelte Eilert Bloem sogleich missbilligend den Kopf.

„Möchten Sie auch was trinken?", fragte Luna an Büttner und Hasenkrug gewandt.

„Hätten Sie vielleicht noch eine von diesen köstlichen Frikadellen da?", wollte Büttner wissen.

Luna grinste. „Ja, hab ich mir extra bringen lassen. Die gehen immer gut, und Dirk verdient was dran."

„Dann hätte ich gerne zwei", freute sich Büttner. „Mit Ketchup. Und mein Assistent hätte auch gerne zwei. Dazu zwei Cappuccino, bitte."

„Aber ich …", setzte Hasenkrug zum Protest an, wurde jedoch sofort von seinem Chef unterbrochen. „Der Wirt verdient dran, Hasenkrug, also seien Sie mal ein bisschen sozial, auch wenn dies offensichtlich nicht Ihrem Naturell entspricht."

„Also … ts!" Hasenkrug schüttelte empört den Kopf, erwiderte jedoch nichts. Das wollte ihm Büttner auch geraten haben, denn dies war weder der richtige Ort noch die richtige Zeit, um sich irgendwelchen Streitereien unter Kollegen hinzugeben. Außerdem würde Hasenkrug ein bisschen Humor ja wohl vertragen können.

Büttner setzte sich auf einen freien Barhocker und wandte sich wieder an Theo Bleckmann: „Sie hatten heute Morgen vor dem Haus von Mirko Hayenga erwähnt, dass dieser gestern Abend mit dem Wirt in Streit geraten sei. Leider weiß ich bis jetzt nicht, was der Anlass für diese Auseinandersetzung war. Können Sie mir da weiterhelfen?"

„Das war doch wegen diesen blöden Zetteln", antwortete Eilert Bloem, als Theo Bleckmann die Stirn krauszog und den Kommissar fragend ansah. Offensichtlich erinnerte er sich nicht mehr an seine Bemerkung vom Morgen.

„Sie meinen die Zettel von Immo Willms?", erkundigte sich Büttner. „Wie man hört, hat Mirko Hayenga sie an die Laternenpfähle geklebt."

„Ja", nickte Bloem, „und nicht nur daran. Dirk hatte sie mit hierher genommen. Also die, die Focko wieder eingesammelt hatte. Mirko hat sie dann hinter der Theke liegen sehen und sich halb schlappgelacht und gemeint, das wäre ja mal ein Riesencoup von ihm gewesen, Immo mit seinem dämlichen Geschreibsel so zu blamieren, und dass wir doch mal zusammen nachgucken könnten, was auf den Zetteln eigentlich so draufsteht."

„Und dann?" Büttner nickte Luna freundlich zu, die gerade den Cappuccino und die Frikadellen vor ihnen abstellte.

„Und dann hat Dirk gesacht, dass Mirko sich zum Teufel scheren soll", mischte sich Theo Bleckmann ins Gespräch ein. Anscheinend wusste er nun wieder, wovon die Rede war. „Hat Mirko aber nich gemacht."

„Nee, hat er nich", bestätigte Eilert Bloem. „Stattdessen hat er immer weiter gezetert und irgendein dummes Zeug von sich gegeben. Total genervt hat der, aber so was von!"

Alle anwesenden Männer nickten.

„Und dann hat Herr Flessner ihn rausgeschmissen?", fragte Büttner zwischen zwei Bissen Frikadelle.

„Jo. Und Mirko ist dann auch gegangen", antwortete Theo Bleckmann.

„Das war alles?" Büttner vermisste die Pointe.

„Nee."

„Nee?"

„Nee."

„Sondern?"

„Wir dachten ja, dass der nun wechbleibt. Ey, der hat echt so genervt, das ging gar nicht!" Eilert Bloem schüttelte den Kopf, und wieder taten alle anderen Kneipengäste es ihm gleich.

„Er blieb aber nicht weg?", erkundigte sich Hasenkrug

und klang dabei leicht gereizt. Anscheinend hätte auch er die Sache nun gerne mal auf den Punkt gebracht.

„Nee, der blieb nich wech", bestätigte Eilert Bloem. „Hat nich lange gedauert, und der stand wieder hier an der Theke. Diesmal mit 'nem großen Müllsack inner Hand."

„Mit einem Müllsack? War da was drin?", fragte Büttner.

„Zettel. Schon wieder welche von Immo. Hat er zumindest behauptet. Der wollte echt keine Ruhe geben, der Dösbaddel. Dabei hatte Dirk ihm deutlich gesagt, dass er so einen Scheiß in seiner Kneipe nich gebrauchen kann."

„Jo", mischte sich Theo Bleckmann wieder ein. „Und dann hat Mirko den ganzen Sack mitten im Raum ausgeschüttet und hat dabei gelacht wie so 'n Bekloppter. Keiner hier hat gelacht, außer ihm. War ihm aber egal, weil er wohl fand, dass er was total Lustiges macht." Bleckmann machte vor seinem Gesicht einen Scheibenwischer. „Der war total durchgedreht gestern Abend. Ich hab noch gedacht, was der wohl genommen hat. Bekloppt war er ja schon immer, aber so schlimm war's noch nie."

„Hat keine Sau interessiert, was Immo da geschrieben hat", ergänzte Eilert Bloem, nachdem er sich noch ein Bier bestellt hatte. „Mirko dachte wohl, wir würden das jetzt lesen und uns drüber kaputtlachen. Wat 'n Kindskopp. Nun mal ehrlich." Auch er wedelte nun mit der Hand vor seinem Gesicht herum. „Rumgeplärrt hat der wie so 'n Bescheuerter, als er gemerkt hat, dass sich keiner für seine Gemeinheiten interessiert."

„Wie ging es dann weiter, nachdem all die Zettel auf dem Boden lagen?", fragte Hasenkrug.

„Als Mirko auch noch damit anfing zu erzählen, wie

oft er Luise angeblich in der Nacht davor flachgelegt hat, ist Dirk total ausgerastet", erklärte Theo Bleckmann. „Er hat Luise ja immer schon in Schutz genommen. Ist einer der wenigen, die sich überhaupt noch um sie kümmern. Knallrot war Dirk vor Wut. Hat ihm nich gutgetan, das Rumschreien. Wir dachten, der erstickt uns hier, so hat der gehustet."

„Und Hayenga?"

„Der hat genauso rumgeplärrt wie Dirk. Dann hat er Dirk den Rauch seiner Zigarette direkt ins Gesicht geblasen, obwohl der doch schon so schlimm gehustet hat. Und da dachten wir echt, jetzt ist es vorbei mit Dirk. Hat nach Luft geschnappt wie so 'n Karpfen und dabei die Augen weit aufgerissen. Wir dachten echt, der verreckt uns hier."

„Jo", sagte nun Eilert Bloem. „Und da hat Mirko es mit der Angst gekriecht und ist abgehauen."

„Mit den Zetteln?", wollte Büttner wissen.

„Nee. Die hat er alle hier liegen lassen. Wir haben die dann wieder zurück in den Sack gesteckt, weil Dirk doch gar nich dazu in der Lage war, mit seinem Husten."

„Und dann haben Sie Herrn Flessner zu seiner Tochter gebracht", vermutete Büttner.

„Nee."

„Nee?"

„Nee. Das war viel später. Dirk hat sich dann erst mal nach oben zurückgezogen. Hat über der Kneipe sein Büro. Da steht auch ein Sofa. Er hat gesacht, dass er sich erst mal hinlegen muss. War ja klar. Ging ja so nich mehr mit seinem Husten."

„Später ist er aber noch mal zurückgekommen", schlussfolgerte Hasenkrug.

„Jo. Muss vielleicht so knappe zwei Stunden später gewesen sein, gegen halb elf vielleicht, da stand er plötzlich wieder hinter der Theke", nickte Eilert Bloem. „Wir haben gleich gesehen, dass das keine gute Idee von ihm war. Er war leichenblass und hat geschnauft wie so 'n Ochse. Als hätte er gerade einen Marathon absolviert. Dann ist er plötzlich zusammengeklappt." Zur Unterstreichung seiner Worte schlug er die Handflächen wie ein Klappmesser aneinander. „War wohl alles zu viel für ihn. Aber ist ja auch kein Wunner. Mit Lungenkrebs ist eben nich zu spaßen. Hätte er eigentlich wissen müssen. Uns hat er ja gar nich erzählt, dass er so krank ist. Sicher wegen Jelka, damit die nix davon erfährt."

Für eine Weile herrschte nun nachdenkliches Schweigen im Raum und alle widmeten sich ihren Getränken. Schließlich legte Büttner die Stirn in Falten und fragte: „Und die Zettel? Gibt es die noch?"

Luna nickte. „Den Müllsack habe ich in den Nebenraum gestellt. Und die anderen Zettel, die Dirk von Focko gekriegt hat, die liegen da auch. Die gehören ja Immo. Ich wollte sie ihm bei Gelegenheit zurückgeben."

„Nun, das werden wir dann erledigen", sagte Büttner bestimmt. „Alle Zettel sind hiermit beschlagnahmt."

Während noch alle Anwesenden verdutzt aus der Wäsche guckten, bedeutete Büttner seinem Assistenten Hasenkrug, dass er den Müllsack zum Auto tragen solle. Er selbst würde den Stapel mit den Zetteln nehmen. Er wusste selbst nicht genau zu sagen, was er in Immos wirren Aufzeichnungen zu finden hoffte. Aber sein Bauchgefühl sagte ihm, dass das Geschreibsel womöglich von Bedeutung sein könnte.

„Was ist denn nu mit Luise?", rief Theo Bleckmann hinter ihnen her, als sie gerade die Tür nach draußen öffneten. „Behauptet sie immer noch, dass sie die Mörderin ist?"

„Dazu kann ich leider keine Auskunft geben", wehrte Büttner ihn ab. „Könnten Sie sich denn vorstellen, dass sie die Männer umgebracht hat?"

Als hätte Büttner einen besonders guten Scherz gemacht, brach Theo Bleckmann in Gelächter aus und die anderen Männer stimmten grölend mit ein. „Luise eine Mörderin? Ganz sicher nich, Herr Kommissar. Die schafft es doch nich mal, eine Mücke totzuhauen. Ist eine ganz arme Sau, unsere Luise, aber eine Mörderin ist sie ganz sicher nich. Warum die plötzlich ein Geständnis ablecht, mach der Teufel wissen." Theo Bleckmann zögerte einen Augenblick und bekam glänzende Augen, als er jetzt fragte: „Glauben Sie, dass sie vielleicht ihre Söhne schützen will?"

„Genau!" Auch Eilert Bloem schien nun Feuer und Flamme zu sein. „Sauer genug waren die beiden ja. Sollt mich nicht wunnern, wenn die mit Mirko kurzen Prozess gemacht haben. Könnte ich sogar verstehen, so schäbig, wie der sich Luise und Immo gegenüber verhalten hat."

Ein einhelliges Nicken der Kneipengäste geleitete Büttner und Hasenkrug nach draußen. Nach den Bemerkungen der Männer fühlten sie sich in ihrer Theorie, dass Luise unmöglich ihre gesuchte Mörderin sein konnte, bestätigt. Doch was nützte dies, wenn es keinerlei Indizien oder gar Beweise gab, um den tatsächlichen Mörder zu überführen?

29

Die Erkenntnis traf ihn wie eine kalte Dusche. „Das kann doch nicht sein", murmelte David Büttner mehrmals vor sich hin. Immer wieder las er die in krakeliger, manchmal kaum entzifferbarer Handschrift geschriebenen Notizen, die kreuz und quer auf einem von Immo Willms Zetteln standen. Doch ließen sie kaum eine andere Interpretation zu als die, die sich gerade wie eine Klette in Büttners Gedankengängen festsetzte, sich dort jedoch anfühlte wie ein Fremdkörper.

„Irgendwas nicht in Ordnung, Chef?", fragte Hasenkrug, der sich gerade noch mal die Akte Lübbers/Willms/Heidrich vorgenommen hatte, um zu sehen, wie weit die Ermittlungen der Kollegen aus dem Betrugsdezernat in dieser Sache gediehen waren. Die eine oder andere Bemerkung hatte er schon dahingehend fallen lassen, dass die Erkenntnisse zwar höchst interessant seien, sie jedoch keinerlei Rückschlüsse darauf erlaubten, dass Heidrich etwas mit den Morden an Bodo Lübbers und Tjardo Willms zu tun hatte. Natürlich war das auch nicht anders zu erwarten gewesen, hatte doch eine Ermittlung wegen Betrugs nicht die Zielsetzung, nebenbei auch noch einen Mord aufzuklären. Enttäuschend war es trotzdem, wie auch all die anderen Ermittlungsansätze, die ins Leere liefen.

Die Leichname von Bodo Lübbers und Tjardo Willms waren zwischenzeitlich von der Staatsanwaltschaft freigegeben worden. Es war also nur eine Frage der Zeit, bis sie, nach Wunsch der Angehörigen, eingeäschert werden würden. Zwar war nicht damit zu rechnen, dass ausgerechnet die Körper der Toten noch zu neuen Erkenntnissen führen würden, dennoch war eine Einäscherung ein so unwiederbringlicher Schritt, dass bei den Ermittlern zumindest ein mulmiges Gefühl bleiben würde, wenn sie die Morde bis zu diesem Zeitpunkt noch nicht hätten aufklären können.

„Sehen Sie selbst", sagte Büttner und stand auf. Er ging zu Hasenkrug hinüber und legte ihm besagten Zettel auf den Schreibtisch. „Ich hoffe inständig, dass Sie nicht zu dem gleichen Ergebnis kommen wie ich, wenn Sie das Gekrakel gelesen haben."

Während Hasenkrug in den nächsten Minuten hoch konzentriert damit beschäftigt war, die Hieroglyphen zu entziffern, wurde sein Gesichtsausdruck immer ernster. Seine Bemühungen endeten schließlich in der mit dunkler Stimme vorgetragenen Bemerkung: „Das kann doch nicht sein."

„Sie *sind* zum gleichen Ergebnis gekommen wie ich", seufzte Büttner. Er ging zu seinem Schreibtisch zurück und genehmigte sich aus lauter Frust einen Schokoriegel. „Da bleibt also nur noch zu hoffen, dass Immo Willms eine blühende Fantasie hat."

„Kaum anzunehmen", schüttelte Hasenkrug den Kopf. „Als Einziges bleibt zu hoffen, dass das, was hier steht, nie eingetroffen ist."

„Es ist aber eingetroffen", brummte Büttner. „Tjardo Willms und Mirko Hayenga sind ermordet worden. Wüsste nicht, was es daran zu deuteln gibt."

„Zwei Morde mit Ankündigung?" Aus Hasenkrugs Frage waren die Zweifel deutlich herauszuhören. „Und warum sagt Immo Willms uns dann nichts davon?"

„Weil er mit dieser Lösung vielleicht ganz gut leben konnte", vermutete Büttner.

„Möglich. Oder weil er an ihr beteiligt war", schlug Hasenkrug vor.

„Immo Willms hat zumindest für den Mord an Mirko Hayenga ein Alibi", konterte Büttner.

„Ich sage ja auch nicht, dass er selber Hand angelegt hat. Dennoch könnte es ein abgekartetes Spiel gewesen sein. Wäre ja nicht das erste Mal."

„Könnte, hätte, würde, wäre", ächzte Büttner, während er sich bückte, um das Papier des Schokoriegels, das unter seinen Schreibtisch gefallen war, aufzuheben. „Ich kann mir nicht helfen, aber mir ist so, als wären wir an dieser Stelle des Konjunktivismus bereits gewesen."

Hasenkrug runzelte die Stirn. „Was, bitte schön, ist ein Konjunktivismus?"

„Das, was sich bei genauer Analyse gemeinhin als eine Sachlage verpasster Chancen herausstellt", antwortete Büttner prompt.

„Man hat uns bisher wenig Chancen gegeben, diesen Fall zu lösen", stellte Hasenkrug fest.

„Vielleicht haben wir diese Chancen nur übersehen."

„Mag sein", meinte Hasenkrug angesäuert. „Ich jedenfalls bin mir keines Versäumnisses bewusst. Außerdem führen uns derartige Spitzfindigkeiten nicht weiter." Er wedelte mit dem Zettel in der Luft herum. „Ich schlage vor, dass wir jetzt zu Immo Willms gehen und ihn mit seinen Aufzeichnungen konfrontieren. Wenn einer uns sagen kann, was genau sie zu bedeuten haben, dann ja wohl er."

„Einverstanden", nickte Büttner. „Haben Sie denn eine Ahnung, wo er steckt?"

„Dafür gibt es Telefone", erwiderte Hasenkrug und suchte im Verzeichnis seines Computers nach der richtigen Nummer. Schließlich tippte er auf dem Display seines Smartphones herum und sagte wenig später: „Moin. Kriminalpolizei, Hasenkrug hier. Wir müssten dringend noch mal mit Ihnen sprechen. Wo finden wir Sie … Ach was!?" Hasenkrug hob erstaunt die Augenbrauen. „Gut, dann kommen wir jetzt auch dorthin."

„Ich hoffe, er hat sich für einen Aufenthalt in der Karibik entschieden?", fragte Büttner, nachdem sein Assistent das Gespräch beendet hatte. „Dann hätte ich nichts dagegen, ihm dorthin zu folgen." Er sah trübsinnig zum Fenster, an welches prasselnd der Regen schlug. Kaum anzunehmen, dass dies für die aufgeweichten Deiche ein gutes Zeichen war. Zumindest wenn man bedachte, dass jetzt auch noch einer der Deichläufer fehlte … da wäre ein dienstlicher Aufenthalt in der fernen Karibik gar nicht so schlecht.

„Fast", erwiderte Hasenkrug. „Er ist bei seiner Mutter im Krankenhaus."

„Na ja, klingt nicht ganz so sonnig, aber immerhin gibt es dort leckere Torten."

„Luise Willms ist ansprechbar", sagte Hasenkrug. „Zu-

277

nächst einmal sollten wir also auf einen Besuch in der Krankenhaus-Cafeteria verzichten."

„Sie ist ansprechbar?" Büttner schoss wie ein Pfeil aus seinem Stuhl hoch; die Karibik war mit einem Schlag vergessen. „Warum sagen Sie das denn nicht gleich? Dann mal hurtig, Hasenkrug, bevor sie sich womöglich wieder in die Besinnungslosigkeit verabschiedet!"

„Sie können jetzt unmöglich mit der Patientin sprechen", verkündete zu Büttners Ärger eine junge Ärztin, als sie nicht viel später an der Tür der Intensivstation um Einlass baten. „Sie wird gerade zum MRT gebracht, es sind noch einige Untersuchungen notwendig geworden."

„Was denn für Untersuchungen?", fragte Büttner ungeduldig, erntete dafür jedoch nur einen spöttisch-mitleidigen Blick. „Wann können wir denn dann mit ihr reden? Es ist wichtig. Es geht um Mord, und da ..."

„Und wenn es um die Rettung der Welt ginge." Die Ärztin verschränkte abwehrend die Arme vor dem Körper und sah ihn an wie eine Löwin, die ihr Junges vor einem Angreifer verteidigt.

Büttner ließ sich nicht beirren: „Und wenn wir später wiederkommen? So lange kann ein MRT ja nicht dauern." Nun waren sie so dicht an ihrer wichtigsten Zeugin dran, da dachte er doch gar nicht daran aufzugeben.

„Fragen Sie in einer Stunde noch mal. Sollte sich an ihrem Zustand bis dahin nichts verändert haben, dann können Sie für fünf Minuten zu ihr rein. Versprechen kann ich Ihnen jedoch nichts."

„In einer Stunde erst? Aber ..."

„Auf Wiedersehen." Noch ehe Büttner sich's versah, zog sie sich wieder auf die andere Seite der Schiebetür zurück, die sich daraufhin mit einem leisen Surren schloss.

„Na prima, da haben wir ja mal wieder ein unglaubliches Glück gehabt", ätzte Büttner. „Und wo ist jetzt Immo Willms? Wenigstens mit ihm sollten wir noch … Ach!"

Gerade in dem Moment, als Büttner den Satz zu Ende bringen wollte, schob sich die Stationstür wieder beiseite und der Gesuchte trat auf den Korridor hinaus. „Moin." Er nickte den beiden Polizisten zu. „Mama muss ins MRT. Leider können Sie jetzt nicht mit ihr sprechen."

„Davon hat uns die Ärztin schon unterrichtet, ja", antwortete Hasenkrug. „Deshalb würde ich vorschlagen, dass wir uns in die Cafeteria setzen und ein wenig miteinander plaudern. Denn auch an Sie haben wir jede Menge Fragen, Herr Willms."

„Kein Problem", zuckte der die Schultern. „Könnte jetzt einen Kaffee gebrauchen."

„Na dann." Büttner winkte den beiden, mitzukommen, und strebte gleich darauf mit großen Schritten seiner Torte entgegen.

Büttner hatte angenommen, dass Immo Willms zumindest überrascht, wenn nicht gar schockiert sein würde, sobald er ihn mit seinen brisanten Aufzeichnungen konfrontierte. Doch Immo studierte den Zettel eingehend und sagte dann unbeteiligt: „Ich kann mich nicht daran erinnern, das geschrieben zu haben."

„Sie erinnern sich nicht? Und das sollen wir Ihnen glauben?" Büttner war wenig begeistert. Wie sehr er dieses

Auf-der-Stelle-Treten und all die Täuschungsmanöver leid war! Und nun, da es endlich mal etwas schwarz auf weiß gab, da trat dieser Schreiberling schon wieder auf die Bremse?

Immo Willms wurde für einige Augenblicke von einer Antwort entbunden, da die Servicekraft drei Kännchen Kaffee und ein Stück Torte brachte, die sie an der Verkaufstheke bestellt hatten. Dann aber sagte er ruhig: „Ich kann mich an kein solches Gespräch mit meiner Mutter erinnern. Ich kann mich im Nachhinein an kaum etwas erinnern, das ich geschrieben habe."

„Ist nicht Ihr Ernst!" Büttner glaubte ihm kein Wort, und auch Hasenkrugs ungläubiger Blick sprach Bände. „Sie denken nicht wirklich, dass wir Ihnen das abnehmen, oder?"

„Entweder Sie glauben es oder Sie lassen es sein." Auch Immo Willms klang nun leicht gereizt. „Ich jedenfalls habe keine Lust, mich allzeit und überall für meine Macke entschuldigen zu müssen. Und ich habe auch keine Lust, mich dafür rechtfertigen zu müssen, dass ich hinterher keine Ahnung habe, was ich in einem meiner Anfälle geschrieben habe. Wenn Sie mir nicht glauben, dann fragen Sie doch meinen Arzt. Der wird es Ihnen bestätigen."

Büttner spürte angesichts der seiner Meinung nach völlig haltlosen Ausrede plötzlich eine Welle der Wut in sich aufsteigen. Er biss in ein extra großes Stück Torte. Hasenkrug übernahm: „Irgendetwas wird ja dran sein an Ihrer Behauptung, Ihre Mutter habe gemeinsam mit Dirk Flessner beschlossen, Tjardo Willms und Mirko Hayenga umzubringen. Und was ist eigentlich mit Bodo Lübbers? Warum wird der mit keinem Wort erwähnt?"

„Ist es nicht Ihr Job, das herauszubekommen?", fragte Immo Willms provozierend, woraufhin Büttner ihm am liebsten an die Gurgel gegangen wäre und einen weiteren Bissen Torte in sich hineinschaufelte. Hasenkrug spürte die aufkeimende Wut seines Kollegen und sagte mit deutlich ironischem Unterton: „Stellen Sie sich vor, Herr Willms, genau deswegen sind wir hier. Und wir wären Ihnen wirklich dankbar, wenn Sie uns in unseren Nachforschungen unterstützen würden." Er deutete auf den Zettel, bevor er fortfuhr: „Ansonsten müssten wir Sie nämlich als offensichtlichen Mitwisser, der der Polizei wichtige Details verschweigt, in Gewahrsam nehmen. Könnte ein wenig unangenehm für Sie werden."

Immo Willms zuckte gelassen mit den Schultern. „Mein Anwalt hätte mich schnell wieder raus, denn das, was ich Ihnen sage, ist die Wahrheit."

„Ja, sicher." Büttner beschäftigte sich schnell wieder mit seiner Torte, bevor er noch etwas Falsches sagte.

„Finden Sie es denn nicht seltsam, dass Sie in Ihren Aufzeichnungen bereits von den beiden Morden sprechen?", fragte Hasenkrug.

Immo Willms schenkte sich in aller Ruhe Kaffee nach, bevor er antwortete: „Sie sollten mir einfach glauben, wenn ich Ihnen sage, dass mein Gekritzel ohne jede Relevanz ist. Es kann sein, dass ich es nach einem realen Gespräch geschrieben habe. Genauso gut kann es sein, dass ich die Sache einfach nur geträumt und hinterher auf diese Art verarbeitet habe. Es kommt recht häufig vor, dass mich nächtliche Träume dermaßen aufregen, dass ich aufstehen muss, um sie niederzuschreiben."

„Aber wenn ein solches Gespräch zwischen Ihrer Mutter und Dirk Flessner stattgefunden hat und Sie es belauscht haben, dann müssten Sie sich doch wenigstens an diese äußerst reale Situation erinnern." Auch Hasenkrugs Stimme klang nun deutlich schärfer. „Sie mögen ja Ihre Träume vergessen, aber reale Gegebenheiten wohl kaum. Sie leiden doch schließlich nicht an Demenz."

„Wenn es sich so verhält, wie Sie als selbsternannter Experte behaupten, dann wird es ja wohl ein Traum gewesen sein", erwiderte Immo Willms lapidar und nahm einen Schluck Kaffee. „Sehen Sie, und damit ist alles, was hier steht, völlig irrelevant für Ihre Ermittlungen."

„Wen wollen Sie schützen?", fragte Büttner gedehnt, nachdem er zur Beruhigung ein paar tiefe Atemzüge genommen hatte. „Immer noch Ihre Mutter? Oder Herrn Flessner? Vielleicht beide? Oder stecken Sie womöglich in der Sache mit drin und das hier", er nahm den Zettel hoch, „ist gar kein sinnloses Gekritzel, sondern die konkrete Verabredung zu einer brutalen Straftat?"

Immo Willms rollte die Augen, dann nahm er Büttner das Papier aus der Hand und hielt es ebenfalls hoch. „Die konkrete Verabredung zu einer brutalen Straftat, sagen Sie?" Er lachte kurz und freudlos auf. „Glauben Sie nicht, dass ich das Ding längst vernichtet hätte, wenn es so wäre? Und außerdem", er tippte mit dem Finger auf einen diagonal über das Blatt geschriebenen Satz, „was, bitte schön, ist an diesem wirren Gekritzel konkret?"

„So kommen wir nicht weiter", stellte Hasenkrug fest. Er warf einen Blick auf sein Smartphone. „Wir gehen jetzt nach oben und bitten noch mal um ein Gespräch mit Ihrer

Mutter, Herr Willms. Vielleicht erinnert ja sie sich an eine solche Unterhaltung."

Während Büttner nickte und sich schnell den letzten Bissen seiner Torte in den Mund schob, rief Immo Willms so empört aus, dass sich sofort andere Gäste der Cafeteria nach ihnen umdrehten: „Sie wollen wirklich eine todkranke Frau mit diesem völlig belanglosen Quatsch behelligen? Haben Sie denn überhaupt keine Hemmschwelle? Wenn ich Ihnen doch sage …!"

„Sie sagen jetzt gar nichts mehr!", herrschte Büttner ihn an. „Sie hatten genug Gelegenheit, sich zu der Sache zu äußern, aber alles, was Sie machen, ist blockieren. Wir jedoch haben einen dreifachen Mord aufzuklären, und ich habe wirklich keine Lust, mich noch weiter von Ihnen und all Ihren Verwandten und Bekannten in Rysum an der Nase herumführen zu lassen!" Er warf einen wütenden Blick in die Runde, woraufhin sich die anderen Gäste, die seinen Ausbruch neugierig verfolgt hatten, schnell wieder ihrem Kaffee widmeten.

Nur wenig später klingelten Büttner und Hasenkrug erneut an der Stationstür und wurden zu Luise Willms vorgelassen.

„Moin, Frau Willms, wie man hört, geht es Ihnen schon etwas besser", begrüßte Büttner Luise, die alles andere als gesund aussah. Mit gelblich verfärbter Haut und eingefallenen Wangen lag sie in den Kissen. Ihre Augen, die ebenfalls einen deutlich wahrzunehmenden Gelbstich hatten, glänzten fiebrig. Fast schien es Büttner, als sei sie nur noch als ätherische Substanz anwesend. Ihr Anblick erinnerte ihn an die zeichnerische Darstellung von Seelen, die im Augenblick des Todes den Körper verlassen und sich in Raum und Zeit verflüchtigen. Dieser Gedanke ließ ihn frösteln, und er spürte, wie sich seine Arme mit Gänsehaut überzogen.

„Moin, Herr Kommissar, was kann ich für Sie tun?", hauchte Luise Willms. Sie schloss die Augen, als hätten sie diese wenigen Worte schon über die Maßen angestrengt.

Büttner beschloss, gleich zur Sache zu kommen, denn die Ärztin hatte ihnen unmissverständlich zu verstehen gegeben, dass sie sie nach fünf Minuten wieder des Raumes verweisen würde. „Ihr Sohn Immo hat eine Notiz verfasst, die darauf hindeutet, dass der Gastwirt Dirk Flessner sowohl Tjardo Willms als auch Mirko Hayenga umgebracht hat und dass Sie von dessen Plan wussten."

Zu Büttners Erstaunen schien diese Feststellung Luise in keinster Weise aufzuregen. Im Gegenteil schlich sich sogar ein kaum wahrnehmbares Lächeln auf ihre Lippen. Die Augen jedoch hielt sie nach wie vor geschlossen. „Was Immo sich immer so ausdenkt", sagte sie kraftlos. „Schon als er klein war, ist laufend seine Fantasie mit ihm durchgegangen."

„Sie sind also auch der Ansicht, dass diese Notiz ausschließlich seiner Einbildungskraft entspringt?", vergewisserte sich Hasenkrug.

„Ja, natürlich", antwortete Luise deutlich zeitverzögert und kaum verständlich. Das Sprechen schien sie wirklich anzustrengen. „Warum sollte Dirk so etwas tun? Das ist doch Quatsch."

„In welchem Verhältnis genau stehen Sie zu Dirk Flessner?", fragte Büttner. „Kann es sein, dass …"

Luise hob abwehrend die Hand. „Wenn Sie darauf hinauswollen, dass ich ihn schütze, weil wir ein Verhältnis hatten, dann muss ich Sie enttäuschen. Dirk hat wirklich Besseres verdient als eine Versagerin wie mich. Lassen Sie ihn in Ruhe, er hat nichts getan."

Büttner und Hasenkrug tauschten einen bedeutungsschweren Blick. So wie es aussah, hatte Luise sowohl ihren Sohn als auch den Gastwirt soeben entlastet. Ein Umstand, der Büttner sehr entgegen kam, hatte ihm der Gedanke, dass Dirk Flessner womöglich ein gefährlicher Gewaltverbrecher wäre, doch schwer zu schaffen gemacht. Alleine die Vorstellung, Jelka müsste nun auch noch mit diesem schweren Schlag fertig werden, hatte dazu geführt, dass sich seine Eingeweide zu einem Kloß verknoteten. Natürlich hatte er sich sofort nach der Lektüre des Schriftstücks gefragt, wo überhaupt das Motiv des Wirts liegen sollte, die Männer umzubringen, und ihm war keines eingefallen. Nein, Dirk Flessner ergab als Mörder überhaupt keinen Sinn. Insofern war er froh, dass Luise Willms ihn in dieser Einschätzung bestärkte.

„Haben Sie eine Vorstellung, warum Immo entsprechende Hinweise notiert haben sollte, wenn diese nicht der Realität entsprechen?", ließ Hasenkrug nicht locker.

„Er wird es geträumt haben", sagte Luise so prompt, dass es fast wie einstudiert klang. Hatte sie sich womöglich mit ihrem Sohn abgesprochen? Doch wie sollte das möglich sein, da Immo ja gar nicht ahnen konnte, dass die Polizei auf diesen Zettel stoßen und ihn darauf ansprechen würde.

„Träumt er solche Dinge öfter?", fragte Hasenkrug.

„Er träumt. Wie jeder andere auch", lautete die knappe Antwort von Luise.

„Nur dass er sich Notizen zu seinen Träumen macht", stellte Büttner fest.

Als Antwort nickte Luise kaum merklich.

„Nach wie vor aber behaupten Sie, die Tat selbst verübt zu haben, was ich angesichts Ihrer körperlichen Verfassung für so gut wie unmöglich halte", nahm Büttner nun wieder Luises unglaubwürdiges Geständnis ins Visier. „Also noch mal: Wen wollen Sie schützen, Frau Willms?"

„Ich habe das Geständnis unterschrieben", wisperte Luise.

„Ja, dennoch glauben wir nicht daran, dass Sie eine Mörderin sind."

„Ich habe geschildert, wie ich die Mistkerle ermordet habe. Es steht im Protokoll, das ich unterschrieben habe."

„Ja, es steht alles im Protokoll", seufzte Büttner. „Dennoch glaube ich Ihnen kein Wort."

„Dann ist es so."

„So, die Herren, die fünf Minuten sind um. Wenn Sie dann bitte gehen würden", erklang die Stimme der Ärztin von der Tür her. Im nächsten Moment schon stand sie am Bett und überprüfte die Einstellungen der Geräte, an die man die Patientin angeschlossen hatte.

Büttner nickte ergeben. So wie es aussah, würde Luise Willms ihre Aussage sowieso nicht mehr ändern, aus welchem Grund auch immer. „Machen Sie's gut, Frau Willms", sagte er. „Ich wünsche weiterhin gute Besserung."

Auch Hasenkrug murmelte ein paar Genesungswünsche, dann verließen die Polizisten gemeinsam das Krankenzimmer.

„So wie es aussieht, hat Dirk Flessner nichts mit den Morden zu tun", stellte Hasenkrug fest, nachdem sie die Tür hinter sich geschlossen hatten. „Dennoch würde ich zumindest gerne versuchen, seine Aussage dazu einzuholen."

Büttner überlegte einen Augenblick, dann nickte er. „Ja. Da wir nun ja schon mal hier im Krankenhaus sind, sollten wir auch ihn noch mit den Notizen konfrontieren. Auch wenn ich ihn, ehrlich gesagt, lieber in Ruhe lassen würde."

„Ich auch, aber in einem Mordfall können wir auf unsere Emotionen keine Rücksicht nehmen", meinte Hasenkrug. Er zuckte resigniert die Schultern, sagte dann jedoch mit einem Augenzwinkern: „Vielleicht haben wir ja Glück, und die Ärzte verbieten uns, mit ihm zu sprechen."

Sie hatten Glück. Als sie wenig später vor dem Krankenzimmer von Dirk Flessner standen, kam ihnen Doktor Gruber bereits mit einer abwehrenden Geste entgegen und sagte: „Sie können nicht mit Herrn Flessner sprechen."

„Es ist wichtig", erwiderte Büttner, doch klang sein Einwand alles andere als bestimmt.

„Er ist nicht ansprechbar. Keine Chance. Selbst wenn ich Sie zu ihm ließe, würde er nicht einmal merken, dass Sie da sind." Der Arzt zuckte entschuldigend die Schultern.

„Ist seine Tochter bei ihm?", fragte Büttner rein aus Interesse.

„Ja. Aber auch sie ist nicht in der Verfassung …"

„Schon gut", winkte Büttner ab, „wir wollen sie gar nicht stören. Darf ich fragen, wie es ihr geht?"

„Wie soll es einem jungen Mädchen in ihrer Situation schon gehen", lautete die vage Antwort des Doktors.

„Sie hat ihre Reha verschoben?"

„Ja. Auf unbestimmte Zeit. Es ist ...", der Arzt machte eine resignierte Geste. „Nun, was soll ich sagen, es ist alles andere als leicht für sie. Dabei hatte sie doch gerade wieder Mut geschöpft."

Büttner nickte. „Natürlich. Verstehe. Richten Sie ihr bitte die besten Wünsche für ihren Vater aus."

„Das werde ich gerne tun. Darf ich fragen, was Ihre Ermittlungen so machen?"

„Ja, dürfen Sie. Doch Sie werden verstehen, dass ich Ihnen darauf keine Antwort geben kann", erwiderte Büttner. Dann bedeutete er Hasenkrug, dass sie wieder gehen sollten.

30

„Der Staatsanwalt lässt fragen, warum wir den Fall noch nicht abgeschlossen haben", verkündete Sebastian Hasenkrug, als sein Chef am nächsten Morgen die Bürotür hinter sich geschlossen und „Moin" gesagt hatte.

„Und was genau treibt ihn dazu, solch eine Frage zu stellen?", knurrte Büttner, während sein Hund Heinrich sich ohne die übliche Wiedersehensfreude und mit eingezogenem Schwanz auf seine Decke verkrümelte und den Kopf auf die Pfoten sinken ließ.

„Was hat er denn?", fragte Hasenkrug besorgt. „Er wird doch nicht krank sein?"

„Doch, wird er", erwiderte Büttner und betrachtete seinen Hund mit gerunzelter Stirn. „Das kommt eben davon, wenn man abends statt seines Hundefutters eine gute Portion fetten Speck in sich hineinschlingt."

„Ups, kein Wunder, dass ihm nicht so gut ist."

„Nicht so gut ist?", wetterte Büttner sauer. „Nicht so gut?" Er streckte die Finger einer Hand in die Luft. „Fünfmal bin ich in der Nacht aufgestanden, um ihn in den Garten zu lassen. Fünfmal! Und dreimal davon war es schon zu spät, ich konnte nur noch seine Hinterlassenschaften aufwischen. Speiübel war ihm! Was ihm natürlich recht geschieht, wenn er mich auf so hinterhältige Art um meine Speckpfannkuchen betrügt. Nur was nützt das, wenn ich wegen ihm die ganze Nacht kein Auge zutue?!"

„Sie sollten mit ihm zum Tierarzt gehen", sagte Hasenkrug unbeeindruckt. Anscheinend lag ihm das Wohl des Hundes mehr am Herzen als das seines Vorgesetzten.

„War ich schon", brummte Büttner. „Er hat ihm eine Spritze gegeben. Angeblich soll es nun vorbei sein mit der Magenverstimmung. Hoffen wir mal das Beste." Er setzte sich an seinen Schreibtisch und würdigte seinen leise vor sich hin winselnden Hund keines Blickes. „Wie war das mit dem Staatsanwalt?"

Mit einem letzten bedauernden Blick riss sich Hasenkrug vom traurigen Bild des kranken und zutiefst unglücklichen Hundes los. „Der Staatsanwalt versteht nicht, warum wir immer noch ermitteln. Ihm reicht das Geständnis von Luise Willms, um den Fall abzuschließen, lässt er ausrichten."

„So. Lässt er das." Büttner klopfte mit den Fingern auf seinem Schreibtisch herum. Dieser unglückselige Fall machte ihn so langsam nervös. Am Abend zuvor hatte er extra noch mal in der Gerichtsmedizin und bei der KTU angerufen, um sicherzugehen, dass man keine Hinweise oder Spuren übersehen hatte. Irgendein Fingerabdruck, eine DNA-Spur, ein Hämatom, was auch immer. Freunde hatte er sich mit dieser Aktion nicht gemacht, aber das war ihm egal. Auf die Eitelkeiten von Rechtsmedizinern und Spusi konnte er in einer solchen Angelegenheit keine Rücksicht nehmen.

„Ich weiß nicht, wie es Ihnen geht, Hasenkrug, aber mich

würde es nicht glücklich machen, wenn wir die Mordfälle zu den Akten legten", sagte er.

„Wir können jedoch auch nicht ewig darauf warten, dass wir …" Hasenkrug unterbrach seine Ausführungen, als nun sein Smartphone klingelte. Er nahm den Anruf entgegen. „Tot? … Echt? … Das kommt nun aber … Na gut. Danke." Er legte wieder auf und blickte seinen Chef nachdenklich an.

„Schon wieder eine Leiche in Rysum?", fragte Büttner lauernd. „Ha!" Er klatschte in die Hände. „Sehen Sie, Hasenkrug", bemerkte er, nicht ohne Schadenfreude, „jetzt hat der wahre Mörder wieder zugeschlagen. Ich hab doch gleich gesagt, dass es Luise Willms nicht gewesen sein kann."

„Sie ist es aber."

„Was?"

„Sie ist es aber", wiederholte Hasenkrug und sah alles andere als glücklich aus.

„Sie ist die Mörderin?", fragte Büttner perplex.

„Nein. Ja. Weiß nicht", erwiderte Hasenkrug. „Auf alle Fälle ist sie tot."

„Tot?"

„Tot. Sie ist wenige Stunden nach unserem Besuch gestorben."

„Puh!" Büttner griff nach einem Schokoriegel. „Das ist ja jetzt …"

Es klopfte an der Tür und Frau Weniger trat ein. „Hier draußen ist noch einmal Herr Willms. Immo Willms. Er würde gerne mit Ihnen sprechen."

Büttner und Hasenkrug sahen sich unentschlossen an,

ohne Frau Weniger, die geduldig an der Tür wartete, eine Antwort zu geben. „Ob er nun, da seine Mutter tot ist, doch gestehen will?", meinte Letzterer schließlich.

„Er möchte Ihnen etwas geben, sagt er", meldete sich Frau Weniger zu Wort, als Büttner nicht antwortete.

„Und was soll das sein?", fragte Hasenkrug.

„Das weiß ich nicht genau. Aber es handelt sich wohl um ein Schreiben."

„Bestimmt eine von seinen ominösen Aufzeichnungen", vermutete Büttner. „Vielleicht eine, die uns nun doch zum Täter führt." Er zögerte noch einen Moment, dann sagte er: „Lassen Sie ihn bitte eintreten, Frau Weniger."

Als ein ungewöhnlich blasser Immo gleich darauf ins Büro kam, standen beide Polizisten auf und wünschten ihm herzliches Beileid.

„Danke", nickte Immo und setzte sich auf einen Stuhl, den Büttner ihm zuwies. „Es ging plötzlich ganz schnell", erklärte er ungefragt. „Die Infektion. Auf einmal ist sie explodiert, sagen die Ärzte." Er senkte den Kopf. „Nun ja, für Mama ist es vermutlich besser. Sie hatte keinen Spaß mehr am Leben. Ich denke, dass sie sich aufgegeben hat."

„Sie haben ein Schreiben für uns?", fragte Büttner, nachdem für eine ganze Weile betretenes Schweigen geherrscht hatte. „Haben Sie in Ihren Notizen doch noch einen Hinweis zum Mordfall gefunden?"

„Nein." Immo zog einen Umschlag aus der Innenseite seiner Jacke. Er betrachtete ihn mit zusammengepressten Lippen und drehte ihn unschlüssig ein paarmal um sich selbst. Dann stand er auf und reichte ihn Büttner. „Ich …

ich möchte ungern dabei sein, wenn Sie ihn lesen. Alles, was ich Ihnen sagen möchte, ist, dass Sie bitte selbst entscheiden, wie Sie damit umgehen."

„Verstehe ich jetzt nicht", meinte Büttner, und auch Hasenkrug schaute fragend von einem zum anderen.

„Sie werden es verstehen, wenn Sie ihn gelesen haben. Mama hat ihn schon vor einigen Tagen geschrieben, als es ihr noch besser ging. Sie hatte ihn in ihrer Handtasche und hat ihn der Krankenschwester mit den Worten überreicht, sie möge ihn nach ihrem Tod an Focko und mich weiterreichen. Anscheinend hatte sie es im Gefühl, dass sie sterben würde."

„Ein Abschiedsbrief an Sie?", fragte Büttner. „Aber dann kann er doch unmöglich für uns …"

Immo hob abwehrend seine jetzt stark zitternde Hand. „Ich musste ihn … Ich wollte es nicht für mich behalten. Das hätte mein Gewissen nicht zugelassen. Beurteilen Sie selbst. Ganz egal, zu welchem Ergebnis Sie kommen und was Sie daraufhin unternehmen, es ist alleine Ihre Entscheidung. Ich verspreche Ihnen, dass Focko und ich uns nicht mehr zu Wort melden werden, ganz egal, was passiert. Es gibt auch ganz sicher keine Kopie von dem Schreiben. Aber …"

„Aber?"

„Wir fänden es schön, wenn Sie den letzten Wunsch unserer Mutter respektieren würden. Und wenn Sie es nicht für sie tun, dann tun Sie es für Jelka." Immo wirkte plötzlich sehr gehetzt. „Entschuldigen Sie, bitte, ich muss …" Leichenblass und ohne ein weiteres Wort zu verlieren, hechtete er zur Tür hinaus.

„Na, der macht es aber spannend", stellte Hasenkrug fest und starrte auf den Brief in der Hand seines Chefs, als befürchtete er, dass er jeden Moment explodieren könnte.

31

David Büttner fühlte sich alles andere als wohl dabei, als er das Schreiben von Luise Willms aus dem Umschlag zog und es auseinanderfaltete. Sollte es sich tatsächlich um einen Abschiedsbrief an ihre Söhne handeln, dann war der Inhalt privat und ging ihn absolut nichts an. Andererseits konnte er Immos Aufforderung, ihn zu lesen, unmöglich ignorieren, denn anscheinend war der ja zu dem Schluss gekommen, dass sein Inhalt für die Polizei und damit vermutlich für die laufenden Mordermittlungen von Bedeutung sein könnte.

Bevor er zu lesen begann, nahm er einen großen Bissen seines Schokoriegels. Tack, Tack, Tack. Büttner schaute über den Rand seiner Lesebrille hinweg zu seinem Assistenten. „Lassen Sie das!" Hasenkrug blickte auf und bemerkte erst jetzt, dass er vor lauter Nervosität damit begonnen hatte, einen Kugelschreiber auf der Schreibtischplatte auf und ab hüpfen zu lassen. Als Hasenkrug damit aufhörte, räusperte Büttner sich und begann, laut zu lesen:

Lieber Immo, lieber Focko,
wenn Ihr diesen Brief in Händen haltet, werde
ich mein elendiges Leben endlich hinter mir
gelassen haben. Es war ein Leben voller falscher

Entscheidungen, die vor allem für Euch viel Sorge
und Leid bedeutet haben. Ich weiß, ich war Euch
eine schlechte Mutter, und ich weiß, dass Ihr Euer
Leben lang dafür bezahlen werdet. Bitte verzeiht
mir. Ihr wart mir immer das Wichtigste, auch
wenn ich es Euch niemals richtig gezeigt habe. An
meinem verpfuschten Leben gebe ich niemandem
die Schuld, außer mir selbst.

Büttner ließ den Brief sinken und verzog das Gesicht. „Na prima", sagte er, „das ist genau das, was ich nicht lesen wollte. Keine Ahnung, warum Immo Willms uns damit behelligen muss."

„War das alles?", fragte Hasenkrug, und es klang fast ein wenig enttäuscht.

„Nein, es geht noch weiter. Aber ich habe darauf eigentlich keine Lust mehr."

„Nun lesen Sie schon!", forderte Hasenkrug ihn auf. „Aus irgendeinem Grund muss Immo Willms uns diesen Brief doch überlassen haben. Und diese ersten Sätze können es wohl kaum gewesen sein."

„Hm." Büttner war alles andere als überzeugt, dass dies eine gute Idee war, dennoch nahm er den Brief wieder zur Hand und las weiter:

Die letzte große Enttäuschung war sicherlich, dass
ich Euch in dem Glauben zurückgelassen habe, ich
sei eine Mörderin.

Hasenkrug hob einen Zeigefinger in die Höhe. „Aha, sehen Sie, Chef, jetzt wird's interessant!"

Büttner antwortete lediglich mit einem Brummen und fuhr fort:

Ich bin es nicht. Dirks Schuld auf mich zu nehmen, war alles, was ich nach all der Fürsorge, die er mir über lange Jahre zukommen lassen hat, noch für ihn tun konnte.

„Heilige Scheiße!", entfuhr es Büttner. „Heißt das, sie hat uns tatsächlich die ganze Zeit angelogen?"

„Sieht so aus", nickte Hasenkrug. „So kaltblütig muss man erstmal sein."

„Oder so verliebt", murmelte Büttner. Er schnippte mit dem Mittelfinger gegen das Blatt. „Nur gute Freunde! Pah! Wenn die ihn nicht geliebt hat, dann …"

„Schon vergessen? Sie hat Tjardo Willms geliebt", unterbrach ihn Hasenkrug. „Nun lesen Sie schon weiter, Chef!"

Büttner grunzte und las:

Viel zu viel habe ich von Dirk eingefordert, ihm immer nur Kummer bereitet. Mit dem Ergebnis, dass er sehr krank wurde. Ich bin überzeugt davon, dass er nur deswegen krank wurde, weil es mich gab. Indem ich seine Schuld auf mich nehme, hoffe ich, dass er wieder ganz gesund wird. Er war so verzweifelt. Wegen seiner Frau und wegen Jelka. Und wegen der Diagnose, die ihm

prophezeite, dass Jelka schon bald Vollwaise sein
würde.

Ich habe laut gelacht, als er sagte, die Raucher
seien schuld am Leid seiner Familie und dass
er sich an ihnen rächen würde. Dirk schwor an
diesem Abend, dass sie den gleichen Weg gehen
würden, wie seine Frau und er.

Ich habe es für einen schlechten Scherz gehalten,
bis Bodo eines Tages mit zerstochener Lunge auf
dem Boden lag. Sofort war mir klar, dass Dirk
seine Drohung wahrgemacht hat. Und ich wusste,
er würde es wieder tun. Ich war bei ihm und hab
ihn angefleht, dass er damit aufhört. Er hat nur
laut gelacht und gesagt, ich soll mit dem Quatsch
aufhören.

Durch mein Geständnis habe ich das Gefühl,
wenigstens für einen Teil meiner Schuld gebüßt
zu haben. Das Einzige, was ich nicht ertragen
könnte, wäre, dass Ihr mit dem Gedanken leben
müsst, dass Eure Mutter nicht nur eine Säuferin
und eine Versagerin, sondern auch eine Mörderin
war. Darum schreibe ich Euch diesen Brief.
Obwohl es mir in diesem Leben ganz gewiss nicht
mehr zusteht, mir etwas von Euch zu wünschen,
so respektiert bitte wenigstens meinen letzten
Wunsch: Erspart Dirk ein Leben im Gefängnis.
Ich hab Euch lieb.
Eure Mutter

„Schöner Mist", war das Erste, was Hasenkrug nach langen Minuten des Schweigens schließlich von sich gab. „Und jetzt?"

„Jetzt wissen wir endlich, wer der Mörder ist", stellte Büttner fest. „Also war das, was in Immos Aufzeichnungen stand, doch ein Hinweis."

„Sie halten dieses Schreiben für echt?"

„Warum sollte es eine Fälschung sein?" Büttner begutachtete den Brief noch einmal näher. „Ich denke, dass dieser Brief tatsächlich von Luise Willms geschrieben wurde."

„Warum?"

„Er riecht stark nach Zigarettenrauch. Und soviel ich weiß, rauchen weder Immo noch Focko. Ich wette, wir werden Luises Fingerabdrücke finden, wenn ich ihn jetzt in die KTU gebe."

Büttner behielt recht. Nur rund eine Stunde später lag der Brief erneut auf seinem Schreibtisch. Laut KTU war er übersät mit Luises Fingerabdrücken. Von Immo und Focko befanden sich deutlich weniger darauf, ganz abgesehen von Büttners eigenen.

„Ich frage mich nur, warum Immo uns nicht die Wahrheit gesagt hat, als wir ihn auf seine Aufzeichnungen ansprachen", knüpfte Büttner nahtlos an das begonnene Gespräch mit seinem Assistenten an.

„Er wollte Dirk Flessner nicht ans Messer liefern."

„Und hat es jetzt doch getan." Büttner biss in seinen Schokoriegel, den er während des Lesens völlig vergessen hatte. „Da frage ich mich doch, warum."

„Er konnte den Gedanken, dass seine Mutter trotz ihrer

Unschuld als Mörderin gebrandmarkt sein würde, nicht ertragen", vermutete Hasenkrug. „Schon gar nicht nach diesem emotionalen Abschiedsbrief. Ich schätze, er erwartet, dass wir den wahren Mörder verhaften."

„Genau das glaube ich nicht. Dann hätte er es anders angefangen", widersprach Büttner.

Hasenkrug sah seinen Chef zweifelnd an.

„Jetzt schauen sie mich nicht so an, Hasenkrug. Ich weiß es doch auch nicht", gab Büttner zu. Er nahm den Brief in die Hand und musterte ihn noch einmal so eingehend, als würde der die Antwort auf diese Frage preisgeben. „Keiner außer uns und Luise Willms' Söhnen weiß, dass sie keine Mörderin ist. Und ebenso weiß keiner, dass Dirk Flessner womöglich der Mörder ist. Wer kommt auch schon auf solch ein bescheuertes Motiv wie er? Menschen umzubringen, weil sie rauchen. So was ist mir ja noch nie untergekommen."

„Na ja", meinte Hasenkrug, „bei der Krankengeschichte seiner Familie finde ich es gar nicht so abwegig. Wer in einer solchen Situation ist, sucht zwangsläufig nach einem Schuldigen. Und die waren in diesem Fall schnell ausgemacht, schließlich weiß doch jeder, dass Zigarettenrauch die Gefäße schädigt."

Büttner räusperte sich. „Wie auch immer, keiner außer uns weiß von diesem Brief."

„Die Kollegen von der KTU", widersprach Hasenkrug.

„Die haben Besseres zu tun, als alle Dokumente zu lesen, die sie auf den Tisch bekommen."

„Worauf wollen Sie hinaus, Chef?", fragte Hasenkrug vorsichtig.

„Dirk Flessner wird sterben."

„Kann sein, kann auch nicht sein."

„Er wird sterben", bekräftigte Büttner. „Daran hat Doktor Gruber keinen Zweifel gelassen. Er wird für das, was er getan hat, also nicht mehr zur Rechenschaft gezogen werden." Büttner stöhnte gequält auf und fuhr sich mit den Händen durchs lichte Haar. „Jelka wird mit seinem Tod nur schwer zurechtkommen. Sie hat ja noch nicht mal den ihrer Mutter wirklich verarbeitet. Was würde also passieren, wenn wir ihr nun auch noch sagten, dass ihr Vater ein brutaler Mörder ist? Noch dazu der Mörder ihres geliebten Trainers? Und das nach allem, was sie sowieso schon zu verkraften hat?"

„Sie wird damit zurechtkommen", behauptete Hasenkrug. „Sie ist eine starke junge Frau."

„Auch starke junge Frauen haben ihre Belastungsgrenze", konterte Büttner. „Wie Dr. Gruber sagte, hatte Jelka nach der Amputation wochenlang mit Depressionen zu kämpfen, sie galt sogar als suizidgefährdet. Mit viel Glück verkraftet sie den Tod ihres Vaters und findet sich alleine im Leben zurecht. Ganz sicher aber hätte sie keinerlei Chance auf ein glückliches Leben, wenn sie auch noch mit dem Wissen leben müsste, dass ihr Vater drei Menschen auf dem Gewissen hat."

„Wir haben nur unseren Job zu machen", sagte Hasenkrug, doch klang diese Bemerkung alles andere als bestimmt.

Büttner schüttelte missbilligend den Kopf und verfiel für ein paar Minuten in brütendes Schweigen. Dann sagte er: „Der Staatsanwalt wird keine Fragen stellen, wenn wir den Fall abschließen."

Nun war es an Hasenkrug, den Kopf zu schütteln. „Sie vergessen, dass Immo und Focko Willms Kenntnis von der Sache haben. Womöglich machen sie uns die Hölle heiß, wenn wir ihre Mutter weiterhin als Mörderin dastehen lassen, obwohl wir den wahren Mörder kennen. Das könnte uns unseren Job kosten."

„Sie glauben das wirklich?", fragte Büttner.

Hasenkrug zögerte. „Nein. Nicht wirklich. Dennoch …"

„Ganz egal, was kommt", schnitt Büttner seinem Assistenten das Wort ab, „die Willms-Brüder werden uns nie beweisen können, dass wir den Brief hatten. Und noch viel weniger, dass wir ihn gelesen haben. Wenn es hart auf hart käme, würden wir den Fall mit den für uns neuen Erkenntnissen wieder aufrollen. Ich gehe allerdings davon aus, dass wir dann gegen einen toten Dirk Flessner ermitteln müssten."

„Was für eine Scheiße", entfuhr es Hasenkrug. „Ganz egal, was wir jetzt machen, es kann nur verkehrt sein."

„Sie sagen es, Hasenkrug, Sie sagen es."

Hasenkrug grinste freudlos. „Mir wäre es lieb, wenn Sie das entscheiden könnten, Chef. Ich trage alles mit."

„Puh! Das war mir klar. Am besten holen Sie uns jetzt erst mal einen Kaffee."

Nachdem sein Assistent das Büro verlassen hatte, rang Büttner noch einige Augenblicke mit sich, dann nahm er den Brief in die Hand, drehte ihn ein paarmal in den Händen – und zerriss ihn schließlich in viele Einzelteile.

„Geständnis ist Geständnis", sagte er, woraufhin Hasenkrug, der im selben Moment mit zwei Tassen in der Hand zur Tür hereinkam, ergeben nickte.

Epilog

Achtzehn Monate später

Tosender Applaus brandete auf und für einen Augenblick glaubte Immo, er gelte ihm. Er lächelte mild, als er seinen Irrtum bemerkte, denn das laute Klatschen schallte ihm lediglich aus dem Radio entgegen. Nein, noch war es nicht so weit. Erst in einer halben Stunde würde er seine erste Lesung halten. Sie würde mit Sicherheit ein Riesenerfolg werden. Das behauptete zumindest sein Agent. Immo hoffte, dass er recht behielt.

Auch nach so langer Zeit konnte er sein Glück kaum fassen. Was für eine Farce! Da hatten die Polizisten der mitleidheischenden Story seiner dauerbesoffenen Mutter doch tatsächlich Glauben geschenkt. Vermutlich nur deshalb, weil Luise wirklich von der Schuld Dirk Flessners überzeugt gewesen war und sie sein angebliches Motiv daher in so anrührenden Worten schildern konnte.

Nun, ihm sollte es recht sein, dass alles genauso gekommen war, wie er es einer spontanen Eingebung folgend geplant hatte. Das angebliche Wissen seiner Mutter hatte ihn aus der Schusslinie gebracht, wofür er ihr sehr dankbar war. Und tatsächlich gab es nicht viel, wofür er ihr dankbar sein konnte, nach allem, was sein Bruder und er seit frühester Kindheit hatten mitmachen müssen.

Ja, besser hätte es für ihn tatsächlich nicht laufen können. Sein erster Mord, dem Bodo Lübbers zum Opfer gefallen war, hatte ihm den Weg zu dessen Frau geebnet, ohne deren Liebe er nicht länger hätte leben können. Seit nunmehr einem Jahr waren Ulrike und er ein Paar, die empörten Stimmen im Dorf längst verstummt.

Und der Mord an seinem Erzeuger Tjardo Willms? Zu diesem Zeitpunkt längst überfällig. Ihm mehrfach das Messer in die Brust zu rammen, war Immo ein ganz besonderes Vergnügen gewesen.

Gut, Mirko Hayenga hätte überleben können, wenn er sich Luise und ihm gegenüber nicht so schäbig verhalten hätte. Töten im Affekt. So etwas nannte man gemeinhin wohl persönliches Pech. Schade um Mirko war es jedenfalls nicht.

Wie gut, dass Luise mit ihrem besoffenen Kopf mal wieder alles in den falschen Hals bekommen hatte, als sie kurz vor dem Mord an Bodo zu dritt zusammensaßen und Dirk in einem Anfall von Verzweiflung ankündigte, sämtliche Raucher dieser Welt eliminieren zu wollen. Und wie gut, dass Luise kurz vor ihrem Tod meinte, vor ihren Söhnen über das, was sie Dirk angeblich Gutes tat, schriftlich Rechenschaft ablegen zu müssen.

So schön, wie sich das Schicksal durch den Brief seiner Mutter zu seinen Gunsten gewendet hatte, hätte Immo es sich nie erträumen können. Inklusive der Tatsache, dass er mithilfe von Ulrikes Liebe seine Schreibwut in geordnete Bahnen hatte lenken können.

Immo lächelte selig, als er sich nun wieder auf sein Buch konzentrierte, aus dem er als frischgebackener Bestsellerautor an diesem Abend lesen würde. Es trug den Titel *Meine Mutter, die unschuldige Mörderin.*

DANKE!

Noch bevor ich „Dunstkreise" ins Lektorat gab, haben mir meine Testleserinnen Katrin Fritzsching, Ira Podewin und Sabine Kern sowie mein ständiger Berater Volker Behnecke bereits wertvolle Hinweise zu Logik und Aufbau der Geschichte gegeben, die mich zum erneuten Nachdenken angeregten. Vielen Dank dafür, Ihr Lieben, Ihr seid die Besten! Richtig auf Trab aber brachte mich danach mein Lektor Hagen Schied (www.lektorat-buchwaerts. de), der mit professionellem Auge auch das sah, was Laien (und mir) gemeinhin verborgen bleibt. Ich danke ihm von Herzen für seine wertvollen Anmerkungen, Einwände, Ergänzungen und die konstruktive Kritik. Den allerletzten Schliff gab Lara Tunnat im Auftrag von www.ebokks.de der Story im Korrektorat. Corinna Rindlisbacher (www. ebokks.de) konvertierte die Textdatei ins richtige Format. Auch dafür ein großes Dankeschön!

Wie immer freue ich mich sehr über das gelungene Cover, das auch diesmal wieder von Susanne Elsen (www. mohnrot.com) gestaltet wurde.

Liebe Leserin, lieber Leser,

ich freue mich sehr, dass Sie „Dunstkreise" als Lektüre ausgewählt haben und hoffe, dass ich Ihnen mit dieser Geschichte ein paar angenehme Stunden bereiten konnte. In diesem Fall würde ich mich über eine Rezension in den Online-Shops oder ein Feedback auf meiner Homepage (www.elke-bergsma.de) oder per E-Mail (mail@elke-bergsma.de) sehr freuen. Sollten Sie Lust haben, mehr von Büttner und Hasenkrug zu lesen, darf ich Ihnen an dieser Stelle meine weiteren Ostfrieslandkrimis ans Herz legen, die in dieser Reihenfolge erschienen sind:

„Windbruch"
„Das Teekomplott"
„Lustakkorde"
„Tödliche Saat"
„Dat witte Lücht" (Kurzkrimi)
„Puppenblut"
„Stumme Tränen"
„Schweigende Schuld"
„Fluchträume"
„Brandwunden"
„Strandboten"
„Maskenmord"
„Eisige Spuren"
„Seelenrausch"
„Scheinwelten"
„Dunstkreise"
„Zornesbrut"
„Sippenverfall"

„Todesgruft"
„Bitteres Erbe"
„Lodernde Wut"
„Dünennebel"
„Meeresklagen"
„Herbstzeittode"
„Schwarze Lettern"
„Hetzjagd"
„Platzverweis"
„Abschiedsklänge"
„Lebensfesseln"
„Klosterchoräle"
„Späte Reue"
„Innerer Dämon"
„Tummelplatz"
„Wellenschlag"
„Froststarre"
„Siedepunkt"

Vielleicht haben Sie Lust, auch in meine historisch-zeitgenössische Ostfrieslandkrimireihe „Wibben und Weerts ermitteln" reinzuschnuppern? In dieser Reihe sind bisher erschienen:
„Moorsmaragd"
„Flutrubin"
„Inselsaphir"

Im Sommer 2018 erschien zudem der erste Band meiner ostfriesisch-niederländischen Krimireihe „Grenzfälle". Schauen Sie doch mal rein in: „Wie Mauern so kalt"

Im Herbst 2019 erschien mein Arktis-Thriller: „Verloren im Eis."

Mit meiner Kollegin Anna Johannsen veröffentlichte ich 2019 zudem den Ostfrieslandkrimi „Juister Mohn" sowie 2024 die Ostfrieslandkrimi-Trilogie mit den Bänden „Die Stille der Flut", „Die Gewalt des Sturms" und „Die Kraft der Ebbe".

Völlig neu erfunden habe ich mich 2022/2023 mit meiner historischen Trilogie „Wege in eine neue Zeit", die in der Weimarer Republik angesiedelt ist.
Band 1: „Die Bürde der Freiheit"
Band 2: „Die Kraft der Entbehrung"
Band 3: „Der Makel der Hoffnung"

Möchten Sie regelmäßig und unkompliziert über alles, was rund um meine Bücher herum passiert, informiert werden, dann abonnieren Sie doch einfach meinen Newsletter unter www.elke-bergsma.de/newsletter oder folgen Sie mir auf Facebook und Instagram.

Herzliche Grüße
Elke Bergsma

www.elke-bergsma.de
www.facebook.com/elkebergsmaautorin
www.instagram.com/bergsmaautorin